風月傳說

卷・1

雄風初展

無極——著

人物簡介

天雷

降臨在大雪山上，九天雷火生成的聖嬰，是西南草原諸族的精神領袖，隨雪山聖僧學藝，恰逢天下大亂，化名雪無痕橫空出世，與一眾志同道合之士走上了征霸天下的道路。

聖僧

天下第一高手，萬民愛戴的雪山老神仙，為養育天雷，不惜誤百年造化。

文卡爾・豪溫

聖日帝國的國師，統領步、騎及帝國鎮京騎士團的最高統帥，有經天緯地之才，安邦定國之策，尤其擅長行軍佈陣，深受大帝的信任，委以重任。

天月大師

已有百齡，聖女出身，是當今映月聖皇月影的祖姑姑。學究天人，看破世間之玄密，掌管圓月教鞏固國本，為映月培養出不知道多少棟樑之才，號稱風月大陸兩大老神仙之一。

蒙蓋・烏奴

西南草原奴族族長，天雷的崇拜者。

—列奇・里奥—

聖僧之徒，原為文卡爾・豪溫國師手下大將，二十年前與映月、西星和北蠻聯軍大戰中身負重傷，加上惦記著聖僧，故向大帝申請回雪山養傷。

—雪　藍—

是蒙蓋的孫女兒，任為族長聖女。

—文謹・卡奧—

平原中部駐守中央兵團，所轄赤焰、赤霞、彩虹、紅日四個軍團，二十萬人，全部為帝國的精兵，負責拱衛帝京。

—雅星・豪溫—

凱旋長子，大帝的外孫，當代豪溫家族的長公子，長相俊美，博學多才，青少年中的風雲人物。

—雅靈・豪溫—

雅星之妹，貌美博學，多才多藝，與當今太子的公主極其要好，兄妹倆人合稱「帝京雙珠」。

—倫格・聖日—

天下第一強國聖日帝國的開國大帝，英明強武，號令蒼生，可惜卻歿於小兒之手。

—虹傲—

帝國二王子，深受大帝喜歡，風流瀟灑，才氣縱橫，但野心極大，想取太子而代之。

—驚雲—

嶺西關少將軍，帝國初戰失敗後，開始追隨天雷。

—帕爾沙特—

西星國主的三王子，從小苦練星海神功，一手家傳射星槍法，神奧無比，有萬夫莫敵之勇，統領星輝兵團二十萬精銳部隊。

—明月公主—

映月帝國聖皇月影的三女兒，圓月國教教皇天月大師的傳人，一手幻月劍法聽說練得出神入化，已達以氣傷人的境界，統領月照兵團二十萬精銳部隊。

—盛美・聖日—

帝國長公主，太子之女，習得一手日炎劍法，與天雷私交極好。

—帝都四傑—

海天，卡奧家族子弟；雲武，丞相利諾家族子弟；威爾，平民子弟，棍法出眾；尼可，刀法高手。

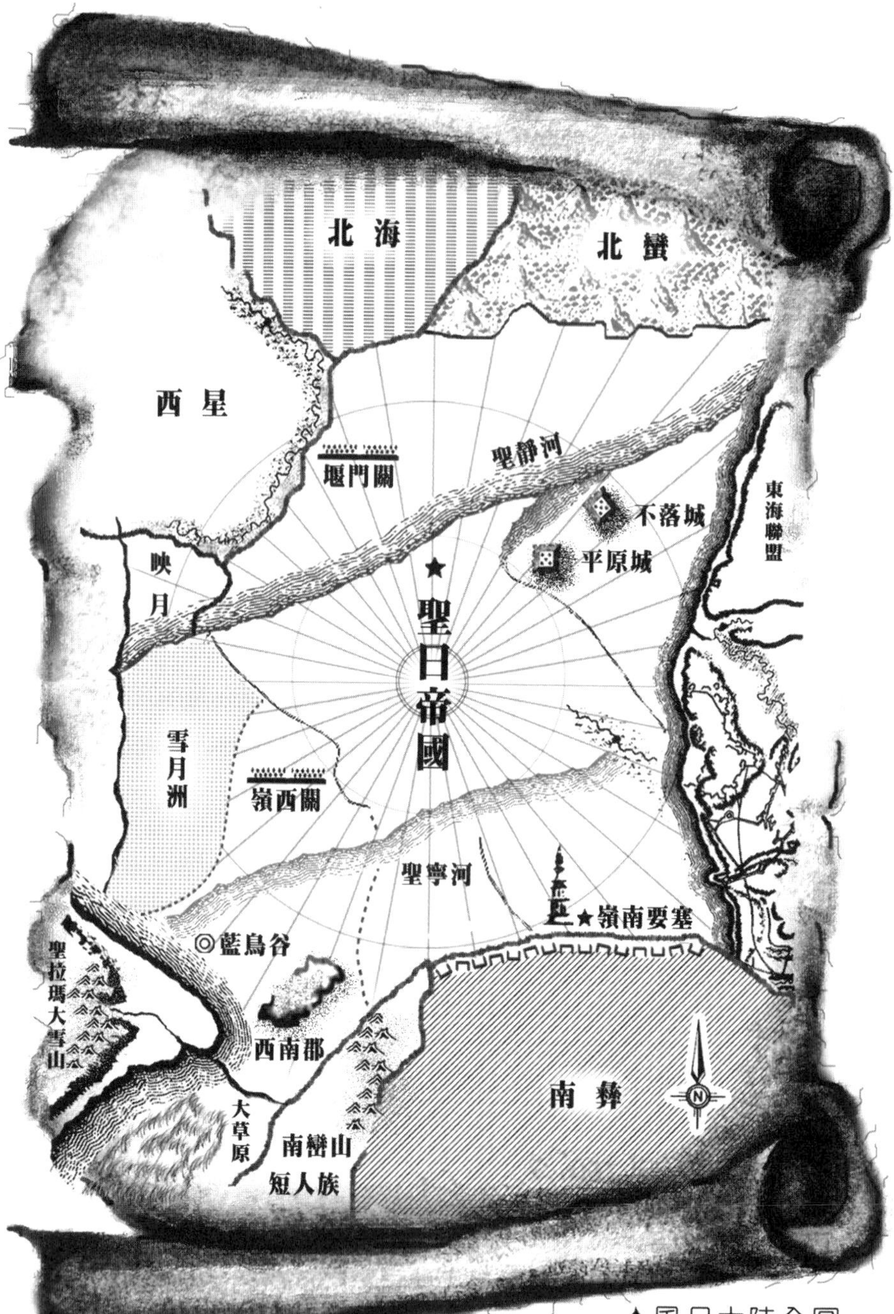
北海
北蠻
西星
堰門關
聖靜河
不落城
平原城
東海聯盟
映月
聖日帝國
雪月洲
嶺西關
聖寧河
嶺南要塞
藍鳥谷
聖拉瑪大雪山
西南郡
大草原
南蠻山
短人族
南彝
N

風月大陸全圖

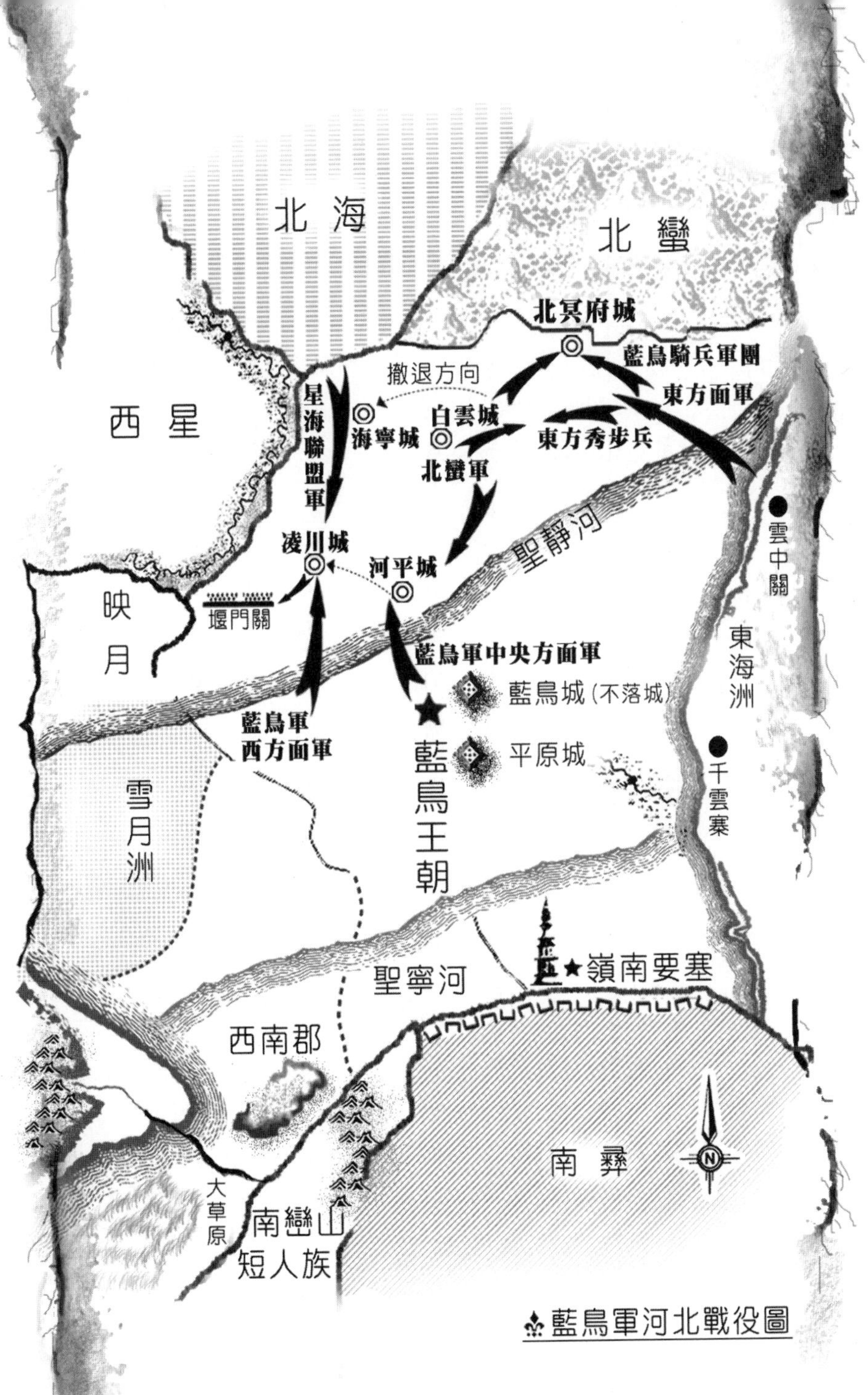
北海
北蠻
北冥府城
藍鳥騎兵軍團
東方面軍
撤退方向
西星
星海聯盟軍
海寧城
白雲城
東方秀步兵
北蠻軍
凌川城
河平城
聖靜河
映月
堰門關
藍鳥軍中央方面軍
藍鳥城(不落城)
藍鳥軍
西方面軍
平原城
藍鳥王朝
雲中關
東海洲
千雲寨
雪月洲
聖寧河
嶺南要塞
西南郡
南彝
N
大草原
南巒山
短人族

♦藍鳥軍河北戰役圖

第一章　天雷降世

朦朧的聖拉瑪大雪山籠罩在飄飛的白雪中，雪越下越大，沒有一絲要停的痕跡。雪已經下三天了，聖拉瑪大草原的雪馬族人躲跪在簡陋的牧棚裏，望著漫天飄飛的白雪，眼裏充滿著天罰般的悲哀；雪奴人鑽進雪洞裏，滿眼的驚恐，彷佛雪人族末日的來臨。

千年來，聖拉瑪大草原從沒有下過這麼大的雪，對於千百年來生活在草原的雪馬族牧民和靠雪山與草原生活的雪奴族人來說，大雪就是天罰的象徵，草場的浩劫。千千萬萬的草原人殺牛宰羊，拿出最好的祭品，以虔誠無比的心跪拜在雪山聖靈殿前，乞求上蒼的憐憫。

雪山聖僧矗立在聖拉瑪大雪山的最高峰聖拉瑪峰，已有兩天了，灰白的鬍鬚與白眉根根豎直，原本紅潤的臉變得蒼白與僵硬，微張的雙眸露出兩道精芒，直射天際，一動不動，風雪從這灰白的老人身邊靜靜地滑落，飄向遠方。

天還是那麼的蒼白，遠處的一處黑雲悄悄地在滑動，隱隱的雷電在閃爍，撕開灰白的雲，快速地向雪山靠近。黑雲越來越近，一會兒就籠罩住整個大雪山，聚然不動，隆隆的悶雷聲像來自遠處天邊的戰鼓，響徹雲霄，籠罩雪山與草原。

天雪不知何時已經停下，但牧民們沒有一絲一毫的興奮，反而更加的顫抖，祈求的聲浪一浪浪的響起，響徹整個草原。聖僧雙目圓睜，緊緊地盯著天際的黑雲，等待著天罰的降臨。

雷電在黑雲中組成電網，撕開黑雲欲出又縮，驚天的雷鳴轟轟震響，電網幾出幾縮，雷聲更鳴，電網又出，漸漸聚攏，匯成一道驚天電光柱，直向聖拉瑪大雪山的一處小峰聖靈峰而去。雪山聖僧的身體聚起七彩的霞光，身形如一道劃過黑暗中的彩虹般，向聖靈峰急射而去，頓時，聖拉瑪大草原上響起一陣陣的歡呼聲，「聖神顯靈！聖神顯靈啊！」、「聖拉瑪的大神顯靈了，祂來挽救大草原的子民來了！」祈禱的聲浪和歡呼聲響徹大草原。

聖僧急射的身形穩穩地停在了聖靈峰山巔，呈現在眼前的是一幅驚世駭俗的畫面，一處靈秀的小山谷因雷電轟擊而變得烏黑，谷中央一處零亂的小院，到處燃起籬笆分飛後的零星火光，一處屋形殘骸中有兩根焦炭，一束斗形連天光柱，直射在地上的一個剛剛出生的嬰兒額頭上，激烈的電光照映得嬰兒全身透明，泛起丈尺般的一個圓光圈，剎那間歸縮大地，光柱瞬間即逝，回歸雲裏，天地間一片寂靜。

這時候，一聲嬰兒的哭泣聲響徹山谷，天間黑雲撕開成無數的碎片，快速地消散，雪停雲消，天地一片清明。

聖僧只感覺滿耳嬰兒哭泣聲，不由得一聲長歎道：「孽障兒，孽障兒！難道誤我百年的飛升就是爲了你嗎？天命在，罰劫難，混不去，清何來？二十年風雲，不知又有多少人受苦，多少人難逃劫難！重整乾坤，咳，就爲受苦的黎民百姓再盡二十年的俗務吧！」說完，身形電展而下，來到幽谷中，雙手一攏，嬰兒刹時飛入懷中，身影不停，斜轉向聖拉瑪雪峰急馳而去。

風月大陸通曆二三六七年九月二十三日，這一天註定是不平凡的一天，白日的風雪猝然飄散，七道彩虹托著雪後的驕陽懸掛在天際，聚久不散，顯得格外美麗。陽光照射著這一年中提前來臨的雪，更增添了它的魅力與詭異，夕陽很晚才緩緩地墜落西去。

夜晚的星空格外地明亮，北斗七星比平日裏更亮，星輝照著夜空，相互爭輝，緩緩移動，隱隱交錯成一個「王」字，爭輝不已。遠處西南星空中，一顆碩大無比的星星閃爍著精芒，快速向北斗靠去，在聖拉瑪大平原的上空居然不動，與北斗形成一個「主」字後，精芒暴漲，瞬間隱去，北斗七星緩緩移動，回歸原位，星輝漸漸褪去，懸掛夜空。

聖日帝國京城不落城內的一處不大不小，卻十分規整幽靜的院內，一位文士打扮的長者背手而立，仰首凝視著夜空，三綹鬚髯隨風飄擺，身軀穩而不動，但兩行熱淚卻順面頰流下。他眼看著漸漸歸去的北斗，無聲地悲涕，急轉身影，向書房快步而去。

提起這位長者，在風月大陸，那可是赫赫有名，他就是聖日帝國的國師，統領步、騎及帝國鎮京騎士團的最高統帥，一級公爵文卡爾・豪溫。

國師今年五十四歲，溫文爾雅，滿腹經綸，有經天緯地之才，安邦定國之策，尤其擅長行軍佈陣，觀星定天下，三十年前初出，協助同齡的帝國大帝倫格・聖日，把並不強盛的聖日國經營成風月大陸第一強國，深受大帝的信任，委以重任。三十年來兢兢業業，整治軍事，攻城掠地，使國土面積擴張三分之一有餘，在國民中享有崇高的威望，深受帝國人民的愛戴。

其餘六國聞文卡爾・豪溫統軍而色變，國師從不知道什麼是難事，就是帝國在十五年前，與映月、西星、北蠻三國聯軍作戰最困難的時期，也沒有皺一下眉頭，更不要說流淚了，但國師今日卻是淚流滿面，來到書房緩緩落坐，吩咐管家艾得・豪溫趕緊到騎士團，找兒子凱旋・豪溫回來。

管家艾得・豪溫幾十年來，從沒有見過主人像今日這般流淚的情景，趕緊連跑帶顛地到騎士團找長少主凱旋・豪溫，心中不知道發生了什麼樣的大事情，七上八下。

來到鎮京騎士團總部後，直奔團長室，沿途騎士團官兵見是國師的老管家來，連忙打招呼，但艾得・豪溫心裏有事，惦記著主人，連打招呼都沒有聽見，惹得沿途官兵們一陣陣的納悶，心想：這老管家今天這是怎麼了，平時一臉笑容，笑呵呵的，見誰都打招呼，莫不是國師家出了什麼事情吧？一個個都站穩身形，靜靜地往團長室內觀看。

凱旋・豪溫今年二十八歲，身材細長，英武俊秀，繼承父親的一身優點，性格溫順，文韜武略無一不精，隱隱成爲新一代帝國精英的代表。六年前，娶當今帝國長公主雅美雅・聖日爲妻，膝下一兒一女，夫妻和睦，生活甜美。現統領帝國日炎騎士團五萬官兵鎮守京師，維護皇宮安危，雖責任重大，但平時也沒有什麼事情讓他操心，手下淨是父親提拔的精英，加之他是雅美雅・聖日長公主的夫君，倫格大帝的愛婿，所以事情都有人去做。

今晚正是他值班，一個人在團長室內品茶，見老管家半夜匆匆而來，滿頭大汗，心想一定是有事情，忙起身相問。聞聽是父親叫自己回去，大吃一驚。自己任騎士團長六年以來，父親還是第一次叫自己在值班時回家，因爲在父親眼裏，因私廢公那是絕不可能的事情，家裏一定是發生了什麼大事，趕忙交代副官通知各值班隊長加強戒備後，然後隨老管家快步離去。

一路急行，凱旋一邊問老管家發生了什麼事，艾得支唔了半會兒也沒有說明所以，只知道父親半夜回房後淚流不止，心裏更驚，忐忑不安。他快步走進庭院，急速向父親書房走去。悄悄地推開書房門，見父親大人端坐在書案前奮筆急書，輕輕地喚了一聲：「父親！」

國師大人輕搖左手，然後不語疾書。

凱旋規矩地站在書房的一角，靜靜地等待著父親。也不知道過了多久，文卡爾書案上已高高地疊起一層書稿，天空已漸漸泛白。

文卡爾輕輕地放下手中的筆，抬起蒼白的臉，感到一陣陣的眩暈，他望了望滿眼焦急的凱旋，語氣沉重地說道：「凱旋，一會兒，你把我寫的書稿直接呈獻給大帝，並向帝君說我身體不適，不能到大殿議事了！」說完，張嘴吐出一口鮮血，癱倒在書案之上。

凱旋急忙上前扶起了文卡爾，嘴裏喊著：「父親大人，父親大人，你這是怎麼了！」

文卡爾抓著凱旋的手，努力地站穩身形，平靜地對兒子說：「凱旋，我沒事，只是太累了！你扶我到床上，我有話對你說。」

凱旋用力地托起文卡爾，輕輕地把父親放在了床上，含淚而恭敬地說：「父親大人，你有什麼吩咐？」

文卡爾輕輕撫摸著兒子的臉，平靜地說道：「凱旋，我真的沒事，你不用擔心。」他頓了一頓後又說道：「凱旋，現在你記住我說的每一句話，只把它放在心裏！」凱旋奮力地點著頭。

文卡爾接著說道：「昨晚我夜觀天星，看破天地之玄秘，生命必不長久矣！你要記住：二十年後，風月大陸必將大亂，風煙四起，七王爭霸，一主沉浮，聖日帝國必首當其衝，你要穩住腳步，掌不多不少之兵，克世間之浮名，隱晦於百萬之軍中，你可記住？」

凱旋看著父親凌厲的眼神，心中惶恐，忙答道：「父親大人，我記住了！」

文卡爾接著又說道：「另外，你趁我病重之期，懇請大帝准許你三弟凱文速回，傳我所學，今後令他全心全意教授星兒與靈兒，除你與凱武之外，豪溫家族直系子孫二十年內不許為官，這是我的命令，你千萬要記住！」

凱旋心中更是惶恐，忙答道：「父親大人，我記住了！」

文卡爾看著凱旋惶恐的樣子，心中難過，長歎一聲，接著說道：「星兒與靈兒福緣深厚，日後豪溫家族也許就靠他們了，你不必多管，交給凱文就是了，你去吧！」

凱旋含淚看了一眼父親，拿起書案上的書稿，推門而去。

倫格．聖日大帝今天起得特別早，昨日天雪突散，加之聖拉瑪大平原雪下得少，文武百官齊稱大帝鴻福，早降瑞雪，明年必是個豐收之年，百姓安居樂業。他心裏高興，正忙著梳洗，突然輪值的宦官報稱侯爵凱旋．豪溫求見。倫格心裏納悶，他知道自己這個女婿雖然從小就在宮裏亂竄，但自己見著的時候也並不多，可他就是著實喜歡這個既是大臣又是朋友的文卡爾．豪溫的兒子、又是自己女婿的小子，就不知今天這麼早來有什麼事情，忙傳進見。

凱旋．豪溫進門後，看見大帝一身的便裝，剛剛梳洗完畢就讓見，心裏著實感動，他心頭一熱就流下淚來，忙跪倒在地，嘴裏哽噎地說道：「帝君！」

倫格．聖日大帝見凱旋雙眼流淚，也吃一驚，忙上前扶起凱旋，口稱道：「愛婿莫哭，有什麼事情，帝君替你做主！」

凱旋心頭火熱，忙泣道：「帝君，臣父身染重病，不能臨朝，特命孩兒向帝君告假，並轉呈父親的書稿！」言罷，呈上文卡爾的書稿。

倫格大帝聽完大吃一驚，接過書稿後並不觀看，直視凱旋，急聲問道：「文卡爾愛卿何時染病？」又忙向門口喊道：「朝日，速傳太醫到國師府，為國師探病，然後速速回報！」宦官朝日口稱帝君後，急轉身而去。

凱旋心頭感動，也替父親高興，君臣關係能做到這般的地步，千古以來也很少見。

倫格大帝直視凱旋道：「你父親怎樣了？」

凱旋泣答道：「臣父積勞成疾，今早口吐鮮血，現臥床不起！」

倫格大帝長歎一聲，再不言語，展目光細看手中書稿。

「帝君：

臣年輕時初遇帝君，常侍左右，聆聽教誨，不敢有時刻稍忘，以帝國為家，黎民百姓為本，扶帝君以強帝國業，興兵戈馬，奮戰疆土，不覺已三十餘年。

現帝國初強，但二十餘年兵戈，國本虛弱，當息兵戈，興工農，固國本，減賦稅，富黎民；當精兵簡政，節儉富國。東面，東海聯盟兵弱，不善陸戰，震懾之可保無慮；南彝散亂不穩，施以交好，金帛付之，當無憂矣；西南聖雪山南麓短人族、雪馬族、雪奴族人少，可無慮；唯北麓起，映月、西星虎視平原，星月齊輝，則聖日弱，星月分之，則聖日強，當強兵鎮守，不出嶺西、堰門二關，可持久戰，加之分而化之，不使其聯盟，可無大事；北海國暗弱，在西星、北蠻之間求存，戰戰兢兢有餘，無事；北蠻強橫，但民族不旺，人生愚笨，以一智儒將守之既可。當今朝中……今臣心力交瘁，當不久矣，望帝君念帝業來之不易，念臣一片赤誠之心，伴帝君三十年之情，依臣之片言，耿耿此心，唯天可表。

再拜帝君三十年之情誼！」

倫格·聖日大帝手捧這份非奏摺的書稿，洋洋萬言，淚水早已打濕了衣襟，他緩緩地抬起頭來，直視凱旋問道：「國師還有什麼吩咐？」

凱旋·豪溫聞言，誠惶誠恐地說道：「臣父再沒有什麼話要臣稟帝君，但臣父念及三弟凱文，臣想懇請帝君讓凱文回來，以慰臣父。」說罷泣不成聲。

倫格·聖日大帝聞言，點了點頭，向門外喝道：「來人！」

一名值日侍衛跨步而入，躬身道：「請帝君吩咐！」

倫格·聖日大帝聞聲，快速吩咐道：「速傳千里急報，召鎮西堰門關督統凱文·豪溫速速回京，不得耽誤！」

「是！」侍衛快步而去。

大帝對凱旋吩咐道：「你去吧，在凱文回來之前，你不用當值！」

凱旋躬身而退。

在聖日帝國騎士團團長凱旋・豪溫進宮的同時，遠在幾千里之外的映月帝國皇宮內，也有一人在向聖皇月影・映月述說著天變的玄妙，這個人，就是映月帝國國教——圓月教教皇天月大師。

天月大師已有百齡，聖女出身，是當今映月聖皇月影的祖姑姑。幾十年來，她極少進宮，不怎麼管俗事，但聖皇月影知道這位祖姑姑學究天人，看破世間之玄密，掌管圓月教鞏固國本，爲映月培養出不知道多少棟樑之才，號稱風月大陸兩大老神仙之一，所以一絲一毫也不敢怠慢，聞聽「七王爭霸，一主沉浮」之說，興奮不已。

聖皇月影今年三十二歲，雄才大略，野心勃勃，但他也知道國力強不過聖日，只比其餘諸國稍勝，爭霸天下還不是時機，只有聽從祖姑之言，培養國力，整備軍馬，以待時機。第二天上殿後，傳令使臣出使聖日、西星、北海等國以示修好。西星本就與映月交好，不久之後，兩國使臣互相往來，更勝從前。

聖日帝國在國師文卡爾病重後，倫格大帝心已生亂，加之國師之言有理，現世仇大敵映月主動示好，也無話可說，也派出使臣回訪，商議和平事宜。周邊各小族難得看見和平之曙光，忙派出使節團來往於各國，整個風月大陸頓時出現百年難見的大和平，一時間，商貿往來不斷，民以自安。

聖拉瑪大草原憑藉百年難得的和平時機，也呈現出一片欣欣向榮的景象。說來也怪，自去年提前來臨的大雪後，草原格外的安寧，四月的大草原長出綠油油的草，牛羊肥壯，牧民們臉上的笑容，足以說明他們的幸福和對聖拉瑪大神的無比虔誠。

在聖拉瑪大雪山最高峰聖拉瑪峰的一處萬年寒冰洞裏，雪山聖僧正用千年雪蓮餵養著一個嬰兒，嘴角露出欣喜的笑容。當日，他從聖靈峰的秀谷帶著孩子回來，只感覺懷裏抱著一團火，用玄罡真氣一探，知道孩子滿身充滿著雷火罡氣，如不及時化解，這孩子將隨著年齡的增長暴裂而死，是以回來後，聖僧直接在這萬年寒冰底下開鑿了一個洞，讓寒氣化解孩子體內的雷火之氣，再輔助以千年的雪蓮，以保心脈的清明，不覺已半年有餘。

聖僧望著眼前的孩子，滿身火紅，赤色大眼，柔柔的紅髮與紅眉，哭聲宏亮，間歇聲暴烈，小嘴裏呼出絲絲白氣，心裏升起一陣陣慈愛之情。

他走出洞外，抬眼望著遠處悠悠的白雲，廣闊的大草原，心頭頓時寬暢了起來，回想起天雷降臨時的情景，想道：雪原無垠，天際無常，天之廣闊包容萬心，心天相容則心裝天下。天雷無敵，然幼靈以免，天劫餘生，福緣深厚，恩澤萬民，則百姓福，這孩子就以雪為姓，天雷爲名吧。

天雷．雪就好像是大雪山的天敵，不論是多麼寒冷的天氣都不穿任何衣物，身體周圍環繞著一層薄薄的霧氣，在最寒冷的山峰上玩耍。四歲的年齡與身體的高壯不相稱，比同齡的孩子要高一些，披肩的紅髮隨風飄舞，滿山上亂跑，從一歲起，強壯的身體就顯示出威力，不論跌倒或從雪山坡上摔下，是一丁點兒事也沒有，爬起來又跑。

雪山聖僧看著他一點點長大，慈祥的心早已被孩子的笑聲所同化，從天雷兩歲起，就教他認字，三歲教他秋水神功訣。但是，天雷是一天也認識不了幾個字，暴燥的脾氣一會兒也安靜不下來，倒是秋水神功訣練得小有成就，也許是功訣有清心作用吧，小小年紀一坐就是幾個時辰。四年來，雪山的風雪與寒冰的陰冷不斷地同化著天雷的體質，身體內的雷火漸弱，皮膚上赤紅的顏色有一些減弱，每日裏吃雪蓮時，更保持著心頭上的清明，與師父說上一會兒話，學一些文字，其餘的時間都是在雪山上奔跳。

夜晚時分，他最愛在雪峰的山尖上吹著涼爽的風，練習功訣，或到玄冰洞裏睡一會兒，但天一放亮時，就是他的最愛了。他像一個雪山上的小精靈一樣，把自己埋藏在雪坡上的雪裏，只露出一雙火紅的小眼睛，靜靜地觀察著周圍的動靜。

一會兒，一隻覓食的雪兔來到他身前不遠處，天雷一躍而起，撲向雪兔，人兔亂跳，有時滿山狂追，抓住後，玩一會兒又放掉；有時天雷也抓雪狐，但雪狐較大，人狐摔打，雪狐鋒利的牙齒倒也咬不動天雷的皮膚，總有一股罡氣彈開牙齒，人倒是總無事，但雪狐也從沒有被抓住過。雪山的雪雞、雪鳥、雪兔、雪狐、雪熊、雪蓮，就是天雷的全部，他與牠們玩耍，聽牠們唱歌，伴隨著牠們一起在大雪山成長。

在大雪上的高處，只有一種雪鳥不時地飛翔，鳥兒並不怎麼怕人，總在天雷的不遠處歌唱。鳥兒不是很大，就只有小天雷拳頭那麼大小，全身的羽毛深藍，頂處暗紅，兩隻羽翼上，各有幾根不同色彩的羽毛，尾羽短，成扇面形，兩隻雪爪，特別愛唱歌，天雷叫牠藍鳥。無事的時候，天雷就躺在山峰上聽藍鳥啼鳴，看著天空中悠悠而過的白雲。

今天，天雷剛剛跟雪狐打了一架，雪狐掙脫溜走，無趣的天雷懶懶地躺在山坡上，傾聽著藍鳥歌唱，聽著聽著，天雷一下子爬了起來，看見不太遠處，一隻雪兔正在逃竄，天雷大喜，狂追而去。

雪山上的雪兔、雪狐等，大多都認得天雷，遠遠地看見就溜走，今天也是，雪兔見天雷追來，跑得更加用力。天雷追趕著，不知不覺已來到玄冰山上的半山處，雪兔見前方不遠處有一個很小的雪洞，直鑽而入，天雷追到近前，只見一個小洞擺在眼前，剛好夠自己的身體進去，想也沒想就爬了進去。

洞裏越爬越大，一段距離後，天雷幼小的身體已能站起，但不見雪兔的蹤跡，天雷往裏走，洞越走越寬，越來越大，洞裏不是很黑，幾顆不知名的圓珠發出幽幽的光亮，再往裏走，兩個玄冰洞擺在眼前，天雷直向一個洞室走去。

洞裏不是很大，兩塊玄冰雕刻成方桌，擺在洞裏的正中與下手處，中央的桌子上，擺放著一顆方章，桌的兩側，有兩個玄冰雕刻的冰人直立，兩顆不知名的珠子鑲嵌在眼眶裏，發出柔和的光芒，下手處的桌上擺放著一本書和一個藥瓶，再無別的東西。

天雷猶豫了一下，幼小的好奇心驅使他向正中央桌子走去，來到桌前，伸手握住了方章。突然，兩側冰人眼中放射出強烈的光，照在天雷的額頭上，反射的光芒照射在方形章上，泛起陣陣的強光，天雷只覺得頭腦中一陣轟鳴，就失去了知覺。

醒來的時候，天雷只覺得頭腦清晰，身體舒泰，並無不適之處，低頭看自己原本赤紅色的皮膚變成了粉紅色，舉目看玄冰雕刻的桌上方章已不見蹤跡，天雷緩步向側方的玄冰雕刻桌走去，翻開書本看，也不知道上面寫了些什麼，忙抱在懷裏，走出冰洞，心中這才感到一絲的懼意，急步往回跑去。

雪山聖僧站在雪山的一處山頂上四處觀望，心裏焦急，已經七天了，天雷不知道發生了什麼事情，不見蹤影。他平時雖少管教天雷，但也知道天雷體質不同，雷火旺盛，身體有先天的罡氣護身，不會發生什麼事情，但像現在這樣幾天不見，卻是從沒有的情況，很是擔心，遠遠地見小天雷懷抱著一樣書本似的東西從玄冰山半山腰上冒出來，懸掛的心才放下。

天雷來到近前，怯怯地叫了聲：「師父！」

聖僧心中奇怪，天雷從沒有這般怯弱規矩的樣子，仔細地觀看，天雷確實有些不同，赤紅的皮膚變得粉紅，流光閃動，火紅的雙眼變得暗紅，血一般的紅髮變得暗淡，神情也安靜了許多，聖僧知道這是雷火血氣減弱後的樣子，忙拉過天雷的手臂，按脈細細地查看，心中頓時一驚，天雷體內雷火罡氣與秋水神功氣機相合，水乳交融，雖體內雷火之氣稍旺，但這是秋水神氣初練氣弱的事，只要假以時日，雷火必滅。

到底是什麼原因使天雷有這般氣機相合呢?於是，聖僧柔聲地問：「天雷，這幾天你去了那裏?」

「師父，我追雪兔，山那邊有一個洞，我拿了這個!」天雷努力地抬起懷中的書。

聖僧接過天雷懷裏的書，只見書皮上四個大字「天王印訣」，興奮得手有一些的顫抖，忙問：「這書是洞中拿的嗎?」

「是啊，師父，洞裏有冰做的桌子，放著這個!」

「天雷，洞中還有什麼嗎?」

天雷猶豫了一下說道：「師父，還有一個桌子，放著一個這麼大的章子。」他用小手比了一下大小，接著說：「有兩個冰做的人，珠子和章子發光照在我這裏，我就睡了一覺，章子不見了，我拿了這個書就出來了!」天雷邊說著，邊指著自己的額頭。

聖僧什麼都明白了，他笑呵呵地看著天雷，嘴裏說著：「好個福緣深厚的孩子，天王印終於找到了傳人！」

雪山聖僧隱居大雪山百餘年，一方面固然是因爲他要修煉天道，以求飛升，另一方面，卻是因爲他知道在這大雪山深處有一座天王殿，幾千年來，傳說天王殿裏有一枚天王印、一部天王訣，得者可縱橫天下，所向無敵，對有志者修煉天道也大有好處。千年來，無數的英雄豪傑翻遍了整個風月大陸，一無所獲，直到如今仍然有人在尋找，天雷在偶然間獲得天王印訣，看來真是天意如此，可遇而不可求。

從這一天開始，雪山聖僧就開始教授天雷天王印訣，可是，說什麼天雷的雙手就是一點也發不出天王印氣，聖僧也百思不得其解。

一日，天雷正在山上玩，一隻雪狐忽然竄出，天雷猛撲而上，雪狐掙脫而要逃走，天雷急了，雙目圓睜，一道閃光從額頭急射而出，轟的一聲響，雪狐成爲一段焦炭，周圍有一丈圓形坑，天雷嚇得呆住。

聖僧聽得聲響，忙走出屋外，看到這樣情景，忙問天雷是怎麼一回事情，聽得天雷的描述，沉思一會兒，從此，再也不傳授天雷天王印訣上的功夫了，只叫天雷牢牢地背記口訣，一心教授天雷讀書寫字，講一些有趣的故事。

天雷一出生就被雷電貫頂，與天地合爲一體，融入自然，要不早就被雷電擊成焦炭了。餘生的小天雷體質自然與平常人不同，全身經脈闊展，充滿先天雷火罡氣。雪山聖僧又把他放在萬年寒冰洞中，受大地陰寒之氣沖刷，以減緩體內雷火之氣，再補以千年雪蓮爲食物，以保心靈清明，渾身上下早就成爲一個先天型靈體，又勤練秋水神功，求雷火陽氣與寒陰之氣相融，以滅火寒二氣，加之天雷福緣深厚，得天王神印神妙融合，使陰陽二氣水乳交融，真是奪天地之造化，若論當今風月大陸人內力之深厚，無人可比。

雪山聖僧雖知道天雷小小年紀護身罡氣已成，但其中神奇卻也是不得而知，只好心中納悶，不再去想它，一心只教導天雷讀書寫字，文韜武略，寬厚待人，以愛萬物之心愛己愛人，作一個天下的英雄。

聖僧本人是風月族人，教天雷說風月族語言，平時還不斷地教導天雷天文地理、山川河流知識，講雪山之外的廣闊天地、城市、人群，講一些世間人的疾苦，做人禮節，聽得天雷悠悠神往，知道除了這雪山之外，還有一個更加闊大的世界，有馬、牛、羊群和怪獸，有風月人、映月人、蠻人、短人和山腳下的雪馬族人和雪奴族人。無事的時候，再也不滿山地亂跑，坐在山頂之上聽著藍鳥歌唱，望著遠方大草原，呆呆出神，不覺天雷已過了六歲……

第二章　雪山聖子

剛剛從山頂歸來的天雷，就聽見師父玄洞中有人說話的聲音，站在門口呆了一呆，因爲大雪山上，從來也沒有另外一個人。這時候，天雷聽見師父的叫聲：

「天雷，進來吧！」

天雷興奮地向洞中走去，看見兩位鬚髮飄然的長者坐在師父近前，一位紅臉老人濃眉大眼，臉上掛滿笑意地望著他，另一位黑臉老人一臉的嚴肅，嘴角稍微掛著一絲笑意，兩隻大眼精光閃亮，直直地盯著他。天雷走近身前，輕輕地喚了聲：

「師父！」

雪山聖僧慈祥的臉上掛著微笑，白眉也有一絲顫動地對他說：「天雷，過來見見你萊恩師兄與列奇師兄！」說完，抬手指了指兩人。

紅面萊恩笑呵呵地看著天雷，天雷忙轉身行禮道：「萊恩師兄！」

萊恩一把抓過天雷，臉上的笑容忽然盡隱，眉毛飛揚，接著笑呵呵地對聖僧說道：「恭喜師父！」

黑面列奇看著師兄與天雷，見師兄恭喜師父，心知有異，忙拉過天雷的手，只覺得手指微震，接著雙眼精芒四射，轉頭向聖僧說道：「恭喜師父！」

雪山聖僧的臉上難得地露出一絲得意，他微微地點了點頭。

「師父，難道師弟已經練成了秋水神功的第七重——神罡？」萊恩直視著聖僧，聖僧點了點頭，接著又搖了搖頭。

秋水神功共分七重，前三重是初段，分為秋水興波、秋水蕩漾、秋水漣漪，首重培元鞏本，修養成氣，一重比一重的難練，一重比一重功力深一倍；第二段又分三重，為秋水生漣、秋水為地、秋水為天，層層功訣不同，難奧異常，著重培養功力，提升自身的內力，為練成天罡真氣做準備；第七重只有一重，為秋水天地，實為練成護身之罡氣，為練武之人一生追求的夢想，再高就是飛升成神了。

剛才萊恩與列奇分別與天雷接觸，因天雷與二人不熟，又初見生人，心中生惕，罡氣自然護體，以致二人一觸即知，心中暗驚，故有疑問。

聖僧看著兩人疑慮的目光，開口說道：「天雷多有奇遇，神罡天成。」二人釋懷。

萊恩・萊德今年六十五歲，天生一副笑臉，但本人卻是一奇人，工於心計，多有異謀，他與列奇・里奧和列科・里奧兄弟同為聖僧僕人的徒弟，年輕時，多受聖僧指點，也修煉秋水神功，常稱呼聖僧為師父，聖僧在僕人死後，因限及他們的天賦，只收三人為記名弟子，已有二十餘年。

列奇・里奧今年也有六十二歲，二十多年來，兄弟二人苦練秋水神功，但也只練到第五重秋水為地。

萊恩・萊德和列奇・里奧、列科・里奧三兄弟，原為文卡爾・豪溫國師手下大將，多受大帝讚賞，在二十年前，與映月、西星和北蠻聯軍大戰中，萊恩與列奇身負重傷，直到戰後也沒有完全恢復，又惦記著聖僧與師父，故向大帝申請回雪山養傷，大帝念及他兄弟兩人有大功，當時國內大將又少，西南雖然無什麼戰事，但大草原的門戶又非等閒人能鎮守，因此把聖拉瑪大雪山南麓的勒馬城與奴奴城封為二人的領地，領軍鎮守邊陲西南。

近幾年來，二人因年事已高，城中之事自有孩子們掌管，已不再管什麼事情，以前每年都上山看望聖僧師父，因聖僧多有攔阻，故才三五年來看一趟，不想幾年不見師父，卻多出個這樣的師弟來。

當下師徒四人就在玄洞中談論起事情，因天雷年幼，兩位兄長又十分喜歡他，天雷就纏住二人，談得十分的投機。天雷多有問及山下的事情，二人見天雷年少，只將一些有趣的事說給他聽，聽得天雷嚮往不已。

夕陽剛剛要落山的時候，師徒四人站在大雪山的頂上，面對著落日的餘輝，沉靜了下來。

萊恩和列奇正想與師父告辭，忽然聖僧一聲長歎，師兄弟三人忙望向師父，聖僧看著萊恩和列奇，語氣沉重地說道：「你兄弟二人如今年紀也已經不小了，勤練也不會有什麼突破，雪山萊德與里奧兩家族事情正多，你們要多加管理。」

萊恩和列奇聽得「雪山萊德與里奧兩家族」後，立即跪倒在雪地之上，口裏顫聲說道：「謝師父！」

因爲二人知道，聖僧從現在起，才真正地把他們兩人收爲弟子，「雪山」二字從聖僧嘴裏說出，意義深長，回想起三十多年來師父的教誨，淚水不禁流了下來。

聖僧沉聲說道：「你們起來吧！哎，三十年風雨轉眼已過，如今你們也已六十餘歲了。再出十餘年，天下必將大亂，風雲突變，七王爭霸，一主沉浮，西南必將人才輩出，你們要提早做好準備。」

萊恩和列奇兄弟二人垂手而立，雙眼圓睜，靜靜地盯著聖僧，齊聲應道：「是！」他們二人知道聖僧幾成神仙之體，看破天地之玄秘，師父的話，不會有絲毫錯誤。

聖僧再次沉聲說道：「你們去吧！」二人應聲而去。

聖拉瑪大草原在大雪山的南麓，南巒山的北側，向西縱橫千里，勒馬城與奴奴城並排而立，緊緊勒住大草原向東的出口。

勒馬城人口二十餘萬人，有三萬軍隊駐守，緊靠大草原中南部，與雪馬族相臨，向南臨南巒山北側，範圍與短人族領地相連；奴奴城人口也二十餘萬人，三萬駐軍，靠近大草原中北部，近聖拉瑪大雪山，西與雪奴族相臨，往北繞雪嶺五百里，與嶺北城、臨關城爲鄰，再向西北則是嶺西關了。

來到山腳下，列奇對萊恩說道：「師兄，到我奴奴城坐坐！」萊恩點了點頭。

雪亮的月光灑落大地，一望無垠的大草原灰濛濛，月光映照著雄偉的奴奴城，顯示恢宏的氣勢。二人叫開城門，來到列奇住處，梳洗完後，在書房小酌，氣氛與平時截然不同，略顯得沉悶。

酒喝多時，萊恩首先開口說道：「師弟，師父的話我深信不疑，看來風雲將變，西南已非樂土！」接著說道：「但師父說，西南將英雄輩出，看來已非落在我們的身上！」

「是啊，師兄！照我看，一定是落在小師弟身上，我那幾個孩子，我自己知道！」列奇接著說：「小師弟小小年紀就已有這般成就，再過十幾年，在師父的教導下必將再無敵手！」

「是！」萊恩點了一下頭，接著說：「我那幾個孩子也不成，比起師弟那是天壤之別，但你我二人也不可妄自菲薄。師父今天說『雪山萊德與里奧兩家』必有深意，看來你我兩家必有一番作爲。」

「也是！」列奇重重地點頭，然後說道：「那也許是小字輩的事，只要我們嚴加監督，早傳他們神功訣，將來必有大用！」

萊恩放下手中的酒杯，語氣沉重地說道：「但不論將來如何，我們現在必將有所準備，師弟再行也是一個人，班底我們必將打好，師父的話，也許就是這個意思！好在還有十年的準備時間。」

列奇看著萊恩，語氣沉重地說道：「你我二人都是軍人出身，對這樣的事深知它的利害，這事必須滴水不漏，外鬆內緊，積少成多，讓人看不出絲毫破綻才行。」

「那是當然！」萊恩傲然地說：「我雖然不敢比國師，但常人還不放在我眼裏。說到謀略，你我兄弟必不少讓！」兄弟二人相視而笑，談到第二天天亮，萊恩才起身告辭而去。

天雷從萊恩和列奇兩位師兄離去後，腦海裏淨想些山下的趣事，常常纏著師父帶著自己下山去看看，聖僧被纏得緊了，總是安慰他，說他年紀還小，有許多事情他自己還不懂，只要學好知識，練好武功，一定就帶他下山去。

天雷聽了，想了一想也是，自己這麼小，沒什麼本事，只有把師父教的都學好了，師父自然就會帶自己去。從這一天起，他似忘卻了這事情一般，每天努力地跟著師父學習各種知識、練武，聽藍鳥唱歌，但是，在他內心的深處，總是有一絲牽掛。

這天，天雷忽然想起那天進天王印洞時有兩個玄冰洞，自己只進去了一個，聽師父說，自己還得了很大好處，就決定再過去看看。

來到了小洞前，他深吸了一口氣，舒展身姿，向洞內爬去。玄冰洞內還是初來時的那樣，沒有什麼變化，天雷先到上次的玄洞室中看了一眼，就向右側方的玄洞室走去。

玄冰室內的大小與鄰室相同，左側有兩隻大玄冰做的箱子，不知道裝了些什麼東西，右側兩個玄冰做成的方桌，靠裏面桌上，放著一付鎧甲，邊上放著一支長槍、一把長刀、兩柄長劍、一張弓，幾樣武器一式烏黑發亮；外側桌子稍小了些，並排放著幾本書，一本《槍技》，一本《刀訣》，一本《劍錄》，一本《弓法》，一本《戰策》，天雷稍微翻了翻，就向左側的兩隻玄冰箱走過去。

箱蓋不是很厚，一揭開，裏面金光四射，一排排金色的黃金塊，天雷趕緊放下蓋子，側身走到另一個箱子前，打開一看，五顏六色，寶光閃閃，各式各樣的珍寶不知有多少，天雷只認識一些珠寶，那是上次師父說的，他挑選了十顆較大的拿出來，放在了玄冰地上，起身再打量玄室內的東西。

天雷眼光流動，停在了武器上，走上前撫摸著鎧甲，入手有一絲清涼，但心頭有一股熟悉的熱戀感覺，抬眼看長槍，槍很長，有自己身體的三四倍還多，碩大的槍頭有兩尺，呈菱形延伸，抬手拿長槍，一沉沒有拿動，他用力地抓槍身，槍微微抬起，熟悉的感覺更加強烈，但天雷知道自己年紀小，力氣不夠，他依依不捨地放下長槍，移轉目光向長刀望去。

刀長有四尺，黑色的刀鞘呈微微弧形，他抓緊刀柄，一沉力抽出刀身，刀有些沉重，黑亮的刀身呈流線型，長而顯得有一些狹窄，流光閃動，彷彿要與自己融爲一體般的感覺，他收回長刀，側身拿起一柄闊劍，劍呈長方形，有十餘斤，長而無刃，特別而有一種引力感，再拿起彎刀，彈一下弓弦，有一絲輕鳴聲，就好似彎弓在歡唱。

天雷放下武器，收起書本，帶上十顆明珠，依依不捨地離開了玄冰洞，回到了師父的玄室中，聖僧聽完天雷的述說，看著他帶回的東西，沉思片刻，從此後，更加嚴格教導天雷，勤練武功，修習武略。

六年的苦練，雷火真氣已與秋水神功水乳交融，渾然一體，形成新的真氣，罡氣更加純厚，運功時隱隱浮現金黃色。槍法、刀法、劍法嫺熟，弓箭亦是出色，尤其是天雷的氣質發生了根本性轉變，粉白色皮膚，黑色而飄逸的長髮，一雙黑色的雙眸看上去深沉而幽遠，像大海般的無邊無涯，人顯得非常的沉靜。

經過師父幾年的教導，十二歲的天雷知道了做人的禮儀，穿上雪狐皮做的皮衣裳、皮鞋，自己打獵吃，走遍了雪山上的山山坎坎，幽谷深壑，聽全了百鳥的唱歌。

天雷特別喜歡聖靈峰下一處翠谷，谷內幽靜，果木林立，藍鳥飛翔，他叫小谷爲藍鳥谷，一個人靜靜地在藍鳥谷中練武，累了就休息，進入冥想，熟悉天王印訣，這時候，頭腦特別清晰，流淌在體內的熱流隨訣流轉，匯集在額頭，呼之欲出，每當天雷暴喝聲「天罰」，就會有一道強光閃出，擊得石塊分飛，藍鳥飛逃，天雷不敢多試；如輕聲呼喚，則一道柔和光照亮身體，藍鳥飛投，顯得格外歡暢。

一次，一隻藍鳥的腿不知道怎麼負傷，天雷柔和的光一照，一會兒傷口就痊癒，藍鳥繞身不去，歡唱不絕，歡喜得天雷興奮了好幾天。

幾年來，天雷也曾經背著師父，偷偷地去看過雪奴族人，他們住在雪洞裏，高大的身體讓天雷吃驚，就是小孩子也十分壯實，渾身雪白，長著白毛，初見天雷時，雙眼圓睜，口中喊著不知什麼樣內容的話，看見天雷飛掠而去，都撲伏在地上，虔誠地拜著，時間長了，天雷也不害怕，聽著他們喊著「聖子」，心中只是奇怪而已。

有時，天雷把抓住的雪狐送給雪奴族人，這時候，就見一個個雪洞中鑽出雪奴族人，跪倒在地上喊著不清晰的語言，叫著「聖子」，天雷這時候才知道「聖子」是喊著自己，回去後，問師父「聖子」是什麼意思，聖僧微笑不答，以後就允許他到山下去玩。

雪奴族人原也是大草原牧民的一支，千多年前不容於草原各部落，而只好靠雪山爲生，大小有二十幾個部落，部落裏，男族長掌權，分配食物，女為聖女掌權，帶領婦女採集山上果實，部落之間各有一定領地。

但雪奴族人仍很團結，各部落之間少有爭鬥事情發生，每個部落三千人左右，平時打獵而食，採集野果，有時也偷獵牧民們的牛羊，多召牧民們獵殺，很少到草原上去，但牧民們也不敢輕易上山。

雪奴族人是天生的雪山獵手，不知在哪一堆雪裏就藏著人，他們性格兇殘，不容於草原各部和風月人，但雪奴族人以大雪山為神靈，信奉雪山聖神，虔誠無比，看見天雷是從雪山上下來，人長得靈秀，粉裏透紅，白淨溫和，又為雪奴族人送食物，有時用「天罰」為雪奴人治傷，就認為是雪山上的神靈，是聖神的兒子，為雪奴族人帶來幸福與希望，所以雪奴族人都叫他「聖子」，虔誠無比。

時間一長，整個部族都知道「聖子」下山，來到了雪奴族，天雷漸漸地融入雪奴人之中，學會了雪奴人的生活，懂得了雪奴族人的語言，走遍了整個雪奴族部落，但從此，也給天雷帶來了無限的煩惱。

一天，天雷問雪奴族族長蒙蓋•烏奴，為什麼雪奴族人不到草原上牧馬生活時，老族長悲哀地說，雪奴族人少，不容於雪馬族，到草原上去，族人會全部被殺死，最後，老人長歎一聲說：「要是族人有三百里牧場多好啊！」

鬱悶的天雷站在雪嶺上，遠望綠油油大草原，廣闊而寧靜，百里處，牛羊群緩緩地移動，飛奔的駿馬馳騁，驅趕著牧群，顯得富足而安定，回想起雪奴族淒慘的生活，爲什麼草原闊大的胸懷就沒有雪奴人安身之處？天雷緩緩地收回目光，落在遠處雄偉的奴奴城上，忽然想起師兄列奇就在奴奴城裏，一股爲雪奴族命運而奔波的衝動在他心中湧起，到師兄那想想有什麼辦法吧。

天雷馳下雪嶺，飄飛的頭髮蕩起陣陣豪情，一夜奔馳沒有一絲疲憊，仍減不掉心頭半點激情，在驕陽剛剛升起的時候，他邁步來到城門前。

一個守城兵丁見一個身穿雪狐皮衣的小孩來到城前，忙攔住他的去路，問道：「小孩子，你去那？」

天雷身材頎長，偏高，長相俊秀，見有人問，連忙回答說：「我找列奇師兄，你知道他住哪裡嗎？」

旁邊一個軍官模樣的人聽了，心吃一驚，列奇是城主的名字，這個小孩子稱城主爲師兄，難道自己聽錯了，連忙過來問：「你找的人是幹什麼的？」

天雷回答說：「師父說，師兄是城主，你知道他住哪裡嗎？」

「知道，知道，我這就帶你過去。」軍官心想：先帶你過去，錯了，等一會兒再收拾你。邊想著邊帶天雷向城裏走去。

天雷第一次進城，城內住房一排排林立，街道上做買賣的叫聲不斷，琳琅滿目的貨物真叫他看了新奇，房子也不一樣，東瞧西看，滿心興奮，軍官看著他的樣子，感到一陣陣好笑，腳上加快了步子，一會兒來到一處大院前，他站住腳步，向守門的兵丁說，有一個城主的小師弟求見。衛兵見他和一個小孩子來，心中納悶，但也不敢怠慢，忙向裏通報。

天雷看著眼前一大片房子，黑色大門，高高的圍牆，心裏稱奇。門上兩個金黃色的獅頭嘴裏含著大大的金環，九級臺階，一對石雄獅，高高的圍牆向兩邊擴展，五名守衛腰跨長刀，一邊兩個垂手而立，一個守衛一手扶刀，稍靠於四人前而立。

不久，一陣腳步聲伴隨著朗朗的笑聲從門內傳來，兩扇大門吱吱叫響，向著兩邊開去，一個黑臉長鬚老人跨步而出，後邊跟著七八個人，他兩道目光炯炯有神，稍微嚴肅的臉膛上微露出笑容，停在臺階上看著天雷。

天雷緊步上前，躬身叫聲：「列奇師兄！」

老人轟然而笑，快步走下臺階，嘴裏說道：「師弟，果真是你，下山了？」近前來拉住天雷的手。

天雷點了下頭，列奇向兩旁吃驚的人揮了下手，拉著天雷向裏走去。院內寬大，兩列廂房望不到頭，石塊鋪的甬路，轉過有三重院子來到一處院內，後面搶出一人打開房門，列奇拉著天雷的手，向屋裏走去。

屋子不是很大，但坐十幾個人足夠用，兩人落座，列奇向一個四十多歲雄壯的男子說道：「比奧，見過你師叔天雷•雪！」

雄壯男子忙雙膝跪倒在地，叩頭叫道：「比奧見過天雷師叔。」

天雷慌忙站起，拉住比奧的雙臂，不知道說什麼才好，忙向列奇看去。

列奇看著天雷，嘴裏說道：「這是我的大兒子！」

天雷忙說：「快快請起。」

比奧雙肩一晃，順勢而起，兩眼精光閃爍，看著天雷。後面的六人分別上前向天雷行禮，叫什麼的都有，搞得天雷昏頭轉向，全記不得，列奇也不奇怪，看天雷的樣子，知道還沒有吃飯，忙讓比奧下去安排，餘人都退了出去。

列奇向天雷問道：「師父他老人家可好？」

天雷接過話說道：「好，師父好著呢！」

「師弟，是師父他老人家讓你下山了嗎？」

「不是，師父只是讓我下山玩，我最近常到雪奴族人那裏去，看見他們很淒慘的樣子，心裏很難過，想向你請教個辦法，為他們買三百里草原做牧場，不知道你有沒有辦法。」

「買三百里牧場？」

「是啊，師兄，蒙蓋說，三百里牧場就夠雪奴族人用，我想草原這麼大，就三百里是行的。」

列奇聽得想發笑，心想：他還是孩子心性，這哪裏是三百里牧場的事情，趕緊話一轉道：「師弟，聽你的話，你和雪奴族人還是很好啊！」

「是啊，師兄，我常到他們那玩，差不多有一年了，他們對我很好，都叫我聖子呢！」

「聖子？」

「是啊，師兄，他們說我是雪山神的兒子，是聖子，還向我下拜呢！」

列奇「哦！」了一聲，不再言語，心裏卻琢磨著「聖子」兩個字的含義，同時暗想：聽天雷的話，是想讓雪奴族人重返大草原，這可是千百年來誰也不曾想過的事情，天雷這「聖子」，說不定真能成就這番大事，但這事情太大，先放下，等找來師兄商量商量再說。便對天雷說道：「師弟，你剛到我這來，還沒有玩過，等我馬上派人叫師兄來，大家見見，說不定有什麼好辦法。」

天雷聽完列奇的話，想了一下就說道：「好吧，師兄！」

兄弟倆人又閒談了一會兒，比奧過來叫吃飯，飯後，列奇忙讓比奧派人到勒馬城去請萊恩，然後領著天雷到城內各處閒逛，主要目的是想天雷第一次到城裏，見見各種事物，同時也爲天雷購買了兩套衣裝。

天雷頭一次看見聖日帝國的錢幣，明白了它的好處，沿途又品嘗各種各樣小吃，玩得興奮不已。回來後先洗浴，換上柔軟的內衣褲，外穿天藍色武士裝，望著自己的雪狐皮衣，呆呆地想了半天心事。

第二天近午時候，衛士進來報告說萊恩已經進城，列奇和天雷忙起身向外相迎。剛剛來到大門外，不遠處，二十幾個騎馬之人已飛快地來到近前，萊恩翻身下馬，笑呵呵的聲音已傳出很遠，紅暈的臉膛看不出一絲疲憊，兩隻笑眼看著快步上前的天雷。

「萊恩師兄！」天雷躬身施禮。

「好，好，好！」萊恩連說三個好字，問天雷：「師父他老人家可好？」天雷忙說一切都好。

列奇問候過師兄，趕緊向裏相讓，進屋後，每人洗臉淨手，坐在大廳之上，這時候，萊恩向兩個十四五歲的少年笑聲喝道：「還不上前見過天雷師叔祖！」

天雷向前望去，大廳之上有十幾個人，前頭兩個少年垂手而立，一身武士衣裝，英氣勃勃，滿臉好奇的樣子正在端詳著自己，聽得萊恩的叫聲，也不害怕，扭捏兩下，再互相看了一眼，這才不十分情願地樣子上前行禮。

天雷以詢問的目光看著萊恩，萊恩指著左側一個白臉少年說道：「這個是我的孫子維戈！」又指著黑臉少年說道：「那一個是列奇的孫子雷格！」又面向兩人，臉上笑容盡斂，沉聲說道：「你們看師叔祖小嗎，就是我和列奇也不如他，你們可知道，只要師叔祖稍微指點你們一二，保管你們一生都會受用不盡！」

兩人收斂臉容，躬聲稱：「是！」退在一旁，後面的人都是親衛士，但也是子侄輩，分別行禮後熱鬧了一會兒，萊恩揮手，眾人退去。

「師弟，師父讓你下山了？」萊恩問。

天雷把對列奇說的話向他複述了一遍，列奇在旁補充。萊恩聽後陷入了沉思，列奇和天雷二人不敢打擾，屋內一時陷入了沉靜。

一會兒，萊恩揚頭笑呵呵地說道：「師父學究天人，師弟盡得所傳，聖子降世，西南曙光已現，大草原將為天雷留下萬世美名！」

列奇和天雷聽得不明所以，列奇連忙詢問。萊恩這才說道：「西南久無戰事，大草原各部落安定富足，所欠缺的只是團結，雪奴族人窮困，千年困於大雪山，嚮往回歸草原。天雷以聖子臨草原，勒馬城與奴奴城推波助瀾，定能成就大業，欠缺的只是手段！」

列奇大喜，知道萊恩已有計謀，事有可為，兩人在旁又商量了半天。天雷雖不知道他二人說些什麼，但可以為雪奴族人買下三百里草原作牧場，這就行了，有兩位師兄幫忙，自己可放心了。

從第二天起，奴奴城中就開始有「聖子」降臨草原的傳說，不久，勒馬城中也開始傳起，越傳越神，說什麼「聖子」降臨草原，為草原各部落帶來幸福，祛除邪難，保佑牧民等等，還傳說「聖子」可憐千百孤兒，要在靠近雪山處建設一處孤兒院，各族孤兒不論大小男女，均可到那裏接受「聖子」的恩賜等等，越傳越多，越傳越神。

大草原各部落也有這樣的傳說，不久就傳遍整個草原，牧民們更是歡喜，聖拉瑪大神派「聖子」來到草原，這是千百年來的頭等盛事，祈求「聖子」賜福是草原牧民的夢想，看來就要成爲現實。然而，草原各部落的首領雖然心中疑惑，但也多保持清醒，各部一邊派人向草原四處調查，一面商討對策。

近萬里的大草原上有部落上百，大部族以本族血親維繫，延伸向外部，以族長、首領、勇士爲領導核心領導草原戰士，小部落多爲本族人，依附大部落生存，牧馬於草原。

平時，牧民們以三千人左右爲一族，在首領的帶領下牧牛羊，驅趕著牛羊，在草原上四處放牧的爲「流牧」，多爲小部落，有固定牧場的多爲大部，稱「座牧」，在本族勇士的保護下牧牛羊，像靠近雪山的寇里部與烏闍部就是「座牧」族，本族就有近二十萬人，勇士三四萬，依附的小部落幾十個，人口也有十萬人左右，小部勇士幾百上千不等，平時保護本部放牧，戰時聽從部主指揮。

近二十年來，草原大部族有二十個左右，由於草場豐足，牛羊肥壯，各部落少有什麼戰事，平常雖有一些小磨擦，但在首領的交涉下，倒也和平解決，相安無事，與勒馬、奴奴兩城關係也較好，相處融洽，所以雖然聽得此事，也沒感到什麼。

天雷在奴奴城玩了三天，心中怕師父惦記，起身回山，兩位師兄送他到城外方回。

天雷直接來到雪奴族，蒙蓋族長聽得天雷說，要為雪奴人購買三百里草原做牧場，如聽神話一般，但聖子的好意也不敢違背，只能號召全族人來為天雷送行，他們對聖僧倒是有著無比信心。

天雷回到山上拜見了師父，向他述說到奴奴城找師兄談為奴奴族人買牧場的事，聖僧聽後，對他說道：「天雷，讓雪奴族人回歸大草原，這是非常好的事情，你能這麼做，師父真的很欣慰！既然如此，你就一定要把這件事辦好，多找你兩位師兄幫忙，師父對你很有信心，你不用惦記師父，放心去做吧！」

雪山聖僧的支持，使天雷又增加了信心，從此以後，他多次來往於雪奴族與奴奴城、勒馬城之間，得萊恩、列奇的指點，盡全力幫助雪奴族人，又為他們送來了許多糧食、衣物、帳篷等，並與萊恩、蒙蓋商談了結盟草原各部的事宜，要求雪奴族人在兩個月後的八月二日下山，開聖祭，拜雪山神，為聖拉瑪大神的「聖子」放牧，從此爭得三百里草原牧場。

第三章　聖靈天威

蒙蓋聽得天雷的設想，立即聯絡雪奴族各部落首領，經反覆的協商後，倒也聯繫了七個部落願意下山拜祭聖神，這也是雪奴族人甘冒被滅族風險，天雷能取得八個部族的信任並跟隨下山，可見聖神在雪山、草原人心中，是多麼的崇高，他這個「聖子」也不是被人白叫的。

「聖子」要求草原各部落，於八月二日在距離奴奴城三百里的聖靈峰腳下召開草原會盟的大事情，像一聲驚雷般，震顫著草原各個部落，一時之間，草原沸騰了，人們奔相走告，各部族逐漸有靠攏的種種跡象，萊恩與列奇及時地抓住時機，各自派出代表拜會各部首領，商討會盟的事宜，並承諾兩人將親自參與會盟，見證這大草原千古盛事。

從七月十日起，草原各部落的牧民們開始匯聚於聖靈峰腳下，準備朝見「聖子」，觀看雪奴族人搭建神台，支起的帳篷一排排的望不到邊際，騎馬的各族勇士穿梭於連天的帳篷之間，傳遞著各種各樣的消息。

八月二日，天空從早上起就有些陰沉，各部落人心頭上，就好似壓上了一塊沉重的大石。天剛亮就從勒馬城方向走來一支奇特的隊伍，前頭有八百名全副武裝的戰士牽馬而行，後面長長的隊伍分四排並列步行，全部爲十四五歲以下的孩子，最小的不過八九歲年紀，穿著統一布裝，人數約有六千人，來到祭台百十米處停下，兩位老者鬚髮飄然，站在眾人前面。一會兒，從西南方向不斷地有騎隊湧來，各色的旗幟隨風飄舞，鐵蹄聲陣陣，在本族騎士的引導下列陣肅立，兩名老者穿梭於各陣之前，與各部首領歡顏暢談。

近午時分，從雪山上傳來陣陣號角聲，一會兒鼓聲響起，從雪山上走下一支支隊伍，漸漸地在山腳下匯聚成八支，各種各樣的銀狼旗幟下，列著本族長老、族長、巫師、勇士、雪奴族人，在如雨點般的鼓聲中，緩緩地向聖祭台而來，停在台前不動，鼓角聲猝然沉靜。

時間不長，誦聲從八名巫師口中響起，他們慢步走上祭台，十六名雪奴族勇士抽出圓月形彎刀，把準備好的兩匹馬、兩隻牛、兩隻羊當場宰殺，鮮紅的熱血狂噴而出，早有人呈捧著器皿接血於內。勇士們把割好的馬、牛、羊頭及鮮血、各式果品擺放在祭桌上，更有兩名七八歲的男女孩童捆著手腳，放在桌子的中央，誦歌聲更加的響亮。

這時候，雪奴族人全體撲伏在地，一名巫師聲音朗朗響起：

「大草原的聖拉瑪大神啊，大雪山的聖拉瑪大神啊，萬能的神靈啊，您虔誠的孩子雪奴族人跪在您的腳下，以全族的生命爲代價，呼喚大神的恩賜，請求您的賜福，恩澤於全體的族人，袪除邪惡，保佑牲畜，世世代代永享安樂！」祈禱之聲一遍遍響起，八名巫師聲語相和，遠遠的傳出……

天雷身穿一身白色雪狐皮衣，早早立於不遠處一個雪坡上，看著大草原這莊嚴肅穆的一幕，熱血上湧，眼淚早已爲雪奴族人祈禱不知不覺地流下，他心中激起萬丈豪情，化作萬分慈愛，仰天長嘯，聲浪突破天際，震顫雪山，響徹草原。

他帶著一路嘯聲，展身形來到聖祭台之上，環顧全場，一股天地之間無形的浩氣在身體上流轉，氣勢磅礡，渾然一體。草場上頓時寂靜無聲，各族部落人肅嚴而立，雪奴族人早已伏倒在地上。

天雷以緩慢而沉重的聲音說道：「可憐的雪奴族人，聖拉瑪大神聽到了你們發自真心的祈求，接受你們奉獻上的食物，恩賜於你們回歸草原！我以聖拉瑪大神聖子的名義收你族爲僕人，帶領你們回歸千里草原，賜福你們！」說完，暗暗的念動「天罰」，一道柔和的光從額頭發出，緩緩地照過每一個雪奴族人。

蒙蓋熱淚盈眶，匍伏在地，激動地說道：「我以雪奴族人全族人的生命發誓，把全族的生命奉獻給聖拉瑪大神，世世代代爲聖子的僕人，爲聖子放牧，與各族和平相處，永世不變！」

雪奴族人齊聲宣誓：「把生命奉獻給聖拉瑪大神，世世代代爲聖子的僕人，爲聖子放牧，與各族和平相處，永世不變！」誓言聲震顫人心。

天雷緩緩地收回目光，向各部落首領朗聲說道：「我以聖拉瑪大神的旨意，恩賜雪奴族人回歸草原，賜雪山以南三百里爲雪奴族人做牧場，爲聖子放牧，賜養各族孤兒，在聖靈峰藍鳥谷建聖孤院，各部首領有何話說？」

草原各部族長首領互相觀望了一陣後，一齊把目光投在寇里部和烏閣部族長阿里姆·寇里和巴烏呀·烏閣身上。因爲各部首領知道，雪嶺以南三百里多爲兩部的草場，況且兩部爲大部族，這次會盟的成功又與他們有很大關係，讓雪奴族人回歸草原，看他們有什麼說法。

天雷緩步走下祭台，臉上露出燦爛的笑容，來到各部首領面前慢步而行，各部會盟的人目光一齊射在他的身上。

這次會盟，各部協商後，把寇里與烏閣相臨，依次爲勒馬、奴奴兩城，地點爲各部中央，天雷來到烏閣前時，一名烏閣部勇士攔住他的去路，如打雷般的聲音喝聲說道：「你是什麼人，敢冒充聖子？你說我們讓出三百里牧場我們就讓嗎，真是胡說。」

天雷雙目中突然射出兩道精芒，緊緊地盯在他的身上，一會兒，目光緩緩地掃過全場的每一個人，臉上表情嚴肅，語氣深沉地說：「各部還有誰要說話？」

天空的烏雲愈加的陰沉，黑雲快速向前移動，草場一片寂靜，每一雙目光都緊緊地盯在天雷身上，雪奴族人緊緊地匍匐在地上，一動不動。

天雷臉上突然露出陽光般的笑容，全身上下有一股讓人如沐浴春風的氣質流動，他笑呵呵地說：「各部再沒有什麼人反對，就是這一個聖拉瑪大神的叛徒在違背神的旨意，與大草原人民無關，那麼，就讓天罰懲處這個草原的叛徒吧！」

「小子，受死吧！」天雷剛剛說完，就聽得一聲斷喝，烏閣勇士抽刀跨步上前，舉刀向他頭上劈來。

天雷雙目圓睜，大喊一聲：「天罰！」一道強光從額頭激射而出，「轟」一聲巨響，烏閣勇士已成炭灰，在他身邊周圍有二丈大一個深坑，這時候，遠遠天邊傳來陣陣雷聲，閃電霹靂，越來越近，天越來越陰暗，草原寂靜無聲。

天雷背負著雙手，慢慢地轉過身，背對著各部族人，雪奴族人看到了他眼裏閃動著晶瑩的淚花。一會兒，他高聲喊道：「烏閣部族長巴烏呀！」

「聖……子，烏閣部族長巴烏呀叩見聖子，烏……閣部願獻三百里草場為聖子做牧場。」巴烏呀全身顫抖，搶步跪在天雷的身後，烏閣部族人跪成一片。

「寇里部族長阿里姆！」天雷又沉聲喊道。

「寇里部族長阿里姆・寇里叩見聖子，寇里部願獻三百里草場為聖子做牧場。」

「喀什部！」

「勒馬城！」

「奴奴城！」

……

草原上跪滿了各部落的族人，他們口中叫著「聖子」，牧民們眼裏流下虔誠的淚水。

天雷額頭閃著亮光，向天揮了揮手，這時，天空烏雲慢慢地向遠方退去，閃電雷鳴戛然而止，牧民們眼中頓時一亮，虔誠的心更加的堅定。天雷緩緩地來到聖祭台之上，滿含熱淚的雙眼裏閃動著慈愛的光，心裏充滿著疼愛，他解開男女雙童的繩鎖，抱起他們，放在自己的身前，兩人雙膝跪倒在地，嘴裏喊著「聖子」，驚恐的眼裏含著幸福的淚花。

「雪奴部！」天雷雙眼盯著蒙蓋喊道。

「聖子！」雪奴族人齊聲應答，男女族人臉上無不沾滿欣喜的淚水。

「從今天起，科藍成爲雪奴族人共同的族長，雪藍成爲雪奴族人共同聖女，在他們的帶領下，雪奴族人從此回歸萬里草原，安心放牧，不得與各部族人起爭端，聖拉瑪大神賜福於全體的族人！」

「是！」

「起來吧！」

天雷抬眼看著草原各部落仆伏在地的人們，語氣平和地說道：「千百年來，大草原各部動盪不安，雪奴族人爲此付出了沉重代價，今天，聖拉瑪大神以融匯天地百川的胸懷與大草原寬廣的胸膛擁抱草原各部，恩賜草原各部人民安居樂業，永享太平。」

他頓了頓，接著說道：「今天，草原各部會盟於聖雪山腳下，共同見證這一千古盛事。烏閣部與寇里部胸懷廣大，讓出三百里牧場，聖拉瑪大神非常的滿意，特恩賜予兩部各二十名金鷹勇士，將來維護大草原的安寧，永保大草原的強盛。從明天起，我將在聖靈峰藍鳥谷建立聖孤院，收養各部落男女孤兒，望各部落遵守聖拉瑪大神的旨意，共同建立草原孤兒的新家園。」

天雷說到激動之處，高聲喊道：「勒馬城主萊恩，奴奴城主列奇！」

兩人眼角偷笑，齊聲答道：「聖子！」

天雷向兩人擺了擺手，兩人起身向六千孤兒走去，一會兒，六千孤兒在兩人的帶領下，齊聚在聖祭台前，仆伏在地，齊聲說道：「藍鳥谷孤兒叩見聖子，願終身追隨聖子左右，世世代代永保草原的和平！」幼嫩的聲音響徹雲霄，響徹大草原。

天雷笑呵呵地說道：「各部族長、首領請起！孩子們都起來吧。」

「謝聖子！」

牧民和孩子們是淳厚的，草原人虔誠的心毋庸質疑，心和流淌的熱淚激起他們對神的無限愛戴和虔誠。

萊恩和列奇這時候雙雙來到祭台前，萊恩躬身說道：「聖子，勒馬城願為聖子獻上一萬擔糧食和兩千座帳篷。」
列奇也上前說道：「奴奴城也願爲聖子獻上一萬擔糧食和兩千座帳篷。」
「好啊，太好了！謝謝兩位城主！」
阿里姆和巴烏呀兩人互相望了一眼，心中雖有許多的疑惑，但「聖子」奇異的呼喚天地的能力，他們確實親眼看見，況且事已至此，雖然損失了三百里牧場，但也不影響兩族的生存，「聖子」又答應給兩族二十名金鷹勇士，這可是草原人夢想的榮耀。
阿里姆上前說：「聖子，寇里部願意爲聖子獻上馬五百匹，牛、羊各三百匹！」
巴烏呀也上前：「聖子，烏閣部也願意爲聖子獻上馬五百匹，牛、羊各三百匹！」
各部落首領一聽，也紛紛上前獻上多少不等的馬牛羊，遠處的牧民們也紛紛地獻出自己的虔誠心意。
天雷看著各部落牧民的熱情，心中暖意升起，他滿面的含笑，走下聖祭台，來到牧民中間，額頭閃著柔和的光，用手撫摸著跪在地上牧民的頭頂，嘴裏不停地說著：「賜福你！」
牧民們熱淚盈眶，笑逐顏開地跪在地上，不斷說著：「聖子賜福我了！賜福我了！」
草原牧民們心靈純厚，心地善良，「聖子」的福賜是對牧民最高的獎賞，他的和藹可親得到牧民的擁戴，被視爲千百年來見過的唯一的神。
天雷爲草原牧民們賜福到很晚，他的心被牧民們的善良和虔誠所俘虜，不忍心讓他們失望。晚星已掛滿夜空，草原處處篝火明亮，月光照亮雪山、草原，每一個牧棚裏都洋溢著歡樂、幸福，每一家牧民都拿出自己最好的食物招待著相識與不相識的人們，不分民族部落，甚至雪奴族人都得到牧民們的禮物。

寇里部族長阿里姆的大帳篷，是這次會盟夜晚的中心，各部族長、首領聚集在一起，看著各部族人民歡樂的氣氛，早已把心中的一點點擔心、不快拋在腦後。況且，草原人自古以來就以豪爽著稱，只要認同的事，百折不回，甘灑熱血，以全族人的生命爲代價也在所不惜；但是，不認同的事，就是九牛齊力也拉不回一人，首領們看到族人的歡樂就是自己的歡樂，族人的幸福就是自己的幸福，所以當天雷走進帳篷的時候，全體跪倒在地，真誠之心表露無遺。

「各位族長首領都起來吧！」

天雷很累、很餓，近十萬的牧民賜福可不是一件簡單的事，但他知道，這是樹立自己信心與威望的時候，也是爲雪奴族人爭取最大利益的最好的時機。草草地吃了兩口飯，叫過阿里姆・寇里和巴烏呀・烏閣，微笑著說道：「這次你們兩族願意做出犧牲，我很高興，聖拉瑪大神希望兩位族長恩福長久，永世不落。我答應賜給你們兩族各二十名金鷹勇士，希望兩位族長挑出本族最好的青年來到藍鳥谷，我自會傳授他們最好的武藝！」

「謝謝聖子！」

「這是你們應得的榮耀，大神的心是公正無私的。」

各部首領看到「聖子」與阿里姆、巴烏呀說話，早就留神細聽，且不管他這個「聖子」真假與否，武藝如何，如今在草原人心中的地位是崇高的，以後必將影響整個大草原，況且，他們親眼看見他神蹟般的表現，再聞聽「聖子」答應傳授兩族各二十名勇士武藝的事，心中想起，如真是叫這四十名勇士馳騁草原，那早晚草原必將是兩族的天下。

而且親眼看見勒馬、奴奴兩城送「聖子」六千名「孤兒」，兩族這四十人似乎少了點，於是紛紛請求說，自己族裏如何如何收養了多少的孤兒，也請求「聖子」一併收養。

天雷沒有說什麼話就表示答應，只是說人很多，雪奴族人剛剛答應成為自己的僕人，生活上的事情很是困難，各部能否盡些心力。各部都表示，每年自己願捐出多少馬、牛、羊，兩城則表示每年捐出五萬擔糧食及帳篷衣物，等等，聽得天雷頭昏腦脹，只好委託各部族長及兩位城主共同商議，協調解決。

天快亮的時候，天雷推說自己要回聖雪山，向聖神交代會盟的情況，看望聖僧與大神，請示以後的事宜，各部族長首領聽得如此，也不好說什麼，只好恭送「聖子」回大雪山。

天雷出得帳篷，長嘯一聲，盡舒胸中的氣悶，展開秋水神功訣身法，頓時乘風而去。

各部族長首領看著天雷乘風而去的身影，心膽俱顫，他們並不離去，立即商討建立藍鳥谷的各項事宜。一時之間，草原各部快馬穿梭，物資從勒馬城、奴奴城及各部源源不斷地向藍鳥谷而來。

天雷回到聖拉瑪峰雪山，見到了師父雪山聖僧，訴說起草原會盟、雪奴族祭聖典、回歸萬里草原、建立藍鳥谷等事情，說得繪聲繪色，動人心弦，小臉有一股說不出的興奮。

雪山聖僧聽著天雷的訴說，心情激盪，老懷欣慰，一種二十年之付出終於得到了回報之感油然而生，他不時地鼓勵著天雷要勇敢向前，克服困難，要爲千里草原人的幸福而無私奉獻自己的一切，爲全天下人的幸福而盡職盡責，終身無悔；教育他怎樣做好一名「聖子」，教導好草原的牧民熱愛生活，熱愛和平，教授孤兒文武藝，讓他們過上幸福的生活。

師父雪山聖僧的話，陣陣在天雷的耳邊回響，激起他奮進的勇氣和力量。十三歲的天雷似乎一下子感到了自己責任的重大，負擔的沉重，自己知識的不足，力量的不夠，幼嫩的臉上失去了昔日的歡樂，多了些許的心事，他整天待在雪山頂上，遙望著遠處萬里草原，心情久久不能平靜。

一個月後，天雷似乎成熟了許多，沐浴在陽光下，渾身散發著一股春天般的氣息，平靜的臉上展露出燦爛笑容。他想通了許許多多的事情，懂得了要把自己的笑容奉獻給所有需要他的人們，帶給他們幸福和快樂，知道了爲什麼那次會盟時，牧民們那樣的歡樂，爲什麼雪奴族人甘願爲自己的僕人，懂得了那種苦苦掙扎的艱辛，命運既然給自己做出了安排，自己就應該勇敢地走下去，哪怕是粉身碎骨。

今日的藍鳥谷失去了往昔的平靜，高大的木屋座座拔起，平坦的谷地上，井然有序地排列著各式各樣的武器用具，一陣陣童音聲聲響起，一排排的孩子邁著整齊的步伐，操練著各種武技、戰陣，井然的口令聲蒼勁有力。

谷口處，兩張木桌後坐著四人，不時地有穿著各種服裝的孩童、少年，來到桌前登記後，跟隨一名勇士進入，三百名各部落的勇士分散各處，維持著秩序。

天雷馳下雪嶺，邁步來到了谷口，遠遠看見他的牧民和守谷的勇士跪倒在地，有更多的人隨之而跪下，每一個人口中都叫著：「聖子！」

「聖拉瑪大神賜福於您們，都起來吧！」

來到了谷內，操練的隊伍早已停下，兩位老人站在隊伍前，看見他快步地走過來。隊伍在兩名少年的帶領下，成兩個方陣靜靜地站在原地。

天雷老遠就看出是兩位師兄，連忙迎了上去，口裏喊著：「萊恩師兄、列奇師兄！」

「呵呵，聖子，您回來了！」

「師兄，你們怎麼也叫我聖子？」天雷來到近前，低聲地責備說。

「天雷，這可不行啊，以後，你只能叫我們兩個的名字，不許叫師兄，你要記住啦！」

萊恩也低聲地回答。

「那怎麼行呢！」

「不行也得行，不然就前功盡棄了！」

「哦……好吧！」天雷一聽前功盡棄，不十分情願地回答。

「啊，對了萊……恩、列奇……」天雷叫得很不自然地問：「你們兩人怎麼還沒有回城呢！」

列奇接過了話：「我們兩個不回去了，就住在這，陪你訓練這群孩子們！」

「那怎麼行，你們都七十多歲了，不要跟著我受苦！」

「呵呵，說什麼受苦，這才是我們兩個最喜歡做的事，一閒下來骨頭都難受。」

「這……」

「聖子，你就答應了吧，看著孩子們將來能有些出息，我們就高興了！」萊恩連忙接過話。

「好吧，謝謝你們！」

走到隊伍前，天雷忽然看見維戈和雷格站在隊伍的最前面，好奇地問：「萊恩、列奇，維戈和雷格怎麼也來了？」

「聖子，你忘了這些孩子們，都是我們這十來年來收養的孤兒嗎？維戈和雷格一直和他們在一起，領著他們練功！」

「哦，萊恩，我想起來了，他們就是你們這些年來收養的孤兒，一直在你勒馬城住著，怎都來了這呢？」

「聖子，聖孤院可不能沒人，況且，他們住在這又好一些，以後，你把一些武藝傳給他們，將來好幫你啊！」

天雷聽了點了點頭。

藍鳥谷中，天雷的住處在北側靠山一處獨宅，面南背北，兩側一排廂房延伸到谷口不遠處，背後蒼松翠柏，環境幽雅。室內一間書房，一間臥室，一間大會客廳，一間小一點的飯廳。

書房內一排大書架，擺放著許多不知名的書籍，這些是萊恩與列奇花費了許多心血爲天雷準備的，多是各種兵書戰策、排兵佈陣、策略等書籍，兩人一輩子征戰殺場，別的什麼書也不喜歡，更不怎麼懂，只找來這些；臥室內一張大床，一張書桌，一張椅子，兩個粗老頭也不懂得別的事；客廳寬敞，主位一張椅子，兩側各有十來張椅子。

三人來到廳內落座，兩名伶俐的女孩子獻上茶，萊恩、列奇問過師父好後，好奇問著天雷：「聖子，這幾天你又有什麼奇遇，說來聽聽？」

「沒有啊！」

「列奇師弟，你看他有什麼變化沒有？」

「是啊，師兄，感覺好像看起來更舒服的樣子。」

「真沒有什麼啊，這幾天只跟師父說一些話，剩下就是一個人在山頂上想一些東西。」

兩個人一起點了點頭，知道天雷是想通了許多的東西，心神合而爲一，將來功夫必將有大進。

幾個人說說笑笑，交代了天雷許多的事情，有這兩位老師兄幫忙，天雷不懂得的事情都迎刃而解，要不，那會有藍鳥谷今天的這番成就。聖僧交代天雷住在藍鳥谷，平時多上大草原各部落走動，學習草原上自已不知道的東西，所以天雷放心住下。

第二天，天剛剛見亮，天雷就被嘈雜聲吵醒，心中好奇，平時在山上，他沒有什麼作息時間，愛啥時休息就睡，現在不同了，洗把臉來到外面，看見維戈和雷格領著大家練功，看著看著，天雷皺起了眉頭，感到孩子們雖然長得粗壯，練得有力，虎虎生風，可實際上沒有什麼殺傷力，當然，以天雷在聖僧的教導下的身手看，當然是不好的。

萊恩與列奇來到近處，看見天雷皺著眉頭在看，心中有數，列奇微擠出一絲笑意，對著他說：「看看感覺怎麼樣？」

天雷搖了搖頭，忽然說道：「師兄，就把秋水神功訣的前三重傳給他們吧。」

兩人聽了大喜，齊聲應是。他們知道秋水神功訣是雪山神功，不許私自傳授，維戈和雷格因爲是自己的孫子，兩人又疼愛，從小就有傳授，但別人卻不行，今天天雷親自答應當然不同，他是聖僧唯一的傳人，有這個權利，師父也不會責怪。

又看了一會兒，天雷忽然來了興致，笑呵呵地向前走去，來到近前，大家早已停下問好，天雷指著維戈和雷格說：「我陪你們練練！」

維戈和雷格聽後大喜，早就聽爺爺說這個小師叔祖功力高強，心中不是很服氣，今天就想看看。兩個人早就商量過了，不與他比劍法，當然因爲他是雪山唯一的傳人，劍法一定熟悉，所以兩人來到兵器架上，維戈抄起一支長槍，雷格拿起一把大刀，站在天雷的面前，緊繃著小臉，看著天雷。

萊恩和列奇笑呵呵地看著他們，心中知道維戈和雷格的想法，也想看看這個小師弟武功到底如何。

天雷當然不知道他們想什麼，看著兩個人都拿著兵器，心中發慌，他很少與人對練，今天一下子來了興致，招來了兩個比自己大些的人，心下正在後悔，但事已至此，後悔已沒用，拿眼角一瞧，看見兵器架上有一支長槍，忽然想到了自己練過《槍法》上的霸槍訣，歡喜中走過去拿了過來，站在維戈和雷格面前，點了點頭。

第四章　雛鷹亮翅

萊恩和列奇看著天雷忽然拿起了長槍，心裏奇怪，精神越加的專著，靜靜地觀看。

維戈和雷格見天雷點頭，知道他不會先出手，兩人對望一眼，一聲輕喝，維戈雙手握槍，槍頭一顫，直奔天雷前胸，雷格兩手長刀一擺，斜劈天雷握槍的手臂，兩人從小一起練功，配合默契，刀槍顫動強攻。

天雷展身向左一閃，雷格長刀落空，手中槍急點維戈的槍尖，同時後退半步。雷格刀花一轉，猛然間刀影燦爛，向天雷右肩劈來，這時候維戈槍頭一抖，槍花抖動向天雷左肩急刺。

萊恩和列奇看維戈與雷格刀影槍花展動，微微點頭讚許，他們從小練功，知道兩人已經小有成就。

天雷長槍突然從左向右劃出一道半圓弧，後退一步，從右到左連抖出兩個圓圈，把刀影槍花圈在其中。萊恩和列奇齊喝一聲：「好！」

雷格只感覺刀背一動，忙後退一步，知道刀勢已先被天雷破去，維戈急忙後退一步，把天雷順槍身而來的槍頭擺脫，手中槍急纏天雷長槍，雷格再擺刀斜劈急上。

天雷急轉身形與他倆戰在一起，起先他心中較慌亂，但他功力畢竟高於二人許多，幾個招式下來已穩定住情緒，反覆展開霸槍三式中的守字訣防守，雷格與維戈二人盡力攻擊也不能撼動天雷半步，局面漸漸開始對天雷有利，又因兩人見天雷反覆只用一式就頂住他們的進攻，心裏開始焦急，攻勢更加猛烈。

刀槍影中，天雷一直處於守勢，漸漸升起好勝的欲望，他突然間身體綻放出一股濃濃霸意，罡風在身體周圍流轉，槍式大變，輕喝一聲，維戈與雷格身形急退丈尺以外，刀槍在身前佈起一道防守牆影。

天雷心中高興，見二人退卻，並不追擊，只將功力提至四成，槍式展開，向上斜指藍天，劃出九朵槍花，覆蓋身前，突然一條槍龍在槍花之中急射而出，瞬間即逝，天雷收槍站立，見雷格與維戈二人狼狽不堪地從地上爬起，呆了一呆。

「好槍法，好槍法！」萊恩一邊走一邊大聲讚美。

「好，好！」列奇目射精光，連連讚美。

兩人來到維戈與雷格身前，各自拍了拍孫兒的肩膀，笑瞇瞇地向天雷的方向呶呶嘴，二人與爺爺心意相通，面向天雷跪倒在地。

「你們這是幹嘛？剛才可沒有傷著你們吧，幹啥跪著？」天雷看著二人，不知所措，側目向兩邊一看，孩子們個個圓睜雙眼，緊緊地盯著他，操場之上寂靜無聲。

「呵呵，呵呵，師……聖子，他們倆可是看上了你這槍法！」萊恩笑著說。

操場上的孩子們看了天雷槍法，又聽萊恩如此一說，心中知道，這時可是一次機遇，也許自己一輩子就是這一次，紛紛跪倒在地上。

天雷看著跪在地上的眾人，點了點頭，嘴裏說道：「都起來吧，這霸槍三式並不是師父傳授我的，就傳給你們吧。」

孩子們一陣陣的哄笑，紛紛跳了起來，維戈呆呆地跪在地上，如癡了一般，雙眼緊盯天雷手裏的長槍，而萊恩心疼地拉起了自己的孫兒。

天雷看了看周圍的人們，心中感到一陣陣的溫暖，他從小待在雪山上，雪山聖僧雖然常常教導於他，可孩童的心從沒有像這般歡樂過。

他平靜了一下心神，對著萊恩與列奇說：「這樣吧，我看雷格用刀，維戈用槍，都傳授槍法對雷格並沒有什麼好處，這樣會限制他的發展，我另外還有一路刀法，決不比槍法差，就傳授給雷格吧。」

他看著靜靜聆聽著的四人，指著遠處傾聽的孩子們接著說道：「他們也是一樣，你們把他們分開來，願意學習槍法的就學槍法，願意學習刀法的就學刀法，另外把身體強壯有力，腦子笨一點的或不適合學刀槍的人挑出來，我另外傳授一路重劍法，女孩子全都剔除，我親自傳授她們劍法，你們看可好？」

萊恩聽後激動地說：「太好了，每一個人學武的天賦不同，不能拘於一格，這樣一來，他們就可以按照自己的天賦學習，況且你的武學早就在我們之上，你說怎樣就怎樣。」

天雷聽完萊恩的話，面對著孩子們大聲地說道：「孩子們，大家都是兄弟姐妹，從此雪山藍鳥谷就是我們的家，大家一起生活，共同努力，好好學習武藝，把藍鳥谷變成全天下最好的地方，讓所有的人都知道藍鳥谷是最幸福的地方。」

「雪山藍鳥谷是我們的家，是世上最幸福的地方！」

「我們有家了！」孩子們流下淚水，互相擁抱在一起。

「我熱愛你們，一定會把我知道的東西都教給你們，讓藍鳥谷的每一個人都成為天下的英雄。」天雷激動地說著。

「啊，天下的英雄！」

「啊，我能成為天下的英雄！」

天雷說到激動之處，對著萊恩與列奇又說道：「另外，再給他們找一些老師，教導他們學習文化，懂得多一些的東西，我就拜託兩位了！」

「行，真是太好了，讓他們白天習文，早晚練武，雪山藍鳥谷，呵呵，雪山藍鳥谷……」萊恩呵呵大笑。

「你們倆跟我來，維戈和雷格開始分人，每一個人都要志願，不要強迫誰。」

「知道！」維戈和雷格答應。

天雷往回走，心情忽然有一絲沉重，來到客廳落座，對著萊恩與列奇兩個人說：「兩位師兄，我知道近一段時間以來，給你們添了許多的麻煩，你們還花了很多的錢，我不知道說什麼才好。」

萊恩與列奇兩人看著他心情沉重，起先還不知道因爲什麼事情，這時候聽得他這麼一說，兩人忙說道：「沒什麼！」

萊恩看了眼天雷，接著說：「天雷，你可記得六年前我和列奇去看師父的事？」

天雷點了下頭，沒有說話。

萊恩接著說：「師父當時說，不出十餘年天下必將大亂，西南將英雄備出，要我們倆早做準備，我和列奇回來後商議了一番，就開始做準備。西南郡各城地處邊陲，沒什麼物產，只產些糧食，每年收入不過八十萬金幣，除去向短人族秘密購買武器裝備外，還要購買些糧食，又要訓練一些軍隊，實在也沒有剩餘什麼錢。五年前我們開始向外做一些買賣，買賣一些西南雪山的特產，雖然掙得一些，但由於資金不足，一直效果不是很好。」

列奇接過話說道：「本來我們想一路向帝京不落城發展，主要賣一些特產，再運回一些帝京的產品一路買賣；一路向東南方向發展，回來時向短人購買武器；另外一路向嶺西關、堰門關發展，賣一些馬匹，但是，由於馬匹主要來自草原，購買困難，加上我們資金實在是不足，又不敢過分的張揚，所以這幾年只向帝京一路發展，但也不是很好。」說完低下頭，小聲說道：「只是這些年來收養了這些孩子。」

「兩位師兄做得很好，這些年來實在是辛苦你們了！我知道我還小，幫不上你們什麼忙，但是這些困難我們一定能克服，過兩天你們跟我回山一趟，我有一些錢。」

「不能花師父的錢，師弟！」兩人齊聲說道。

天雷微微一笑，湊近前小聲地說道：「兩位師兄，我發現了一座藏寶窟，師父說裏面全是珍寶。」

「真的？」兩人驚奇，瞪大了雙眼。

「是的！」天雷點頭應是，接著說：「過兩天我們回去看看，拿出來做買賣，有了錢，好好地建設藍鳥谷，多買些糧食、武器，另外，我們還要買一些馬匹，每一個人都要有一匹好馬。」

「好的，師弟！」

第二天早晨，維戈和雷格進來告訴天雷，已按照他的要求把人分配好了，大家正在練武場上等著。兩人比天雷大一兩歲，雖是少城主出身，但萊恩與列奇要求甚嚴，又好習武，沒有什麼驕氣，從小就與孤兒在一起，辦起事來實在不是天雷能比的。

來到練武場，孤兒們共分四部分，維戈向天雷一一做了介紹，兩塊人多的是槍隊和刀隊，槍隊二千九百六十四人，刀隊二千五百七十三人，女隊共三百零七人，重劍隊四百一十五人，共計六千二百五十九人，加上二人，共計六千二百六十一人。

天雷吩咐兩人從今天起，全部傳授秋水神功訣前三重，每十一人爲一隊，設一隊長，隊長輪流當，每十天換一人，各隊員之間可互相挑戰，各隊之間可互相挑戰，勝者可獎勵十天當隊長，並記錄以後競爭百人隊長，維戈和雷格一一記住。

天雷回藍鳥谷已有三天，草原各小部落送來十五歲上下的少年共三百餘名，萊恩說各大部落要等十月十五日叼羊節過後才來報到，天雷也不在意，出谷直接往雪奴部走去。

雪奴族人從聖祭之後，八部無一人回歸雪山，全八部人口二萬一千餘人住在雪山腳下，在勒馬、奴奴城及草原的牧民送來的帳篷裏居住，連綿兩千餘帳篷沿雪山腳下一字排開，族人嚴格守禮，決不與各部落發生一點矛盾摩擦。近一段時間以來，勒馬、奴奴城送來糧食、衣物，草原各部落答應送給「聖子」的馬、牛、羊陸續送到，草原牧民也多有贈送，蒙蓋帶領八部首領跪接於草場上，前後收入的馬匹、牛羊群共四千餘匹，陸續還有牧民在贈送，雪奴族人看護著牧畜，吃著可口的糧食，像過上天堂般的生活，對「聖子」及各部落牧民的感激無以言表。

天雷出得谷口，不是很遠處就來到雪奴部，老遠就跪了一地的人，他一一的叫起，嘴裏不斷的賜福。

蒙蓋及各位族長聽說「聖子」來臨，慌忙地迎了出來，跪在地上，不自覺已淚流滿面，天雷看著心酸，想起雪奴人以前的淒慘生活，今後可過上好日子，就把住蒙蓋的手臂扶他起來，口裏說道：「都起來吧，以後我一定會帶領你們過上幸福安定的生活。」

「謝謝聖子大恩！」

科藍和雪藍來到近前，兩人如今一個是八族的族長，一個是聖女，以前科藍是白狼部族長的兒子，雪藍是蒙蓋的孫女兒，上次兩人爲聖祭靈童，被天雷救下，任爲族長聖女，只是兩人現在還小，又是非常時期，故有許多的事情還是各部族長長老共同做主。這些，天雷聽萊恩說過。看見他們二人天雷忙拉了過來，問長問短。

天雷一邊走一邊說話，在每一個帳篷前面都停一會兒，或進去看一看，爲雪奴人賜福，身後跟著的人越來越多，每一個帳篷裏的人無不跟了過來，他只好叫蒙蓋攆人回去，但每一個人的腳步好像十分沉重，移動十分緩慢。

天空的太陽已經過午，暖洋洋的陽光叫人感到無限溫暖，天雷從最後一個帳篷中走出，心中感到無比的快樂，因爲雪奴人安定生活給了他少年心的滿足，他看著遠處的大草原，心搖神馳，神情癡迷，一會兒，他回身叫過科藍與雪藍，指著遠處的天空與草原，無限深情地說：「你們要好好地學習大草原廣闊胸懷，學會草原人心胸的包容，要與草原人融爲一家，真正回歸萬里草原的懷抱！」

「是，聖子！」

「蒙蓋，過兩天，你讓科藍和雪藍進藍鳥谷，以後凡十六歲以下的孩子都進藍鳥谷學習，另外，婦女們現在沒有什麼事情做，叫她們到谷裏幫忙做點事情。」

「是，聖子！」

「你們要記住，學會包容的心才能融入草原，學會愛人才能愛己，才能真正地回歸草原！」

「是，聖子！」眾人齊聲應答。

回到了藍鳥谷的晚上，科藍與雪藍就來到了谷裏，天雷叫雷格領科藍到刀部學習，傳以秋水神功訣前三重，叫雪藍到女部，可雪藍就是不去，說什麼全族的人都讓他好好地侍奉「聖子」，自己決不離開半步，跪在地上淚流滿面，磕頭不止，天雷實在沒有辦法，只好由她。

天雷回到藍鳥谷的第二天，就開始傳授維戈與雷格霸槍與天刀武技，這是他得自天王洞中的《槍技》與《刀訣》，孩子們的秋水神功才剛剛起步，練這樣的武技還不是時候，所以他先傳授給二人。

又過了兩天，天雷忽然想起各部落的少年孩子也到了不少，忙過去看看，鼓勵大家勤練武藝，並也傳授三重秋水神功。閒談時，得知十月十五叼羊節是草原人重大節日，非常熱鬧，忽然興起看看的感覺，回來後與萊恩、列奇一商議，大家都非常同意。天雷連忙吩咐寇里與烏格兩部勇士回族彙報族長，說「聖子」十月十五日分別參加兩族節日，讓兩族儘量靠近一些，「聖子」將為勝者賜福，一時間兩族震動。

趁著空閒的時間，天雷與萊恩、列奇兩位師兄回到了大雪山上，見到了雪山聖僧，稟告了一切，聖僧合著雙眼，聽了一會就讓三人出去，他說以後的事情不用稟告與他，讓他們自己去做，三個人無法，只好來到天王洞前，用巨斧劈開玄冰，天雷進去裝了一大袋子的珍寶，拿出許多的金塊，把四件兵器搬了出來，再用玄冰封住洞口，帶上《槍技》、《刀訣》、《劍錄》、《弓法》、《戰略》幾部書回到藍鳥谷。萊恩對天雷說，珍寶黃金的價值近千萬個金幣，多得不得了，天雷搖了搖頭，只將四件兵器收入臥室房間，把《槍技》交與維戈，《刀訣》交與雷格自己學習，餘事不問。

十月十四日，藍鳥谷中馳出一隊人馬，領先的是寇里部三位勇士，人馬彪壯，緊隨其後的是一輛四輪馬車，車頂一頂白色遮陽傘，車中央一張雪熊皮椅，上面端坐一名少年，雪白的絲綢衣裝，略顯得寬大，衣服鑲嵌著藍色的錦繡邊，腰間紮著一條天藍色的錦帶，腳穿雪狐皮鞋，白色的絨毛根根的雪亮。有八匹駿馬拉車，車兩旁各有一少年勇士騎馬緊緊相隨，一名挎刀，一名挎槍，車後緊緊跟隨著兩輛篷車，二十名草原勇士騎馬保護。

天雷起身參加寇里部與烏閤部叼羊節，本來自己沒有什麼準備，但就在起身的早上，雪藍與兩位侍女雅藍、雅雪手捧著白衣而入，讓他穿上，出得谷門口外，才看見三輛馬車與二十五名勇士，一問萊恩才知道一個月前，西南郡郡守騰越親自到達短人族部，要求為天雷定做馬車。短人族早就聽說草原會盟的大事，知道有關「聖子」的傳說，聽說是為「聖子」做車，短人族傾盡全族最好的八名工匠，用半個月的時間為他做好這輛四輪馬車。

提起這輛馬車，周圍用四面雕花木襯鐵板機關車廂，平時不用時可縮入車底，用的時候可當車廂與防衛用，當騰越要付錢的時候，族長卡奧告訴他說，是短人族贈送給聖子的，回到了城裏，早有最好的裁縫做好了兩套別具特色的衣裝，贈送給「聖子」，騰越心疼父親年紀大，又為父親與師叔送來了兩輛篷車。萊恩告訴天雷，「聖子」就要有「聖子」的氣派，這個樣子才能讓草原人信服，還說自己與維戈、雷格將一路隨行，天雷沒有辦法，只好如此。

天雷一路慢行，沿途欣賞大草原與雪山秋天的風光。

秋風帶著絲絲的涼爽，使人精神振奮，雪山籠罩在悠悠的白雲裏，忽隱忽現，參差不齊的雪峰連成片，映著豔陽的嬌輝流動著異彩，秋天的大草原灰濛濛望不到邊際，綠色的草叢中泛雜著黃色的枯葉，略顯得淒涼。一路上時不時的有牧民來到車前，祈求賜福，遠遠地望著離去的車隊，跪倒在草原上由衷地祈禱。

傍晚的夕陽盡灑落日的餘輝於大草原，草原托浮著半邊紅日懸掛在草原的盡頭。寇里部的牧民們迎出十里外，陣陣的馬蹄聲敲響草原大地，一隊隊勇士盡舒草原漢子的豪邁，嘶鳴的馬聲似一聲聲歡唱，迎接著來自遠方的神。

天雷端坐在馬車上，雙手攏在腹前，臉上掛滿笑容，渾身散發出濃濃的暖意，夕陽的餘輝映照在他雪白的衣上，流轉著一股聖潔的美，他雙眼深邃、迷離，帶著朦朧的聖潔，緩緩地馳進寇里部落，沿途牧民一排排跪倒在地，組成一道道波浪，直至寇里部落的族長帳篷前。

族長阿里姆帶領全族的各部首領跪接於帳前，一時間，帳篷外跪滿了人。

天雷輕身來到車下，手扶著阿里姆，額頭上發出輕柔的光輝，照亮阿里姆的全身，他口裏說道：「族長，聖拉瑪大神賜福你平安吉祥！」說罷拉著阿里姆。

「謝聖神恩賜，謝聖子賜福！」阿里姆感激地說道。

天雷在阿里姆的引見下依次走在各部首領中間，賜福於各位首領，眾人見他前額發出神光，照亮全身，就好似真神一般，虔誠的心更加堅定。

天雷走入帳中，神光隱去，坐落於大帳的中央，維戈、雷格跨刀槍分立在身後左右，雪藍坐落於左側上首處，兩名侍女站在身後，雙手裏各捧著一口連鞘單刀，一條腰帶折疊於上，腰帶之上放著一本書。

阿里姆和各部首領坐在右下首相陪，族人獻上香茶，簡單的說一些話，天雷詢問了一些明天叼羊節準備的事宜及烏格部的簡單情況，餘人退下，早有寇里部的侍女準備好熱水，「聖子」梳洗以後，稍事休息，回到大帳篷內，各部首領已在恭候「聖子」開飯。

寇里部是草原的大族，人丁旺盛，牧畜豐足，晚宴非常的豐盛，席間載歌載舞，熱鬧非凡。雪藍不時地爲天雷遞上毛巾、佈菜，充分顯示出她這個「聖女」的尊貴。

夜晚草原寇里部族人無一人想睡，盛大的篝火照亮整個部族，男女老少歡歌豔舞，時刻等待著「聖子」的降臨賜福，每一個帳篷裏都裝著最好的食物，連天的帳篷望不到頭，歡樂的牧民望不到邊。

初更時分，天雷來到了帳篷外，阿里姆引著他來到本族的核心中間，長老、勇士、孩子跪滿帳篷的周圍，後面是婦女和姑娘們，他指著一位十七八歲左右的青年對天雷說：「聖子，這是我的長子里騰！」

天雷微笑著對阿里姆說道：「剛才他爲什麼不到裏面去？」他上前兩步，用手撫摸著里騰的頭說：「英俊的草原勇士，聖拉瑪大神賜福你！」說完額頭神光閃動。

「謝……謝聖子賜福！」里騰顫聲說道。

「起來吧！」

阿里姆看著天雷對兒子的賜福，感激地說：「剛才里騰率領本族勇士到十里外去迎接聖子，保護著聖子的安全，回來後一直在外守候！」

天雷對著里騰微笑著說：「麻煩你了，吃飯了嗎？」

「謝謝聖子的關心，我剛才在外面吃過飯了。」

天雷點了點頭，對著阿里姆說：「回頭你讓他到藍鳥谷去，我傳授他一路神功武技。」

「是！」

天雷邁步向外走去，沿途不停地用手為牧民們賜福，二十餘萬牧民匍伏在地，虔誠地等待著幸福的降臨。

十月十五日，太陽剛剛露出了半張笑臉，大草原上匯聚了成千上萬的牧民，集聚在寇里部族西南的草場上，一座彩台上端坐著「聖子」和各位族長、首領，台下有三千餘名勇士在躍躍欲試。

隨著一聲沉喝，一隻牧羊飛奔而出，勇士們飛身上馬，緊緊追趕，你搶我奪，戰馬蹄聲陣陣，遠處草原上升起一股股的煙塵，漸漸地遠去，一會兒就成爲一個個的黑點，時間不長，在草原的遠處一匹快馬急奔而來，一位勇士懷抱著牧羊快速飛奔，緊緊相隨著十餘位勇士，草原頓時歡聲響起，加油聲聲不斷，勇士快馬加鞭，來到台前，翻身下馬，急步把牧羊呈獻給天雷。

「好，好，里騰，太好了！」

天雷接過了牧羊，草原頓時一片歡呼聲，里騰舉起了雙手，接受草原人勝利祝福。

熱鬧了一會兒，阿里姆從臺上站起，開始組織草原勇士比武。草原漢子多生長在馬背上，個個好武藝，多使用彎刀，與中原各處的武者不同，刀法別具一格，極適應於馬上作戰。當下，由三十對勇士在台前戰在一起，刀光閃閃，喝聲陣陣，直至近午十分結束，勇士姆里奪得最後的勝利，接受眾人的祝福。

天雷始終在臺上觀看，心中興奮異常，很想自己也能夠身臨其境，但他知道自己的身分不同，克制著自己，但臉上也由於興奮而陣陣的發紅，在阿里姆「聖子賜福」的聲中站起身來，快步來到跪在台前的里騰和姆里身前，用雙手分別撫摸兩人的頭頂，神光再次從額頭發出，照亮兩人全身，嘴裏朗聲說道：

「聖拉瑪大神恩賜於你們爲草原金鷹勇士，馳騁草原，永保草原和平，賜福你們！」

雪藍從侍女手中接過長刀交與天雷，天雷笑呵呵地交於兩位勇士手中，里騰和姆里雙手高舉過頂，接過刀身，顫聲說道：「謝聖神恩賜！」

「起來吧！」

里騰和姆里熱淚長流，雙雙站起，兩名侍女上前爲他們繫上天藍色金鷹腰帶，這時候，寇里部落整個歡騰一片。

「里騰、姆里！」天雷輕聲呼喚，「你們一會兒要看仔細了，以後書中刀法有什麼不明白之處，就到藍鳥谷找我。」

「是！」

「下面，由聖子的僕人指導兩位勇士刀法！」阿里姆大聲的宣布，人群頓時一靜。

天雷朝雷格點了點頭，雷格沉穩地走到台前，躬身施禮後展身形站定，隨後展開一路三式天罡刀法。

雷格施展的這三式天罡刀法，是《刀法》八式中的前三式，講求守、攻、殺，這三式刀法其實爲一招，但也可以化爲三式分開使用，功力深厚者可以化爲一招，三式化爲一體，刀法博大精深，難奧異常，雖然雷格習日尙短，但刀法的神髓氣勢還是全部表露了出來。

里騰、姆里是愛武之人，看見雷格這三式天罡刀法的精妙，如癡如醉，寇里部族男人都學習武技，也看得心馳神往，非常羡慕，對聖子的武學更是感到高深莫測。

阿里姆在雷格收式後首先鼓起掌來，草原人性格憨直，並不吝嗇叫好，看見如此好的刀法個個羨慕，眾人說了許多讚揚「聖子」的話語，誇獎雷格武藝好等等，最後，阿里姆說「聖子」還要前往烏格部主持盛會，需要立刻動身，族人雖戀戀不捨，但還是相送十里外，里騰和姆里與阿里姆商議後，決定追隨天雷動身。

寇里部和烏格部接到藍鳥谷傳出的通知後，兩部落靠近了許多，由於他們是草原上的遊牧民族，並不需要花費許多的力氣，兩部僅僅相隔有幾十里，路不遠。

天雷一路急行，快馬加鞭，到達烏格部已是過了中午，路上只草草吃了一些水果，也不很餓。烏格部盛大的歡迎儀式毫不遜色於寇里部，牧民的熱情與虔誠讓天雷再一次感動。略微休息後，天雷就直接開始觀看叼羊、比武比賽，場面熱烈，尤勝寇里部，最後由少族長烏拔與勇士拓展奪得最後勝利，天雷同樣給予賜福，授予二人草原金鷹勇士，感激得烏格部全族誓言保護「聖子」等等。

晚上，天雷參加了烏格部全族的篝火晚會，走在牧民間賜福。熱鬧了兩天，天雷帶領眾人告辭，一路向西，欣賞草原風光，不時地為當地的牧民賜福，在大草原上各部落間走動，為牧民們主持婚禮，參加孩子的洗禮，為老人看病，解決各部糾紛等，贏得各部族人民的愛戴，在牧民心中奠定了永久神的形象，只是天雷的隊伍越走越大，人越來越多，各部族的少族長、少年勇士志願相隨，浩浩蕩蕩，形成草原百年來從沒見過的一種別樣盛況。

一路的西行，天雷的收穫很大，他平日裏指點維戈、雷格、里騰、姆里、烏拔、拓展等人武功，為牧民們賜福近百萬人，學習各部族的生活習慣，鍛煉騎馬，特別是學會了一種草原特有的樂器「冬布拉」琴，它那獨特的韻調，自由的演唱方式深深的吸引著天雷，使他極盡所有的時間學習，一路彈唱，一路加深琴技，草原各部用琴名師多對他盡心指點，進步飛快，以至於半年後回到藍鳥谷時，他幾乎已成為一名用琴的名匠。

一日，眾人來到草原的最西處，草原人也稱之為落日草場。落日草場十分的荒涼，草木少，幾乎沒有那個部落願意生活在此，所以漸漸地形成為野馬的樂園。

烏拔指點著遠處的荒野，向天雷介紹著落日草場的情況，這時候，就見遠處塵煙大起，馬蹄聲如雷鳴般轟響，一群野馬從天邊飛奔而來，大約有五萬匹，當先一匹黑馬，全身油黑色，高大健壯，高昂著頭，在馬群中縱橫馳騁，野性十足，帶領著野馬群向眾人的方向而來。

天雷遠遠地看見飛馳而來的馬群，早就被當先黑馬吸引，他興奮地仰天長嘯，嘯聲中充滿了祥和、安樂和興奮的氣息，這時候，黑馬突然雙蹄向天高高揚起，嘶哩哩的嘶鳴聲好像與天雷的嘯聲呼應，僅僅向前奔馳了一小段距離，馬群緩緩停下腳步，黑馬豎直雙耳，兩眼注視著不遠處的天雷，靜靜地站在原處。

第五章　刀劍爭鋒

天雷緩步向前走去，額頭上發出柔和的光，渾身上下散發著陽光般的燦爛光彩，充滿著一股神秘力量，他的目光裏充滿著慈祥的光彩，臉上掛滿幸福的微笑，雪白的衣裳在豔陽照射下反射出神秘的光彩。

拓展楞楞地向前挪步，被烏拔一把拉住，向他搖了搖頭，草原人都知道野馬群的神秘與野蠻，對人類的反感與敵視，從沒有像今天這樣的安靜情景，大家看著聖子的舉動，心馳神往。

天雷用額頭的光照亮黑馬的全身，用手撫摸著牠的頭與脊背，輕輕地安撫著牠，黑馬用頭撫摸著天雷的臉，眼光裏充滿著依戀之情。然後，天雷向馬群走去，用神光掃過前排的馬匹，用手一個一個地安撫，馬群安靜，像對主人述說著什麼，沒有一絲的騷亂。

拓展首先舉步，眾人來到天雷的面前，烏拔對著天雷說道：「聖子，這群馬從今後就會跟隨你了，太好了，一次就收降這麼多，不愧是大草原的神。」

眾人七嘴八舌地述說著聖子的神奇，眼裏又是羨慕，又是崇敬。

天雷拍了拍黑馬的脊背，對著牠說道：「烏龍，從今後你就跟隨我了，好嗎？」

黑馬像知道一樣，用頭蹭著天雷的肩，跟隨在他的身後。

眾人向回轉，巨大的馬群跟隨在後面，烏龍不時地嘶鳴，安撫著每一匹馬，帶領牠們跟隨眾人踏上通往藍鳥谷的路。

對於聖子收伏野馬群的事情，伴隨著天雷向藍鳥谷的進發，開始在大草原上轟傳，他的神秘，他的神能像長上飛翔的翅膀，傳遍整個大草原的每一個角落，彷彿大草原上的一切生靈都是聖子的寵物，他的子民，他是草原的真神。

萊恩這次相隨有很多的目的，一是要指點天雷各部的情況，另一方面是想借此時機打破草原與兩城間的貿易禁制，他原是草原通，活躍於各部族長中間，與他們相談，商議用糧食收購草原各部的牛羊皮。他本與各部族長互相熟悉，爲人和氣，多年與草原人相處融合，加上這次隨「聖子」而來，各部都要給一些面子，同時又貪得糧食的吸引，很快達成了許多的協定，有的部族甚至答應出賣一些馬匹，樂得他一路笑聲不斷。

伴隨著一路的歌聲、笑聲，轉眼已是來年的四月，天雷等人回到了藍鳥谷，命令把野馬群交給了雪奴族人，草原各部落的少年都留了下來，安排到刀部學習刀技，只是天雷從此極少出谷，每日教授眾人武功，自己學習各種書籍，這次的草原之行對他的衝擊很大，知道了自己懂得的東西還很少，要努力地學習，使自己不斷地強大起來。

冬去春來，草原黃了又綠，綠了又黃，不知不覺已三年，只有大雪山還是那麼的聖潔、美麗。

三年來，藍鳥谷發生了翻天覆地的變化，谷口豎起一塊巨石，雕刻著「聖雪山・藍鳥谷」六個大字，現在已成為草原的聖地。在谷口的周圍自願前來求賜福的牧民不斷，駐紮的帳篷有幾千座，雪奴族人其餘十四個部落全部下山，拜聖祭為「聖子」永久的僕人，人口約六萬人，根據天雷的意思，各部首領全部廢除，通稱長老，尊科藍為族長，雪藍為聖女，平時各位長老一起共同議事，各部牧民贈送及幾年發展繁殖的牛羊五萬多隻，全部過上安定的生活。

藍鳥谷內各族青少年人達三萬人，草原各部少年全部傳授刀法，由雷格與里騰、姆里、烏拔、拓展統領，人數二萬餘人，維戈的槍部獨立，人數也達五千六百人，由維戈與忽突統領；重劍部也發展有一千二百人，由溫嘉與商秀統領，溫嘉與商秀兩人身材高大，氣勢威猛，秋水神功已練至三重，別看二人長得外表粗豪，其實為人十分的精細。

天雷特別喜歡二人，親自傳授《劍錄》上的武學，二人學得十分的勤奮，每每多找天雷請教，時常跟隨身後，另外，雪奴族也送來十歲以上少年六千人，天雷全部送入重劍部學習，由二人教導；女部這兩年人數增長緩慢，只有五百零四人，由雅藍與雅雪姐妹二人統領，姐妹二人長相清秀、性格溫柔、頭腦聰明，在天雷的指導下修煉秋水神功與秋水劍法。練得十分純熟，平時女部多學習文字，幫助天雷傳達一些話，靠近天雷的住處，侍奉他起居生活，還幫助管理雪奴族婦女勞動等事情。

藍鳥谷幾年來成立了書院和藥院，書院教室有五十餘間，教師四十多人，教導谷內的所有孤兒與草原部少年風月族語言；醫藥部有藥師二十三個，全部來自勒馬奴奴二城，平時在谷外為各族人看病抓藥，診費由谷中出，為各族人看病幾萬人。

萊恩與列奇二人現在為谷內大總管，帶領二百五十餘名壯年管理谷內事宜，眾人都叫他們大爺和二爺，當然重活累活是不用兩人幹，只是出出嘴，想些事情，平日裡，騰越和比奧與家人常來看望父親，二人倒是心懷舒展，越老越精神，把一座藍鳥谷管理得井井有條，絲毫不亂。

西南勒馬、奴奴二城這二年來發展旺盛，成立了西南商盟，開往各地的買賣不斷，與大草原各部落的關係越來越好，收購的牛羊皮運送各處，再收購糧食運回，分與草原各部落，中間收入不斷增加，南、中、西三路商貿暢通，內地聖日的各大軍團多購買馬匹，生意火紅。三年來每次商隊回來，總帶回一些各地方的孤兒收養，壯大聖孤院。

不久前，聖子天雷與勒馬、奴奴兩城城主騰越、比奧商議，在兩城分別成立兩支擁兵團，分別註冊人員九百人，全部由藍鳥谷中十六歲以上少年組成，由天雷親自考核合格後出谷進入擁兵團，護送來往各地的商隊，決不允許接以外的委託，目的是鍛煉每一個人的意志，增長見識，鍛煉武功的實戰經驗。奴奴城以刀部爲主，成立藍羽擁兵團，由雷格任團長；勒馬城以槍部爲主，成立藍翎擁兵團，由維戈任團長，每支護送隊由三個百人隊組成，共三百三十人，由三名隊長帶隊，兩城派出精幹的人員輔助，包括商人。

風月大陸的擁兵團有千年的歷史，它起初是各地貴族私養的武裝，負責押運物品等，後漸漸形成作戰力量，千年來不斷地加入各族的征伐戰鬥，實力大增，近百年來，由於大陸聖日、映月、西星等國的逐漸強大，君主深恐擁兵團成爲心腹之患，所以透過不同形式的整合，逐漸取消了大型作戰的擁兵團，但是由於各國武林派別眾多，私有勢力剷除不盡，擁兵團仍然存在，只是由於近二十年來大陸安定，幾乎沒有征戰，所以擁兵團的性質逐漸轉變，真正成爲商業性質的護衛隊。

但是，要想成立擁兵團，並不是件容易的事情，首先，它要經過當地政府的同意，同時要有一定的經濟實力和武裝實力，通常，大陸各國成立擁兵團都是各大世家、武林派別，有各自的江湖高手參與坐陣，且多在中原地區，像西南郡府地區就沒有一支擁兵團，這次勒馬、奴奴二城成立自己的擁兵團，也是由於騰越、比奧是郡府的正副將軍，又爲自己辦事，否則，在邊關地區城市是無論如何也不會批准成立擁兵團。

藍羽、藍翎擁兵團的成立，目的是鍛煉藍鳥谷的子弟，協助西南商盟經商，騰越、比奧作為邊關的將領其實並不缺少人手，兩大世家坐鎮西南三代，又是武將出身，兵多將廣，保護西南商盟不是問題，但是為了藍鳥谷的子弟，他們做什麼都願意，所以，成立擁兵團並不是問題，一時間，出谷參加擁兵團的人數越來越多，早就超出註冊的人數，有六千餘人，而每一個人都有一個共同的姓——「藍」！他們輪番出去鍛煉，聲名漸漸地響亮。

西南郡的兩支擁兵團與中原各處的擁兵團不同，他們裝備精良，一色的短人族打造的黑色盔甲、弓箭、刀槍，全部是十七八歲到二十幾歲的年輕人，況且個個弓馬嫻熟，更像一支軍隊。半年多來，隨著名號的漸漸響亮，藍翎、藍羽擁兵團不斷地與各地的武林派別、擁兵團發生衝突，造成少量的人員負傷，但從沒有人員死亡，維戈與雷格也出谷到勒馬、奴奴兩城去，不時地隨擁兵團出去走走，增長見識，天雷及萊恩、列奇、騰越、比奧很是安慰。

這天，雷格剛剛從外回來，正在屋內休息，忽然接到飛鴿傳書，在東原郡榮城的衣特中隊與當地的榮騰武館少主榮翔發生衝突，押運的貨物被扣留，有兩名兄弟重傷死亡，多名兄弟負傷，請求支援，雷格看後大怒。藍鳥谷的兄弟與雷格從小生活在一起，一同練武，共同長大，親如手足，聽有人死亡，雷格心痛如割，當下命令奴奴城內府衙捕頭先行到榮城交換辦案文書，隨後帶領二千藍羽兄弟起程，趕赴榮城。

雷格性格有些陰冷暴烈，藍羽兄弟從小為孤兒，生活在一起，個個是兄弟，這時候聽說有人死亡，當即個個殺氣騰騰，帶上弓箭兵器，快馬加鞭而去，比奧聽說雷格帶人出去，一打聽是有人死亡，當下也是心頭火起，不加阻攔。

在雷格走後的第二天，勒馬城的維戈也接到飛鴿傳書，無獨有偶，藍翎忽突中隊在東南郡陽躍城與陽城劍派發生衝突，多名兄弟負傷，一人傷勢嚴重垂危，貨物被奪，請求支援。

維戈看後，面色陰沉，心頭怒火漸漸升起，他雖然不比雷格性情暴烈，但細膩陰狠有過之而無不及，多年的少主養成他優越感，況且兄弟傷勢垂危，令他焦急，當下令人通知勒馬城捕頭帶好公文，親自帶領二千人起程趕赴陽躍城。騰越聽到消息，也不多管，任由維戈處理。

藍鳥谷內的天雷，這段時間無事情可做，在谷中閒逛，看見許多小兄弟交頭接耳，臉色陰沉，知道出事情了，他叫過幾人一問，知道衣特中隊二人死亡，忽突中隊一人生命垂危，雷格、維戈已經帶人出發，前往處理，當下知道情況不妙，以雷格和谷中兄弟的性格與感情，有人死亡，必定不會善罷甘休，以血還血，而維戈也好不到哪兒去，必定會引起一場血雨腥風，引起中原武林動盪。

當下，天雷立即召集人出發，萊恩與列奇也是剛知道這件事情，趕到天雷的住處，三人商議了一會兒，原則是不必把事情鬧大，但藍鳥谷的人也不會白死，事情由天雷全權做主。

天雷乘烏龍馬帶領重劍隊立即出發，趕到奴奴城，比奧看天雷過來，知道是為雷格的事情，但雷格已經出發兩天了，沒有辦法，只好讓人給天雷帶路趕往榮城，又令人快馬趕往勒馬城瞭解情況。天雷帶領兩百人上路，宵行夜宿，四天後趕到榮城外不遠的大榮莊，有人在照看傷員及馬匹，看見天雷過來，忙上前答話。

「雷格什麼時候出發的？」

「稟少主，天亮後進城的。」

天雷抬頭看了眼天空，已經近午間時分，心裡焦急，不敢多加停留，立即進城。

雷格等人昨晚時分到達大榮莊休息，捕頭過來彙報，白天已經辦理好了辦案手續，並讓榮城的捕頭協助到了榮騰武館一趟，館主同意私下解決，雷格點頭同意。既然武館同意私下裏解決，就表示按照江湖的規矩辦，死傷不論，各安天命，眾人提早休息，準備明天進城。

榮騰武館在東原郡一帶勢力龐大，弟子遍佈各地，是中原武林的一個門派，雖然不是什麼大派，但弟子也有幾百人，勢力滲透各個階層，不可小視。館主榮耀武是個老江湖，武藝出眾，弟子較多，兒子榮翔雖然武藝練得不怎麼樣，但惹是生非的事情不少，他也不放在心上。

昨天晚上他才聽說兒子帶人打傷一個藍羽的擁兵團，並致使二人死亡，他雖然不太瞭解這個藍羽擁兵團，但也聽說過是西南郡新成立的一支擁兵隊伍，人數千八人，這次兒子雖然傷了對方幾人，但也沒什麼，聽捕頭過來問是公了還是私了，他當然知道是兒子惹禍傷人，又在自己的地盤內，當然希望私自解決了，所以通知弟子做些準備，明天辦事情。

第二天，榮城門開放後，雷格帶人排好了隊伍進城，在捕頭及幾個兄弟的指引下，雷格迅速令人封鎖了榮騰武館前後的街道，分四路包圍了武館，等待他的命令，他自己帶領衣特中隊及另外一個中隊來到武館的大門前，打量著榮騰武館。

榮騰武館在城內占地非常大，高大的門樓，上書四個大字「榮騰武館」，寬敞的門前廣場，兩個武士站在門前守衛。館主榮耀武剛知道藍羽人已經到了，並分四路封鎖了街道，擺出了一副攻擊的架勢，但他見多識廣，也沒有放在心上，什麼人敢在城內殺人，況且是他的榮騰武館，所以只召集人準備出去。

雷格站在武館門前，等待了有一刻鐘時間，見武館一點動靜也沒有，心頭火起，懂得人家並沒有把他們當回事情，心想好吧，那就看看少爺的手段了。

「溫嘉，過去把門給我砸開，不需要手軟。」

溫嘉點了下頭，抽出背後的雙劍，大步而去。

武館前站立的兩人當然聽見了雷格的話，一人向裏通報，一人迎上溫嘉，同時也抽出腰刀。溫嘉進前也不多話，掄起雙劍只一招，連人帶刀劈出十步開外，跨步走上門前，運秋水神功，雙膀用力向門樓擊去，就聽轟的一聲巨響，「榮騰武館」匾牌及門樓轟然倒下。

榮耀武帶人正往外走，就見門樓轟然而倒，當下知道事情壞了，這個藍羽擁兵團敢做出如此的舉動，實在是有所準備，絕對不會善罷甘休，當下立即令人迅速召集人手，帶領三十餘人踏著門樓的殘骸而出。

來到外面，榮耀武這才倒吸了一口冷氣，就見街四周圍已經被一群黑色盔甲的人全面封鎖，在自家的周圍站著近千名同樣的人，前三排人手中拿刀，後二排手中拿著弓箭，渾身上下流露出一股肅殺氣，一眼就看出是訓練有素。

雷格看見有人出來，面向人群冷笑兩聲，接著說道：「我還以為榮騰武館人都死絕了，原來還有人喘氣，不過也和死人差不多。」

「住口，小小的一個擁兵團也敢在榮城撒野，也不看看這是什麼地方。」榮翔聽見雷格的話，搶先出口，榮耀武攔阻不急。

「好，果然豪氣，你就是少館主榮翔吧，出來我們過幾招如何？」雷格向榮翔招手。

榮耀武看見地上躺著的弟子，聽著兒子和雷格的話，知道今天絕對不會善了，只不知道眼前這個少年是什麼人，口氣狂妄，滿身的殺氣，知道只要眼下兒子出去，就絕對是回不來了，連忙用手制止兒子的衝動。

「老朽榮耀武，不知閣下高姓大名？」

「呵呵，原來是館主，在下雷格，忝為藍羽擁兵團長，想必館主已經知道事情的原委，既然館主要求按照江湖規矩辦事，雷格無不從命，請。」

榮耀武皺了皺眉，看見雷格口氣強硬，一派敢殺的樣子，心下知道少年人性格衝動，一個搞不好，就將血流成河，血染當街，但事到如今，他也不能退縮。

「團長果然是少年英雄，豪氣沖天，榮耀武佩服。只是，這次事件老朽深表遺憾，希望兩家坐下談談，如何？」

「不必，我死了兩個兄弟，榮館主只要把那日的全部兇手交出，雷格馬上就走。」

「這……」榮耀武一陣猶豫，他當然不會把兒子交出去。

「住口，大膽的狂徒，竟敢在榮城撒野。」有幾人跨步而出。

「嗨嗨！好，果然是好，把這幾個人給我留下！」

兩組十人從雷格身後而出，迎向幾人，還沒有碰面，四名弓箭手已經開始放箭，前六人分成二組，交叉進身，刀光閃爍間，弓弦聲響，六個人已經倒在血泊中，十人退回。

榮騰武館這時候又出來幾十人，看見六人已經倒在血泊中，抽出兵刃往前衝，榮耀武忙攔阻，這邊，雷格冷笑兩聲道：「傳令開始，凡有抵抗者就地斬絕！」

號角聲三長二短傳出，隨後一聲炮響，四周開始傳出腳步聲，就聽見轟轟的院牆倒塌聲中，有人開始尖叫。

榮耀武知道這時候開戰，必招滅門慘禍，對方幾千人，武士分組斬殺，以弓箭爲輔助，分明是大軍交戰的氣勢，這個擁兵團到底是些什麼人，他趕緊令人放棄抵抗，並向院內各處傳話，榮翔等人這時候也嚇得發傻，看著冷森森對準他們的箭羽，渾身發寒。

「少爵爺且慢動手，且慢動手啊！」就見幾人匆匆跑了，當先一人高聲喊話。

雷格皺著眉頭，疑惑的目光看著走近的幾人。

捕頭上前低聲地說：「少主，這是榮城城主及捕頭等人。」

「哼！」雷格哼了幾聲。

城主來到雷格身前，連忙說道：「少爵爺息怒，都怪本人之罪過，副將軍大人可好？」

雷格聽見城主問父親好，也回答道：「謝謝城主大人動問，家父一向安好，不知城主大人前來有何指教？」

「指教不敢，少爵爺來到榮城，本人還沒有盡心招待，請到城府一敘如何？」

「不必，本人正在辦事，等以後再拜訪城主吧。」

雷格身為西南邊陲副將軍比奧的公子，一出生就帶有爵位，這是帝君對將軍級的恩賜，況且比奧手握邊疆重兵，手下兵多將廣，實在也不是一個城主能比得了的，所以雷格並不買他的帳，更何況，雷格先行派人交換了辦案的公文，在帝國的法律上已經站住腳跟，說辦案也好，江湖私了恩怨也好，他全接下了。

「少爵爺請息怒，看在本人的份上，給榮城百姓留下顏面，如大動刀槍，血流成河，本人如何向帝君交代，如何向榮城的百姓交代，請少爵爺三思啊！」

「哼，用什麼交代，本人已經交換了辦案公文，這就是交代了，榮騰武館承諾私了，本人依照他們的意思辦事還用什麼交代，難道西南死了人就算了，還要向人交代白死了，哼，真是可笑，給我動手！」

「雷格，還不給我住手！」遠處傳來一聲大喝，幾匹快馬飛奔而來。

天雷快馬進城，遠遠地聽見號炮聲響，心急如焚，知道一旦藍羽動手，死傷不知多少人，他加快了速度，正好榮城主又耽誤一段時間，趕上雷格喊著動手，忙喝了一聲，他勒住烏龍馬，穩穩站定。

這時候，遠處幾百名大漢背揹雙劍快馬而來，個個一臉的殺氣，眾人倒吸了口冷氣，榮騰武館眾人從聽見城主第一聲「少爵爺」時起就知道完了，西南的少爵爺除了騰越就是比奧，兩人手握重兵，鎮守西南邊陲，手下兵馬強壯，人馬眾多，就是把榮騰武館全滅了，帝君也不能把雷格這個少爵爺如何，豈是一個小小的城主能管得了。

「傳令所有的人撤回！」天雷在馬上吩咐後，這才下馬，雷格見天雷過來，忙上前問好，這時候，號角聲響起，藍羽各隊退出，向門前靠攏。

天雷向前看去，就見榮騰武館的大門已經被摧毀，在兩波人的中間，躺著六具屍體，有的身上插滿箭羽，有的顯然是被刀分割殺死，再看有一人跟在雷格身旁，不斷地擦著臉上的汗水，眾人一起用目光打量著他，眼中充滿疑惑不安。天雷狠狠地瞪了雷格一眼，微笑著對城主打著招呼。

「城主大人請恕罪，小人來遲一步，顯些鑄成大錯，請多多原諒啊！」

「不敢，不敢，請問您是……」

雷格在旁冷冷地說道：「這是我大哥天雷•雪。」

城主知道不管這個人是誰，只一來就代雷格傳令收兵，權力之大明顯不在雷格之下，況且他面帶微笑，語氣和藹，一看渾身就舒坦，且明顯地有大事化小的跡象，這是好兆頭，他也是人中之精，看天雷比雷格好說話，事情出現轉機，當下不敢怠慢。

「雪公子請原諒在下眼拙，請到城府一敘如何？」

「不必了！」天雷歎了口氣，接著說道：「雷格兄弟一時心痛兄弟慘死，氣憤過度，有失禮之處請大人原諒，還請大人多多周旋，謝謝了！」

「應該的，應該的！」

「但不知那一位是館主？」天雷問。

榮耀武這時候動身過來，到天雷的身前，躬身說道：「謝謝雪公子高義，化解榮騰危難，事情的起因榮耀武十分慚愧，一切全憑雪公子作主！」

「館主客氣！」天雷看了一眼不遠處的衣特，高聲喝道：「衣特！」

「少主！」

「你的人呢？」

「都在！」

「很好，衣特！」

「少主！」衣特跪倒在地，旁邊近三百名兄弟一字跪下，低頭喊著：「少主！」

「很好，衣特，你們真能幹，你們低著頭幹什麼！」天雷上前一腳把衣特踹翻在地，衣特不敢說話，滾身爬起，繼續跪著。

「都給我抬起頭來！」天雷大聲說完，衣特和兄弟們拔起腰，抬起頭來。

「看看你們的樣子，像什麼，藍羽兄弟是你們這種窩囊樣嗎？頭可斷，血可流，藍鳥谷出來的人決不許低頭！」天雷說完動氣，向前走去，他用腳踹倒一個又一個人，氣勢不怒自威，渾然天成。

「藍羽兄弟要做頂天立地的漢子，要在天地間立足，成爲蓋世的英雄，無論前面是什麼人，決不可以低頭，你們給我記住：不要讓人小看藍羽，藍羽人有的是熱血和豪情，灑血拋命不算什麼，但是，絕對不許輸了藍羽人的豪氣。你們的刀是幹什麼用的，死了兄弟，你們還活著幹什麼，留一個人傳訊就夠了，不把敵人斬絕你們爲什麼活著？讓世人恥笑嗎？」天雷是越說越氣，他轉過身來，瞪眼向著雷格說道：「還有你，雷格！」

雷格看天雷動氣，忙跪倒在地，低聲說道：「大哥。」

「雷格，你這個樣子，我怎麼放心把藍羽兄弟交給你？辦事情也不用用腦子，大白天就敢當眾這麼幹，你就不會晚上悄悄的進來，悄悄地出去嗎？幾千名兄弟的生死在你的手裏，你也不怕兄弟們以後走在街上挨暗器嗎？你就不會把他們的祖宗十八代調查清楚後再辦事情嗎？沒腦子啊你！」

「大哥！」雷格低叫了一聲後說道：「大哥，我知道錯了！」

「知道錯了就改！」天雷又大聲說道：「還有你們，以後誰要是自己不把事情辦好，就別回藍羽，藍羽不要無能之輩，藍羽有的是縱橫天下的英雄，有的是躺在墳墓裏的烈士！」

「是，大哥！」所有的藍羽兄弟熱血沸騰，全部跪倒在地，大聲回答。

「很好，都起來吧！衣特，把你的兄弟抬回去，記住這次血的教訓，只有用敵人的血才能洗刷盡你們的恥辱！」

「謝謝少主的教誨，衣特明白了，衣特以後一定自己把事情辦好，否則決不回藍羽！」衣特淚眼婆娑地說。

「起來吧！」

「謝少主！」兄弟們齊聲回答。

天雷這時候來到城主的眼前，他強擠出一絲笑容說道：「今日之事，全是藍羽的錯，讓榮城的父老受驚了，城主請原諒雷格的魯莽，天雷願意代整個藍羽受罰。」

「雪公子太客氣了，本人承蒙公子高抬貴手，事情就此不提，館主如何？」

「全憑城主與雪公子作主，榮耀武無不從命。」

「好，事情就此結束，雙方各死了幾個兄弟，就算了！」城主擦著額頭上的冷汗，他剛才聽天雷教訓手下兄弟的話，感到一陣陣害怕。

天雷點頭說道：「謝謝城主和館主的美意，告辭！」他帶頭向外走去，眾人依次相隨，魚貫而出。

榮耀武擦著頭上的汗水，看著仰首挺胸遠去的每一個藍羽兄弟，知道自己的子弟永遠也趕不上這群青年了。

天雷帶著雷格等人來到城外，不敢停留，上馬向東南郡陽躍城而去。

東南郡在東原郡的東側，出東原郡榮城向東六百餘里即是陽躍城，天雷帶著雷格的二千人馬一路東行，他心裏一直希望著維戈不要衝動，別搞出什麼大事情來。

維戈比雷格晚動身一天，路途又比雷格到榮城遠一些，所以，在雷格動手的時候，他剛剛到達陽躍城外的大柳莊。忽突帶人正在休息，十幾個兄弟負傷，一人傷勢嚴重，正漸漸的斷氣。

維戈跳下戰馬，進屋看傷者，十幾個人躺成一排，重傷的兄弟只出氣多進氣少，氣息漸漸微弱，看罷多時，他頭上青筋暴起，眼中精光暴漲，吩咐捕頭進城交換辦案文書，命令眾人休息，等待消息。

第六章　雄風初展

陽躍城是個中等城市，人口較多，有駐軍一個大隊，府衙在城的中央。捕頭來到府衙後，交換辦案的文書正巧與陽躍城的捕頭認識，兩人聊了起來，漸漸地說起維戈帶人過來之事情，陽躍城的捕頭一點都不傻，知道維戈這個少爵爺一點都不簡單，事情鬧大了。

他趕緊好生安排捕頭休息，自己抽空出去一趟，來到了陽城劍派，把事情一說，陽城劍派也知道事情如鬧大了不好，所以就主張公辦，交給官府處理，反正在自己的城內，官府的兄弟多是自己人，也沒什麼大不了。

維戈晚間聽捕頭的回話，說陽城劍派主張公辦，他知道是欺負自己是外地人，但維戈也不怕，令人早早休息，準備明天進城。

陽城劍派是一較大的劍派，在東南一帶實力龐大，弟子眾多，特別是陽躍城的守軍大隊長及許多捕快都是自己的弟子。宗主陽鐵涯派人通知駐軍隊長陽成武，說起明天的事情，陽成武拍胸保證不會發生什麼大事情，晚間回去準備。

天亮後，維戈整頓人馬，陸續進城，來到陽城劍派大門外，二千人封鎖了街道，站滿整個陽城劍派的門外及四周，維戈令人搬來一套桌椅，穩穩地坐在大門外，雙眼打量著陽城劍派。

陽城劍派門樓高大寬敞，一溜的大理石臺階通向內，金色的「陽城劍派」幾個大字閃閃發光，門前四名弟子跨劍守衛，看見維戈帶人過來動都沒動，維戈點了下頭，表示讚賞，捕頭看維戈坐定，帶領兩名捕快進入陽城劍派辦案。

陽鐵涯六十餘歲，一生身經百戰，江湖經驗豐富，早就令人監視城外的眾人，得知維戈帶人封鎖了街道，也不緊張，看見捕頭帶人進來，起身向迎。

「有勞捕頭大人，辛苦，辛苦，請座。」

「宗主客氣！」

幾個人客氣了一會兒，話鋒一轉，捕頭說道：「宗主想必知道本人的來意，關於前幾天貴派與藍翎擁兵團發生衝突，貴派打傷多人，扣留藍翎物資，希望宗主給予答覆。」

「既然捕頭大人親臨，老夫無話可說，事情的起因本人深感抱歉，打傷的兄弟本人負責醫療費用，物資退回，並多加補償如何？」

「藍翎擁兵團已經上報府衙，宗主也承諾公事公辦，本人今天前來，是要帶人回去審問，希望宗主交出兇手，以結此案。」

「交出本派弟子不是問題，但是事情發生在陽城，自有陽城府衙辦理，交給貴府絕對不行。」

「宗主如此一說，是在阻礙西南郡府辦案，本人深表遺憾，只有如實回覆上級了，告辭！」

「大人如此說話，是強迫本派作出無法應允之事，非常抱歉，大人請！」

維戈在門外接待了捕頭，聽他如此一說，心中怒氣，這時候，有人跑過來說重傷兄弟已經過世，如火上澆油，維戈騰的站起，吩咐準備入府拿人，眾人隨即分開，開始包圍劍派的住宅，作出攻擊的準備。

在維戈開始行動的時候，街道周邊開始出現士兵，分別從外包圍了維戈等人，這時候劍派內也開始有人出來，站在門前，擺出了一副夾擊的架式。維戈見如此情形，仰天長笑道：「好，好，好，陽城果然不同，陽城劍派果然沒有把藍翎放在眼裏，通知各位兄弟，凡有阻礙辦案者就地斬首。」

這時候就聽有人大笑著說道：「什麼人如此狂妄，敢在陽城撒野，也不看看是什麼地方，西南的野蠻人都是如此膽大妄爲嗎！」

就見一名軍官帶領約三百人向維戈方向大步而來，態度狂妄，口出狂言。

維戈聽得來人的話，雙眼精光暴射，仰天狂笑道：「好，真是太好了，萊德家族三代爲國戍邊，保聖日帝國三十餘年邊陲安定，如今倒成了野蠻人，好，真是太好了，帝君，三十年心血換成了野蠻人，來人，換朝服。」

有人拿過維戈的爵位朝服，維戈換上後，馬上吩咐道：「把這群藐視西南的人給我拿下，死活不論，但這個人給我留下。」

兩個藍翎中隊馬上行動，前三排組成槍陣，後二人拉開弓箭，交叉掩護，成兩側包圍之勢而上，氣勢肅殺，下手絕情，只兩刻鐘時間，三百人倒在血泊之中，陽成武身上至少中了三槍，被二人拖在維戈的面前。

「把他手腳給我定在地上。」維戈看著陽成武，兩眼通紅，目露凶光。

四名兄弟上前，大槍直插而下，陽成武手腳被大槍貫穿，定在地上，鮮血滿地，他只叫了兩聲，已經昏死過去。

在陽成武口出不遜時，陽鐵涯就感到不好。維戈一換上朝服後吩咐的話，聽在他的耳中就如同晴天霹靂，藍翎的霹靂手段更讓他心寒，無論陽城劍派勢力如何強大，也不能與西南郡鎮守邊陲的將軍比，更何況是侮辱鎮守邊陲幾十年的大世家將軍，就是把陽城劍派滅門，帝君也不能把西南守邊的將軍怎麼樣。

只要問帝君一句話，守邊的十萬將士什麼時候成為野蠻人了。不用西南郡人動手，帝君就會動用秘密部隊，把與陽城劍派有關的人殺得一乾二淨。當下他臉色蒼白，叫人不許輕舉妄動，在維戈盛怒之下，多殺幾個人根本就不算什麼事，一旦動手，事情就絕對不是他們所能夠解決了的，陽城劍派只有用更多的血才能平息此事。

維戈看著陽成武，嗨嗨冷笑兩聲道：「野蠻人，多麼動聽的話，萊德祖孫三代都成了野蠻人。中原人當然不會把野蠻人放在眼裏，來人，給我動手，把這些人全部給我拿下，死活不論，讓他們看看西南野蠻人的手段。」

兩千藍翎兄弟個個雙眼發紅，他們從小被人瞧不起，如今被人稱爲野蠻人，當然引起心頭大恨。當下，近七個中隊左右運動，把陽城守備部隊三千人圈在中間，弓箭開始發射，步兵向前推進，展開斬殺。

陽城守軍人數雖多，但如何也比不上藍翎個個一身武藝，訓練有素，況且只在氣勢上就低了一大截，只做微弱抵抗，向中間聚集，有人開始中箭倒下，有人開始中槍，個個臉色蒼白，一臉的死灰色。

陽鐵涯看見維戈要把三千陽城守軍拿下，什麼死活不論，分明就是殺人，他再也看不下去，大喝一聲道：「住手，陽城的兄弟們，放下手中的武器，站好。」

在陽鐵涯喝聲的同時，陽城劍派眾人抽出武器，向前跨步。

維戈一看，大笑道：「好，好，維戈今日就血洗陽城，看看帝君能把我們西南的野蠻人怎麼樣，給我動手。」

來。

陽鐵涯趕緊攔阻眾人，額頭上見汗，這時候，藍翎隊二組人從左右分出，向門前包圍而來。

「維戈，你還不給我住手！」一聲大喝響起，就見一匹黑色的馬匹在前，一匹同樣黑色的馬匹在後，兩匹馬快速而來，後面馬蹄聲轟響，街上的百姓這時候早嚇得躲了起來。

天雷環視周圍，見屍體遍地，多爲陽城士兵，有三五百人，皺著眉頭問：「維戈，怎麼搞成這樣？」

維戈看著天雷，兩眼落淚，長歎一聲說道：「萊德、里奧家族三代爲國戍邊，三十年保帝國安定，十萬將士如今都成爲野蠻人了！」

天雷兩眼神光暴射，跳下戰馬。

雷格在旁暴喝一聲道：「什麼人敢如此侮辱西南？」

維戈用眼輕輕向地上的陽成武一瞥，雷格大步走上前去，抽出腰間長刀，揮刀斬下陽成武的頭顱，向忽突喝道：「好生看守，回去後送往京城，問問帝君，西南戍邊十萬將士什麼時候成爲野蠻人了。」

天雷冷冷地看了陽鐵涯一眼道：「今日之事，就此作罷，但西南郡十萬將士和百萬民眾等待著陽城給西南郡一個交代，否則，西南將不惜血洗陽城，以雪今日之恥辱！」

陽鐵涯滿臉是汗，渾身顫抖地說道：「多謝公子手下留情，陽城劍派隨時聽候公子處罰，今日之事，全是陽城劍派之過，與城中百姓無關，請公子放過這些兄弟們，老朽給公子磕頭了。」

天雷聽後點頭道：「宗主不必如此，西南郡之人並非不守法之人，今日之事，自有帝君處理，西南郡願聽帝君處置，告辭，告辭！」

天雷說完，帶領藍翎起身告辭，回轉西南郡。十幾日後回到勒馬城，騰越、比奧都在，維戈把此行的經過一說，比奧當即大怒道：「陽城欺我太甚，難道我們西南郡沒有人了嗎，我即刻起兵平了陽城，看帝君又能如何！」說完就要出去。

騰越攔住比奧後，仰天大笑道：「萊德、里奧兩家爲國盡忠，三十年如一日，保帝國安定，今日受此侮辱，我們豈能善罷甘休！比奧，先不要衝動，既然我們站住了理字，我豈能就此了事，嘿嘿，先把陽成武人頭送往京城，我再修書一封，看帝君如何答覆我們，然後我們再動手不遲！」

騰越雖然話說得好聽，然而臉色已經發青，白淨的額頭上青筋暴起，雙眼中已是殺氣騰騰，他與比奧從小跟隨父親鎮守西南邊關，手下軍兵從沒有少過三萬人，何時受到過這樣的侮辱，況且就連父親也被罵在內，他如何能忍受得住。當即騰越修書一封，連同陽成武的人頭一起，用千里急報送往京城，等候消息，同時，調集一個軍團五萬騎兵大軍出勒馬、奴奴二城，向通平城運動。

十五天後，倫格大帝忽然接到西南郡傳來的千里急報，打開一看，當即大怒，招來監察總管一問，知道大致的經過，六日後，南方監察密探把事情的詳細經過報告給京城，倫格大帝當即把報告摔在了龍案上。

騰越的上書謙遜異常，述說了事情的經過，並代兒子向帝君請罪。把殺害陽城城防軍大隊長的事情攬在身上，聽候帝君處罰。最後，他謙遜地問候帝君，西南郡戍邊的十萬將士和百萬民眾是何時成為野蠻人，懇請帝君允許他們全體解甲歸田，洗去野蠻氣，以洗刷帝君顏面。

而監察密報詳細述說了事情的起因、經過、結果，並就少爵維戈依法辦案雖有一定的過失，但仍不失遵守法紀。陽城城防軍越權阻礙西南郡人辦案，並出言不遜，侮辱邊防軍及百姓，維戈盛怒拿人，雷格暴怒將其斬首等等經過。

倫格大帝是幾十年的聖君，如今被騰越問及，啞口無言。事情雖然不算什麼，但如果不給西南郡一個交代，卻可大可小。說大，西南郡可乘機出兵滅了陽城或脫離帝國，起兵做亂，勾結大草原，引發中原戰爭，說小，可以安撫西南民眾，大事化小，小事化了。但不論什麼結局，都必須給西南郡一個交代。他是老臉掛不住，把一腔怒火都發洩在了陽城城防軍及陽城劍派上。

當下，倫格帝君傳旨，讓禮部大臣出使西南郡，加封維戈和雷格為子爵，減免西南郡一年的稅收，安撫民眾，同時帶去了大批的京城禮品，獎賞戍邊將士。陽城三千城防軍越權並侮及西南民眾，發配西南郡為苦力，以贖此罪。同時，他暗中下旨，讓監察院派人滅了陽城劍派。

一時間，西南郡名聲大振，維戈和雷格成為帝國最年輕的兩位惹禍少爵。而西南商盟的買賣更是好上加好，商人看重的是利潤和安全，西南商盟全有了。藍翎、藍羽二支擁兵團則更是火紅，無人敢招惹。

風月大陸通曆二三八四年，十七歲的聖子天雷・雪坐在書房出神，想著心事。他如今身高修長，身材勻稱，長相俊秀，氣質高雅，幾年聖子的生活，早就將他鍛煉成為一副菩薩心腸。每一天對著眾人賜福，臉上含笑，語氣祥和，不溫柔都不行，給人一種如沐浴春風的感覺。

三年多來，他除了學習文化知識外，就是指導各部人員武功，閒暇無事則彈奏「冬布拉」琴，自彈自唱，自得其樂，極少出谷。一年前，大部分十六歲以上的人都出谷參加擁兵團，自己只好待在谷中無所事事，心情煩悶，早就想出谷看看，到聖拉瑪大平原上走一走。前些天忽然想要到帝京不落城去，萊恩與列奇沉思良久後，最後決定讓他帶一些人到帝京不落城帝國軍事學院學習，現在他正想著雷格與維戈什麼時候回來，好儘快起程。

三月十七日早晨，藍鳥谷中馳出一輛篷車，跟著走出一百二十六人牽馬相隨。天雷領先走出谷外，後面近兩萬人的隊伍緊緊跟出，恭身相送。天雷停在谷口，親手撫摸著「聖雪山・藍鳥谷」的石碑，心潮澎湃，久久不能平靜。

想起自己一個少年，在師父雪山聖僧的培養下，如今成爲大草原的「聖子」，深受牧民的愛戴，想起眾人的恩情，師兄如父，孩子們每一個人都如兄弟姐妹，親如一家，今天自己就要離開聖雪山，到很遠的聖日帝國的京城去學習，看著眾人依依不捨的目光，忽然興起壯士出征的感慨。

他從篷車上拿出「冬布拉」琴，坐在雪藍送過的椅子上，忘情地演奏了起來，男性醇厚的聲音嫋嫋升起：

「我是一隻小小的藍鳥，我要展翅飛翔；我是一隻驕傲的藍鳥，我要勇敢戰鬥。讓奮飛的翅膀更加的美麗，讓鮮紅的熱血染紅那飛揚的戰旗。前進，驕傲的藍鳥，身後是你美麗的家園；前進，前進，驕傲的藍鳥，爲了人民，爲了母親，讓你的生命化作飄揚的戰旗；前進，前進，前進，驕傲的藍鳥，爲了尋求那永久的和平，用青春與熱血描繪你生命中最絢麗的彩虹。」

歌聲久久散去，天雷高聲說道：「讓我們一起飛翔吧，藍鳥！」

聖寧河像一條彩帶，鑲嵌在風月大陸上，是聖拉瑪大平原兩大姊妹河之一，她美麗、熱情、奔放、豪邁。

聖寧河發源於聖拉瑪大雪山的北麓，流經西南三角洲、聖拉瑪大平原注入東海。全長一七五六公里，河最寬處二三五米，最窄處也有六十多米，沿途流經九郡五十六城。西南三角洲北起嶺北城，隔岸與臨關城相望。往南爲越河城、通平城、南巒城，中部爲鄰山城、中平城與巒山城，靠西爲奴奴城、勒馬城，總面積一百四十萬平方公里，人口總數約二百多萬人。土地肥沃，人民富足安定。西南九城統稱爲西南郡，是聖日較小的一個郡，現任郡守騰越，副郡守比奧，統領西南軍政，軍隊統稱西南軍團，總數不超過十萬人。聖拉瑪大平原又稱中原，位於整個風月大陸的中部，占聖日帝國的國土面積一半以上。

通平城、中平城、勒馬城東西連成一線，爲西南三角洲的骨架。

通平城人口約三十萬人，爲西南郡最大的成市，有駐軍一萬人，是進入聖拉瑪大平原的最佳處。城臨河兩公里，有唯一的一座過河舟橋。太陽剛剛升起的時候，天雷帶著眾人矗立在河南岸，望著滔滔奔流的河水，映照驕陽彩霞，心曠神怡，他第一次見大河，被它的氣勢所征服、陶醉，心胸頓時感到無比開闊。

這次天雷出藍鳥谷，到帝京不落城帝國軍事學院學習，跟隨的有大草原各部少族長四十七人，其中有里騰、烏拔、姆里、拓展、雪藍等人；西南維戈、雷格二位少城主，藍鳥谷出身的孤兒溫嘉、忽突、喬秀、亞文、雅藍、雅雪兩姐妹等五十八人，學員共計一百零六人。奴奴城與勒馬城派出二十名精幹人員隨行侍奉使喚，安排一路上的住宿起居，管理馬匹行囊等。

天雷臨行前與眾人約法三章：第一，沒有聖子、少城主和少族長之說，全部為普通人，以平常人身分心態出行，增長閱歷，決不允許無事生非，鬧事惹禍；第二，全部說風月族語言，要有較好的文化修養，吃穿要儉樸；第三，為了方便稱呼又不使人注意，全部兄弟姐妹相稱，按歲數大小排列或叫名字。

眾人全部答應，只是在排序時，這大哥是一定要他來當，以示對他的尊敬。原本藍鳥谷中只有雷格和維戈叫天雷為大哥，其餘全叫少主，如今多了這麼多兄弟，天雷本來強烈反對，但眾人沒有一個人站在他的一邊，反對無效，只好做了大哥。

從奴奴城到通平城，只花了三天時間，一路上都有人安排食宿，天雷等人只欣賞沿途風光，眾人不時地向他介紹西南三角洲各個城鎮鄉村，河流山川，風土人情，說說笑笑，一點也不寂寞。天雷與雪藍坐在篷車上，時不時地與眾人說些閒話，本來出谷時，列奇與眾人讓他坐四輪馬車，可他堅決不肯坐，堅持要和眾人一樣騎馬，可大家全部反對，最後只好安排坐簡陋篷車。

臨行前天晚上，萊恩與列奇交給了他一顆小小印章，告訴他，如果需要錢的時候，可以到當地任何一家西南商盟分店支取。天雷也沒有問什麼就收入懷中，他信任兩位如父親般的師兄，其實他不知道，西南商盟爲他這次進京準備的金幣就有三百萬枚，且隨時投入，保證天雷用度。

欣賞了有半個時辰，天雷依依不捨地率領大家渡河，眾人簇擁著篷車，踏著顫動的舟橋，馳馬向前。他們懷著對美好生活的熱望，憧憬著對生命意義更崇高的追求，踏上了嚮往已久的聖拉瑪大平原。

風月大陸經過近二十年的休養生息，呈現出空前繁榮。十餘年來，各國埋頭治理國政，發展經濟，極少發生戰爭，就是有一些小麻煩，也由各國互相間克制解決，老百姓難得過上十幾年安定的生活。

聖日帝國在十四年前國師文卡爾・豪溫過世後，倫格大帝把一顆心都放在了培養國力上，減賦稅達百分之三十，獎勵農商，減輕刑罰，發展商業貿易，興辦學校，勤於國政，堪稱一代明君。

朝中文臣以蘇戴革・利諾丞相爲首，幫助帝君處理事物，管理各郡，督促百官，倒也清政；軍事上，軍權在國師逝世後，倫格大帝收回自己手中，又成立了一個軍機政院，協助自己管理軍務，並成立了東南西北中共六個兵團，每個兵團所轄四個軍團，各二十萬人。

東方兵團兵團長文嘉・嘉東將軍、南方兵團兵團長禹爾吉・諾里將軍，禹爾吉又是倫格大帝的二女婿；西方兵團又分爲嶺西關與西北堰門關第一、第二兵團，駐守嶺西關第一兵團兵團長里雷特・特男將軍，西北堰門關第二兵團兵團長萊格傲・閣林將軍，他也是大帝的四女婿；北方兵團兵團長凱武・豪溫，平原中部駐守中央兵團，所轄赤焰、赤霞、彩虹、紅日四個軍團，二十萬人，全部為帝國的精兵。

兵團長文謹・卡奧，所部大軍拱衛帝京；鎮守京城的部隊為日炎騎士團，團長凱旋・豪溫，率領五萬帝國精銳騎士，另外，各郡有常備守備部隊，維持治安。軍隊兵團長為將軍銜，以下為督統領、統領、大隊長、中隊長與小隊長。

兵種細分為騎、步兩部，騎兵有重騎兵、輕騎兵，步兵分重步兵、長槍步兵、弓箭兵、盾牌，另外還有騎士、劍士等特種兵等等，十餘年來，倫格大帝牢牢地掌握軍隊，維護帝國的穩定，卓有成效。

長久居安也就容易忘危，這也是世之常情。近二十年來大陸安定，各部將軍貪圖安樂，講究戰後享受，厭倦戰事，對士兵訓練也不比從前。各大豪門世家及地方貴族少年更是沒有經過戰爭的洗禮，在溫柔鄉裏長大，有錢有勢，驕狂任性，充斥部隊各階層及各個行政部門，平民子弟想發展極其困難。

平南郡為聖拉瑪大平原的南郡，再往東為東原郡、東南郡，地方廣大，民族繁雜，與南彝各部商貿發展繁榮，是僅次於東海郡的第二大郡。西南商盟的商隊多有來往，隊伍中有幾人來過，十一日後，天雷眾人來到南郡原城。

原城為平南郡的一個中等城市，人口也有二十幾萬人，街面繁華，人來人往，酒樓客棧也較多，天雷等人傍午間來到一座酒樓休息吃飯，一百二十人幾乎占了二層的十餘張桌面。臨桌有一貴族少年帶著兩人一邊吃喝，一邊聽著一對父女彈琴唱歌，喝五么六，狂態畢露。

天雷等人一邊吃著飯菜，一邊借光聽聽小曲，非常安樂。時間不長，貴族少年乘著酒興，開始對少女動手動腳，少女左右躲閃，滿面粉紅，天雷看著皺皺眉頭，眾人臉上漸漸地露出不滿之色。

貴族少年見天雷等人穿著普通衣裝，臉上露出得意之色，他一把抓過少女，嘴往前伸，女孩掙扎躲閃，神情焦急，嘴裏喊著「爹爹」，老人一直在說著好話，但無效果。草原各部少年早已忍耐不住，滿面憤色，雷格看天雷皺著眉頭，心裏早就氣憤不過，向臨桌的衣特使個眼色，衣特起身向貴族少年走去。

貴族少年旁邊的兩人年紀也不大，二十四五的歲數，其中一個看見衣特走來，忙起身攔住去路。貴族少年這時看有人管閒事非常生氣，衝著起身的青年說：「把他們都給我轟出去。」

「人渣！」

衣特只說一句話，伸手抓住攔路青年的手臂，肩膀用力，把人甩向門口。另一人剛起身就向前一拳，猛擊衣特面部，衣特左臂一擋，右手一拳將人打翻在地，近前身拎起貴族少年，正反四記耳光，打得那少年淚都流了出來，衣特這才把人摔在地上。

貴族少年滾身爬起，嘴裏不斷地喊著：「你們等著！」帶著兩人慌忙而去。

天雷叫人給父女兩個金幣，打發人出去，衣特這時候才來到近前請罪，雷格站起身，爭辯說是自己讓衣特過去，要打要罰罰他。

天雷看著雷格與衣特搶著認錯，心裏感到非常暢快，他對著眾人說：「我不讓大家惹事，並不是我們怕事，難道像今天發生在眼前的事情也不聞不問嗎？」他接著說：「我們做人，就是要有骨氣，習武是爲了幫助弱小，幫助百姓，難道做這樣的事情，我還能責備你們嗎？」

眾人點頭齊稱：「不能！」

發生了這樣事情，大家也沒有了食欲，草草吃了兩口飯。這時就見門口進來一位少年，二十左右的年紀，腰懸長劍，一臉冷漠，環視著眾人。雷格與衣特互相看了一眼，起身迎向少年，少年只看了兩人一眼，點了下頭，轉身向外走去，兩人跟隨出門。

天雷帶領眾人回到客棧休息。

一個時辰後，雷格與衣特回到店裏，衣特身上有兩處傷跡，但不是很重，上一些刀傷藥，雷格向眾人說起出去的經過。

原城雖然不大，但卻是南越劍館的所在地，館主越和・南師兄弟四人，師承南越劍法，他武技高強，爲人正直，親傳有八個徒弟，個個有一身好武藝，冷面少年是他的兒子越劍・南。

南越劍館在聖日有很高地位，門徒有一千餘人，多從軍，騎士、劍士都有，勢力也非常強大。貴族少年爲城主的兒子，和劍派裏的師兄弟交好，常常到處喝酒玩樂，今天被衣特打倒的兩人就是南越劍館的弟子。兩人被打後，出門在大街上遇見師叔越劍，冷面少年越劍平時雖看不起他們，但看見本派弟子挨打卻也不能不聞不問，問清楚事情的經過後，訓斥幾句，就直奔酒樓而來，約人到城外進行比武。衣特與他交戰多時，互相負傷，但還是稍占上風，越劍也稍負傷，倒也沒說什麼，很禮貌地離開。

天雷等人聽後放心不少，安心休息。

第二天天亮後，眾人離開原城，不多時來到城外，上大道一路向北而行。不久來到一處山坡前，就見一個五十多歲的老人領著一少年迎風而立，神情飄然，很有氣勢。

眾人停身下馬，老人笑呵呵地迎著眾人說道：「老夫越和，昨日小兒不自量力向各位挑戰，負傷後回到家中，我已瞭解事情的經過，多謝各位手下留情。」

他接著說道：「同時向各位在原城的不快表示歉意，但是，我想見一見是哪位壯士教訓小兒？」話雖然說得輕鬆，但語意卻也不善。

第七章　西域英豪

雷格剛想上前，衣特已搶身而出，來到老人身前十米處，躬身說道：「館主言重了，我叫衣特，昨日是我與令公子交手。」

越和看著衣特，眼光淩厲，渾身忽然發出一股強大的氣勢，緊緊地鎖住衣特。衣特忽感到強大的壓力，一動不敢動，臉上漸漸開始流下汗水。

雷格看衣特受窘，忽然跨步而出，一股濃濃的氣勢隨著步伐而不斷強大，走到衣特前不遠處停了下來，再也邁不出一步。忽然，他耳中響起了輕柔的琴聲，正是天雷在出發前於谷口彈奏的曲子，心裏頓時像悶熱中吹來清爽的風，蕩起陣陣漣漪，舒坦無比，又跨出兩步，臉上忽白忽紅，頭腦一陣發熱，琴聲更緊，一會兒便感到頭腦身體更加火熱。

這時候，維戈忽然長槍斜指藍天，擺出攻字訣，身上發出陣陣氣勢，向前跨步，與雷格氣機輝映相和，隨著他步伐的邁動，兩人氣勢互相照應，越來越盛，琴聲漸漸的滑落。

眾人耳中忽然傳來天雷說話的聲音：「走吧」，如大夢初醒一般，上馬隨車而去。

維戈來到雷格身前，微微一笑，與雷格一起躬身向越和說道：「多謝前輩指教！」然後轉身上馬馳去。

越和苦笑著望著離開的眾人，抬手擦了把額頭上的冷汗，向著楞楞的兒子說道：「想不到我越和在家門口出醜，劍兒，剛才那一陣琴聲中，你可知道佩刀少年武功已有很大突破嗎？」

「武功有什麼突破？對了，父親，那佩刀少年名字叫雷格。」

「雷格！劍兒，那少年雷格本來被爲父氣機鎖定，但他意志堅強，苦苦抗爭，後被琴聲相激，再與佩槍少年氣機相和，以至有所突破，武功大進。這次，恐怕他們每一個人今天都有所突破，只是個人的大小不同。」

「爲什麼？」

「練武之人練氣到一定階段就會有一個瓶頸，渡過這一關需要一定的條件，也可以說是機遇。那雷格在我氣機相鎖下以頑強意志抗爭，再被琴聲激發產生靈力，與相同氣機相引，就形成了一個突破瓶頸的機遇。」

「是這樣！」

「只是沒有想到，他們強大到如此，那兩個少年在一起，氣勢已強大到我很難抵擋。另外，那彈琴之人的可怕才是最關鍵，這個人懂得如何把握機遇讓人有所突破，實爲一奇人！」

「可是，父親，他們的年紀都不大，最大的人絕不超過三十歲。」

「那才更加可怕。」越和望著遠去的車隊，對著兒子說：「劍兒，看來你也應該出去走走了，到外邊進行一番歷練，增強鍛煉。你回去後馬上出發，最好能跟上這群少年，和他們在一起學習、修煉，他們每個人都是高手。」

「是的，父親！」

天雷坐在車廂內，看著馳近的維戈與雷格二人。雷格臉上發紅，流光閃動，雙眼興奮，維戈也是如此。他關切地對二人說道：「恭喜你們啊！」

「謝謝大哥！」

「我看這次大家都有所獲，真是想不到！」

「是啊，大哥，我問過了，每個人都突破了第三重，我和維戈到第五重了。」

「好，你和維戈把第二層功訣傳給大家吧。」

「是，大哥！」

「哦，對了，我看那越和前輩為人也真是不錯。」

「怎麼說，大哥？」

「你們想想，剛才如果他氣勢裏帶著殺氣，你們會怎麼樣？」

「那……我早就倒下了。」

「說的就是，所以你們才能有所獲。」

兩個人點頭贊同。

聖拉瑪大平原人崇尚武技，男人多少都有學習，平原上武館林立，派別多而雜，像刀派、槍館、劍派、擁兵團等多不勝數。大門派二千餘人，小一點也有幾百人，各個派別世家強大，占地方的主要勢力。

但平原人習武與草原人不同，草原人民風彪悍，人馬強壯，上馬提刀，呼嘯千里，開弓放箭，放馬馳騁，多練外功，日常人多比武論英雄，摔跤娛樂，大口吃肉，大碗喝酒，豪爽而無心機。

平原人性格溫順，長相柔和，多學習武技鍛煉內力，從身體內部練起。強調內外結合，武藝嫻熟精湛，這也與平原特殊地理狀況有關。平原多城市，少戰馬，戰時多為步戰、城市攻防戰。

天雷等人一路慢行，遊山玩水，欣賞風光，頗不寂寞，一路上再沒發生什麼意外事情。草原部小夥子們尤其興奮，他們從沒有踏上大平原，看過這麼多城市、鄉鎮，看到異土安定富足。一路上挑挑揀揀，買了一些好玩東西，品嘗各種不同的小吃，看到挎著各式各樣武器的人在城市、鄉村走動。

中原城是聖日帝國的第二大城，距離帝京城不落城只有三天的路程，也是赤焰軍團的駐紮地。城市繁華，街道寬敞，各種買賣門部一個挨著一個，什麼布店、衣裝店、兵器店、糧食店、雜貨店等占滿城市各個角落。

天雷等人頭一天晚上就住下，西南商盟在中原城有一個分部，由奴奴城比奧的一個堂兄弟比雲在經管負責，早就接到消息，接到眾人，安排食宿休息，眾人準備在這休息一天再趕往不落城。

第二天，眾人走在街上閒逛，多進一些兵器店看看，在小攤前停一停，挑選一些心愛之物，買幾件換洗的衣服，不時有一些神情倨傲的少年簇擁而行，街上百姓慌忙躲閃。

拓展皺著眉頭嘟噥了句：「吃飽了沒事幹，神氣什麼。」

天雷聽後深有所感，他沉思了一會兒，帶領眾人開始在城中尋找糧食店。平原城地處大平原中部，糧食豐足，各地多有糧食賣到該處，再運往別處販賣，糧價比草原便宜三倍有餘，比奴奴城、勒馬城也便宜二倍，且質量非常好，他沉思著往回走。

出街不遠處就看見一人牽馬而行，眼裏多少有些熟悉，雷格告訴天雷，是南越劍館的越劍。天雷對越劍父子印象十分深刻，更欣賞二人的爲人，所以忙叫雷格上前打招呼。

雷格忙喊道：「那邊是越劍兄嗎？」

越劍這時也看見雷格等人，忙過來施禮口稱道：「你好啊，雷格兄！」他看出眾人是以一少年書生打扮的人爲主，用目光向天雷的臉上瞧。

雷格一見，忙對著他引見說道：「越劍兄，這位是我大哥雪無痕！」

天雷出藍鳥谷後，對外稱呼名字爲雪無痕，因爲天雷・雪這個名字容易讓人聯想起草原聖子，在外多有不便。

天雷邊施禮邊說道：「越劍兄近來可好，如還沒有找到落腳處，不如一起相聚，交個朋友。」

越劍感激地說道：「太麻煩眾位兄長了！」

於是眾人邊走邊說說笑笑，向回走去。

回到店內，其餘眾人陸續回來，近中午時分用飯，眾人多受越和的好處，所以對越劍也十分友善。草原各位少年都過來敬酒，交一個在中原的朋友。

越劍非常感激，他起身端起酒杯，誠懇地說道：「各位兄長，多謝你們看得起我，說句實話，自從與各位兄長分別後，家父對各位十分欣賞，讓我跟隨各位出門歷練，本來我十分猶豫，深恐各位看不起我，現在我放心了，懇請各位兄長，如方便的話帶著小弟，謝謝了！」說完一飲而盡。

天雷等人盡飲杯中酒，他十分懇切地對越劍說道：「越劍兄說遠了，我們實在也沒有什麼不方便的地方，大家是準備到京城帝國軍事學院學習，如南兄有意，不妨一同前往。」

「好，大哥，那小弟就謝謝了！」

「哎，越劍兄年長於小弟，這兄長是萬萬不敢當。」

越劍微微一笑，誠懇地對天雷說道：「大哥，我看各位兄長都叫你爲大哥，難道你就不能收下小弟嗎？」

「這怎麼說！」

天雷看了看越劍，又看了眼周圍的眾人，見大家都微笑著望著他，全不言語，心知不好。

「大哥！」越劍又開口說道：「你就別難爲小弟了！」

天雷苦笑著答應。

西南眾人多是有身分之人，何況天雷是「聖子」身分，如叫人大哥，難免眾人心中不快，天雷也沒有辦法。

傍晚時候，有一隊藍翎的擁兵團押運著西南的產品來到店內，眾人難得看見從小在一起的夥伴，非常的高興。

天雷叫過負責押運的中隊長格爾，詢問一些路上事情及藍鳥谷的情況，囑咐他回去後，告訴騰躍與比奧動用手中全部餘款，全力收購各地糧食，吩咐雪奴族蒙蓋把雪山的雪洞全部清除乾淨，最好在秋後全部裝滿糧食。

格爾一一答應，眾人熱鬧了很晚才休息。

西南郡接到格爾押運回來的貨物和二十車糧食，騰越和比奧聽說是天雷讓兩人全力收購中原各地的糧食，這才想起父親說過二十年風雲之說。如今中原安定富足，糧食價格非常便宜，屯糧食正是時機，更何況十七年匆匆而過。如再過兩三年風雲將變，那時屯糧食時機已過，心想如不是天雷有先見之明，到時不知道如何是好。

西南商盟由於天雷一時之念，全力收購中原南部各地的糧食，為此派出大批的人手。西南商盟在中原各城的買賣暗中動用手中餘款，悄悄收購，騰越與比奧又調出一千多萬金幣，糧食大量地向西南屯積。

中原各郡近二十年來風調雨順，百姓節儉勤勞，存糧豐厚，各城糧商正愁販賣困難，西南商盟通過各自買賣滲透購糧，正如雪中送炭，極快脫手。各城悄悄地再運往西南，整個過程極其順利，且不甚明顯。等到達深秋時節，已經購買糧食五百萬擔，雪山近萬個雪洞全部裝滿，又為大草原各部購買一百萬擔糧食，一時間，中原南方各郡的糧食已不多，存糧盡入西南。

在京城不落城一處寬大的院內，一名老者背著雙手站在書房的窗前，遙望著遠處的藍天，思緒萬千。在他的書桌上，放著一封剛剛收到不久的書信，信是侄兒比奧寫的，上面除了問候之外，還訴說著一件事情，那就是西南郡勒馬、奴奴兩城少城主與草原各部少族長一行人到帝京學習，其中重點提到聖雪山上一個傳人及雪山腳下藍鳥谷出身的人，望叔叔多加的照顧。

回想起四十多年前自己在雪山學藝，與師父、師兄一起生活的快樂時光，不覺四十年悠悠而過。聖僧他老人家在師父謝世後，收自己三兄弟爲記名弟子，恩比天高，至今還歷歷在目，三十多年來，自己從沒有回雪山看望他老人家，實在是愧疚。

想到自己跟隨國師東征西伐，多立戰功，去年才從軍團長的位置上退下來，回家休息，享受天倫之樂，現如今聽到西南親人到來，實在是意外的驚喜，但同時心裏又多了一份擔憂。

西南郡這次進京城，一百多個孩子沒有一個好惹，先說兩位少城主，一個是自己師兄的孫子、西南郡守的兒子，一個是自己的親侄孫。西南副將的兒子，且本身帶有爵位，兩人率領藍羽、藍翎兩支擁兵團，以西南郡爲靠山，前段時間差一點就惹起中原的血雨。

西南郡這幾年發展壯大，西南商盟遍佈全國各地，與各大世家、軍團交好，極其不好惹；再說大草原的孩子，每一個都是少族長，還有一個女孩是「聖女」，那一個有一絲一毫差錯，都會引起大草原與中原動盪，甚至開戰。

還有聖雪山的孩子們，列科・里奧看到「聖雪山・藍鳥谷」幾個字就心驚肉跳，別人不知道雪山如何，自己卻非常清楚，且不說聖雪山的傳人武藝如何，只自己學得雪山三層絕技就有今天這番成就，如果這些孩子學得五成聖雪山絕技，如那一人有事情，將會惹出什麼樣的結果實難預料，聖雪山，藍鳥谷，天雷・雪，天雷，你到底是一個什麼樣的孩子……

列科想到此處，再也站不住了，他急忙起身趕往平安王府。平安王是當今帝君的親弟弟，貴爲親王，爲人忠厚，處事低調，只一心爲帝國培養人才，少參與帝君的家事鬥爭，但也絕對是當今有實權的人物，現任帝國軍事學院院長，平時與列科私人關係非常好。

平安王府在帝京不落城西北側，距離帝王宮不遠，府宅高大，有大院牆包圍，守衛森嚴。來到府中落座，僕人獻茶，平安王爺這才笑呵呵地說：「列科，幾年來你極少過府，莫不是忘了我這一個朋友？」

「哪有，王爺你也知道我事情繁多，只這一年來才稍有空閒，處理一些家事，加上你事忙，故才少過來。」

「說得倒好聽，我看你是越老越疏遠了，忘記了我這個寂寞的老頭了。」

「呵呵，王爺，你是一點也不老。軍國大事哪些能離開你，你是越來越精明，越來越厲害！」

兩人閒談多時，平安王這才又說道：「我看你是無事不登三寶殿，什麼事，說吧！」

列科這才沉聲說道：「王爺，我是有點事情，說來也不是什麼大事，但卻十分的麻煩。」

「什麼事這麼麻煩？」

「這事說來和王爺你有關，因為你是帝國軍事學院的院長。」

「和我有關？」

「是的，今年西南郡共進京入帝國軍事學院學習的孩子有一百零六人。」

「孩子們嗎，多來些也沒什麼，我知道你兄長在西南郡，只多操點心罷了，也不是什麼大的麻煩事。」

「可這次西南來的一百零六人中，有四十七個來自大草原，且全部是少族長，其中還有一個是聖女，你也知道，這些孩子沒有一個是好惹的。」

「是這樣啊，可真是有些麻煩。」

「而另外的五十九人中，有兩人是少城主，就是萊恩師兄的孫兒與我兄長的孫兒。」

「是叫維戈和雷格吧，聽說是兩個惹禍精，越來越麻煩。」王爺點了點頭。

「呵呵，王爺也聽說了，這是有一些麻煩，但這並不是我所擔心的人。」

平安王聽到此處才吃了一驚，知道這回的麻煩一定不小，因為比這還要擔心的事情一定不簡單。

「剩下的五十七人中，有五十六人來自大雪山腳下。」

「等等，我說列科，來自大雪山腳下是什麼意思？」

列科站起身形，緩步來到窗前，凝望著窗外天空中的白雲，語氣緩緩地說道：「王爺忘了我的出身嗎？」

「聖拉瑪大雪山？」平安王大吃一驚。

列科點了點頭，又接著說道：「這五十六個孩子無一不是奇才，人人武藝高強，所學決不在我之下。而且，他們是在一個聖雪山傳人帶領下進入帝京。」

平安王騰得站起身形驚聲問道：「聖雪山的傳人，老神仙的傳人？」

「不錯，當年我只學會他老人家三成武藝，但這次來的卻是他老人家唯一傳人。」

平安王緩緩地坐在椅上，沉聲說道：「老神仙近百年不出雪山，但他畢竟是風月族人。心裏惦記著國事，培養出一個傳人，當然是先讓他先進入帝國了。」

「但如果這幾個孩子厭倦了帝國，就很可能會離開，同時將有很多的人離開帝國！」

「是的！」

「他們三天以後將進入京城，住在西南商盟爲其準備的住處，到時候，我想他們一定會到我府中去。」

「好，列科，我將盡全力爲帝國挽留住他們，決不讓他們在帝京的四年裏發生一點事情。」

「那我就謝謝王爺了。」

「說到這個謝字，列科，這次可是我要謝謝你了。列科，不愧是幾十年的交情，我會向帝君說這件事。」

列科看著平安王，慢慢地說道：「王爺，這事最好先不要讓帝君知道，免得驚動太大。」

「我知道該怎麼做，你放心。」平安王看著列科，感激地說。

「那我就放心了，王爺，我告辭了！」

列科起身，平安王送他到房門外。

不落城是風月大陸第一大城，也是聖日帝國的京城。總人口約二百萬人，它之所以叫不落城，是因爲幾千年來，這座城市從沒有被敵方攻陷過。經過千多年的修繕，高大的城牆就有二十五米，寬也有十八米，分東南西北八個大門，門樓森嚴高大，日常有城衛軍百人隊維持治安。管理進出城的一切事務，遠遠的望去，它十分美麗、挺拔與和諧，給人一種強烈的震撼感。

西南商盟十多年來在帝京苦心經營，開展商業貿易買賣明暗有幾十處，人員多達上千人。統一由勒馬城主藤越的一個兄弟騰輝在管理，處理一切人員在帝京的事宜，管理各項買賣，平時探聽一些消息，爲西南充當耳目。

天雷等人在城門口處就有人接待，馬匹行李交於隨從管理，眾人隨著來人到城內一處大院內，騰輝帶著餘眾出迎。大院非常寬大，房屋就有近二百間，是騰輝特意爲到帝京運貨物的商隊及擁兵團準備的，這次正好給天雷等人住宿。

騰輝人有四十一二歲，長相白淨，臉上掛著笑意。但人一看就透著精明，十分能幹，十餘年來，把西南郡在帝京的生意打理得井井有條，且交際十分廣泛。他看到天雷等人梳洗後，趕緊張羅開飯，席上豐盛，全是京城裏名菜。

席間向維戈詢問父親萊恩的安康情況、西南各項事情，對天雷及草原各部少族長特別的尊敬。詢問了天雷何時拜訪列科叔叔，交代了二日後帝國軍事學院開學的各項規定，安排眾人入學事宜，交代明天眾人到各處參觀遊樂等等。

第二天用過早飯，太陽剛剛升起時，天雷與雷格、維戈領著三人，帶上一些西南郡的土產到列科府前。守門人員遠遠地就看見幾人，忙過來詢問，雷格告訴他們是西南郡雷格、維戈與雪無痕拜訪主人。老家人知道老爺與西南郡有親，忙往裏通報。

列科知道西南郡近兩天必有人到訪，早就在家裏等著。聞聽家人報說西南郡雷格、維戈與雪無痕到訪，想必是天雷等人，忙迎了出來。

按說列科年紀較大，輩份又高，不必出迎，但是他知道天雷的身分可不一般。自己雖說可以算得上是聖雪山半個傳人，但是，天雷可是雪山唯一傳人，按照門派的規定，是相當於自己掌門人身分。

來到大門外，列科就看見一文士打扮的少年立在門前，身上穿著一身雪白儉樸衣裝，腰間掛著一把短劍，臉上散發著陽光般的笑容，渾身上下流露出說不出的瀟灑氣質。身後並排站著兩位少年，一個白臉膛，身穿天藍色衣裝，腰懸長劍，另一個面容稍黑，身穿一身黑色衣裝，腰間掛著一口刀，兩人衣裝也十分儉樸，但臉上吐露出剛毅，渾身散發出強捍氣質。

列科吃驚，想西南郡後繼有人，果然名不虛傳。他早知道有兩位侄孫，精明強幹，武藝非凡，爲西南後起之秀。列科穩定心神，兩眼盯著天雷腰間短劍細看。

天雷腰間這口短劍，名爲秋水神劍，是雪山聖僧年輕時的兵刃，天雷臨出發前聖僧給的兵器。劍爲神兵利器，長一尺二寸，寬一公分半，暗綠色神獸皮劍鞘，雪蟬絲劍穗，列科自然認得。

天雷看見門內走出一老者，細細端詳自己的短劍，知道是列科師兄，忙上前施禮，口中說道：「天雷見過列科師兄！」

列科知道天雷這次報的是真名，忙上前相扶，笑呵呵地喊著「師弟」。這時候，雷格與維戈也上前叫叔爺爺，列科忙相扶，看著自己的親人，笑得早闔不上了嘴，帶領三人向裏走去。

來到書房，列科面向天雷說道：「師弟可否借劍與我？」天雷忙解下短劍，列科接過，並不多看，放在書桌之上。倒身下跪，郎聲說道：「列科愧見師父，這裏給師父磕頭了！」

天雷三人連忙跟隨拜倒，磕頭拜下。

列科起身，拿起短劍，用手輕輕撫摸，臉上充滿懷念之情。一會兒才將短劍交給天雷掛上，天雷心裏對列科充滿了敬意。

雷格首先向列科稟報了這次進京的目的，現在落腳的地方及入學準備情況，有騰輝幫忙，列科自然放心。西南郡及大草原現如今的狀況，比奧等並沒有告訴列科，天雷這個草原「聖子」他更是不清楚，聽都沒聽說。但西南商盟這幾年發展情況，列科雖然不太清楚，卻也知道在京城非常有實力，非等閒視之。

列科隨後向天雷詢問了師父的安康情況及師兄、兄長的情況，天雷一一回答，氣氛非常的融洽。隨後，列科留三人吃飯，很晚才放三人回去。

眾人在城裏溜躂了一天，大開了眼界，回來後向天雷三人說這說那，好不熱鬧。草原部眾人向天雷展示上街購買的好衣服，天雷一一稱讚。

聖日帝國軍事學院是風月大陸聞名的三大學院之一，與映月的皇家騎士學院、西星的星輝軍事學院並駕齊驅，是聖日帝國最高軍事學府。學院分爲高級部院與中級部院，東西兩院緊緊相連，所教授內容基本相同。

唯一的分別是，高級院部只招收貴族子弟，有錢人家孩子、以及異族學子，學費十分昂貴，通常每人每年學費就高達二百金幣；中級部院則招收一些中等人家的子弟及貧民家孩子，但等閒人家也是念不起，每人每年學費也有四十個金幣。按照帝國現今中下等人家收入，每戶一年也就是百十個金幣，所以能上起軍事學院人家的孩子並不多。

但即使這樣，帝國軍事學院的學員仍是非常多，兩院部多達二萬人。因爲在這所學院畢業的人，以後多進入軍政界，發展非常快，前途無量。當然，貴族子弟更是如此。

五月一日早上，天雷等人來到學院大門外，報名處入學人員人山人海，熱鬧非凡。但非常明顯地分成兩個部分，東院爲貴族子弟報名處，門前車馬不斷，各家的僕人忙碌進出，一個個貴族少年趾高氣揚，神情倨傲，令天雷頓生反感；西院門前爲中級部院，學員多自己報名，衣裝儉樸，臉上也滿是興奮，少有的一些家人也都在遠處觀望。

天雷和眾人早已分配好了入學事宜，這次西南郡的學員表面上是以維戈與雷格二位少城主爲主，帶領草原各部少族長入高級部院學習，共計四十八人，天雷帶領餘下的五十八人到中級部學習。

本來維戈等人堅決的反對，都願意跟隨天雷進入中級部院學習，但天雷與騰輝卻說不行。一方面是因爲草原人尊嚴不允許，西南郡的地位也不行，另一方面是因爲要有人到高級部院學習，看看和中級部院有什麼不同。最好兩院都有人，互相學習，既然來了，就要學全學好，避免遺漏什麼東西學不完整。雷格、維戈與草原眾人才勉強同意，向東院走去。

雖然如此安排，但雪藍卻是個例外，她本人年紀小，才十三歲，是不夠進學院學習的年齡。但雪奴族人長得高壯，她雖年紀小，但身體也與平原十五歲孩子差不多，加上她在帝京城也沒事情做。說什麼也不願離開天雷，所以天雷沒辦法，也讓她與雅藍、雅雪一起入學，只是歲數上加了幾歲。她本來也沒想學什麼，只要跟著天雷就行，反正天雷讓她學什麼她就學什麼，好壞無所謂。

天雷和眾人分成幾組按照要求排隊報名，報名處的老師只問一些簡單的問題，然後再填一份表，領取考試安排書。天雷這一組報名處的老師是一個精幹的小老頭，全身上下沒有幾兩肉，但臉上卻也掛著笑意。

輪到天雷的時候，他忽然看見一個文士打扮的少年，與其他穿武士裝的人明顯不同，雖衣裝儉樸，卻露出不凡的氣質，當下皺了皺眉頭，問道：「文生也能上戰場？」

「文卡爾國師大人如何？」天雷淡淡地說。

老人聽後大吃一驚，這才細細打量天雷，然後又問道：「志以才論，才以學識，以國師之大才，何以比？」

「少以立志，多學積才，以國師爲鏡，鞠躬盡瘁，死而後已。」

「呵呵，好氣魄，好一個以國師爲鏡，鞠躬盡瘁，死而後已！」說完遞過一份表格。

「謝謝！」

一番話語，引起周圍老師同學的注意。

帝國軍事學院入學考試安排非常簡單，分文化課與武技課兩種。文化課考試兩天後進行，武技課考試三天後開始，都安排在學院的院內。

忙碌了一天，眾人早早休息。

帝京不落城占地有近萬公頃，四條寬大的街道成「井」字形把城區分爲多個部分。城中部「井」中央爲帝王宮，面南背北，宮門前爲一大廣場，廣場南爲一公園，東西北與之相臨爲各王府、大臣府宅以及豪強門閥世家，雕梁畫棟，紅磚碧瓦，院牆連成片。

「井」字外區爲各個中階層人居住，多爲貴族人家及各郡家屬部屬駐京人員，再外四周爲貧民區。「井」字街道寬大，兩旁門面林立，商會不斷，相隔不遠就有一處高大的酒樓飯店，買賣好不熱鬧。街上行人甚多，各地的學子東瞧西看，爭相買一些生活用品。

第八章　少年英雄

天雷與維戈、雷格等人走出外區街上，順路向前走。帝京的繁華讓人悅目，大開眼界。中央廣場離帝王宮有幾百米，大街相隔，守衛的騎士站得筆直。在廣場正中央有一巨大雕像群，雕刻著開國帝王及歷代帝國重大事件中的英雄們。

靠東方有一塑像，雕刻著一文士打扮的人，神情飄逸，目光深遠，天雷近前一看，是已故國師文卡爾・豪溫的生平簡歷與事蹟，他凝視國師雕像很久才收回目光，心裏充滿著孺子般的景仰之情，臉上表露無遺。

忽然，天雷感到有一束目光在盯著自己，他用眼光巡視，看見有兩名女孩子站在不遠處，身穿名貴的衣裙，一白一綠，臉上用綠紗巾蒙著。其中白衣女孩正在看著自己，兩人目光相碰，凝視一下，慌忙避開。旁邊的綠衣女孩似乎感到同伴的異樣，用目光一掃，正巧看見白衣女孩躲避的目光，心裏奇怪，向前看去，正好看見天雷，呆了一呆，白衣女孩拉了拉她的衣袖，兩人快速離開。

天雷微微一笑，向兩邊看去，看見維戈與雷格正在笑看著自己，天雷的臉上忽然展露出一絲的靦腆之情。

西南郡有一百餘人進入帝國軍事學院，不是什麼大事情，各郡上百人入學的雖不是很多，也不是沒有。但今年的情況不同，一是西南郡雖遠，但近年來，西南郡的商業貿易在京城十分活躍，與各方勢力頗有聯繫。另一方面，是有四十七人來自草原各部，這顯示著西南郡與草原關係融洽，頗有和緩之勢，所以備受注目，各大世家都派出精幹的人員作以調查，並以自己的子弟入學校拉好關係。

倫格大帝的書案桌上也有關於西南郡這次入京情況的報告，一份是西南郡守騰越的報告，書中訴說了西南郡與大草原各部近年來的關係，關於雪奴族回歸大草原的事，也有詳細闡述，分析了草原各部與雪奴族、西南郡三方可互相牽制，用雪奴族對草原各部千年積怨，維持草原平衡，利大於弊，並提及草原少年入學可緩和矛盾等等，對於「聖子」之事一字沒提，並嚴格封鎖消息；另一份是帝國監察部隊的秘密報告，內容大致相同。

倫格大帝今年七十歲，雖年紀較大，但人卻精神旺盛，精明無比。幾十年帝王生活早就練就了一雙慧眼，加上他睿智多謀，手段過人，早年就成立了秘密的監察部隊，嚴格監視百官及各郡、軍隊的情況，把帝國牢牢地控制在手裏。

近幾年，西南方面的情況果如騰越所分析那樣，三方互相牽制，維持平衡，沒什麼不好，加上半個世紀來，草原與中原也沒戰事，倫格大帝很放心。草原雖來一些孩子，但中原廣大，知識如海，軍事戰事風格與草原截然不同。幾十個孩子學也學不透什麼，來就來吧，只要不出什麼意外就好，維戈與雷格兩個人雖然是惹禍精，但好生約束即可。西南郡這幾年商貿有所壯大，但地域偏遠、貧窮，只是想多掙些錢而已，中原富足，也說得過去。

倫格帝君想到此處，忙吩咐人請平安王過來，兩兄弟有一段時間沒有相聚，很是想念。

平安王昨天晚上就拿到了關於西南郡方面入學人員的名單，眼裏盯著雪無痕的名字沉思了許久。知道這人必是列科所說的聖雪山的唯一傳人，心想這事情必須跟帝君說一聲，正好宮裏傳話讓他過去。

平安王與帝君兩兄弟見面之後，在書房裏品茶，閒談些事情。許久之後，倫格大帝忽然話語一轉說道：「聽說今年西南郡來了百多個孩子，有幾個來自大草原，是嗎？」

平安王心想：這事傳得可真快，幸好自己有所準備，忙接話道：「是的，有四十七人來自草原！」

「你可要小心一些，別讓他們出什麼事情。」

「這我知道，可是……」

「有什麼麻煩嗎？」

「是，大哥可知道其餘孩子的來歷？」

「不都是西南郡的孩子嗎？」

「可以說是，又不是！」

「這話怎麼說？」

「大哥可記得萊恩與列奇兄弟的來歷？」

倫格大帝沉思了一會兒，才緩緩地說道：「聖雪山！老神仙！」

「這事與老神仙有什麼關係？」

「列科前幾天到過我府上，詳細說過這次西南郡來的孩子們，其中有一人直接來自聖雪山！」

「老神仙的傳人？」

「是的，唯一的傳人！」平安王點了點頭。

兩兄弟沉默了一會，倫格大帝這才緩緩說道：「這事有幾個人知道？」

「我想只列科一人而已，這事他不會亂說。」

「很好，這事決不許外傳！」

「我知道！」

一會兒，倫格大帝又問道：「你見過人嗎？」

「沒有，不過，列科說其餘的孩子無一不是奇才。」

「怎麼說？」

「他們全部來自雪山腳下藍鳥谷。」

「哎，看來西南郡已非往昔之西南了！」帝君感慨地說。

「是！」平安王點頭贊同。

「看來老神仙他老人家還是眷顧著聖日！」

「他老人家原本就是風月人。」

「說的也是，你要好好地照顧他們，決不能在帝國出事！」

「我會的！」

兩兄弟談了許久才分手而去。

帝國軍事學院的文科考試如期進行，一大早考生陸續來到考場，學院老師宣布了一些規定就開始考試。

不一會兒，天雷就見監考的老師恭敬地站在門口，口裏輕輕地叫著「院長」，五名老者走進教室，微微點著頭，在考生前站立一會兒，領先的一位長者突然向考生中間走來，挨個看了看同學，富貴的臉上掛著微笑。天雷看著老者站在面前凝視著自己，兩人心裏忽然感到一絲的寬慰，似輕鬆，似瞭解，又似彼此熟悉的感覺。

武考對於天雷等人顯得格外的輕鬆，只簡單使用自己熟悉的武器練了一趟，由於人多，時間倒是用了許久。文武考試沒什麼可擔心，帝國對於像草原各部等外族入學人員十分的優待，像雪藍這樣的小女孩都沒事，大家都輕鬆地過關，只等開學後自己選學課程。

帝國軍事學院在帝京的正西方，「井」字中部的邊緣，再向西為中部區，臨西門出京城，占地十分的廣大，每一個學員都安排住宿。每年入學的新生有五千人，分五十個班級，僅西院中級部就占三十五個班級。

天雷與溫嘉、商秀和亞文一個寢室，西南商盟的人送來許多日常用品。下午時分，維戈、雷格與草原各部人員前來看望天雷，得知維戈與雷格也分在一個寢室，住在一起，大家非常的高興，正巧雪藍與雅藍兩孿生姐妹也過來，說起三人也住在一起，高興得不得了，大家說說笑笑，不久就決定一起上街吃飯。

向外街走出不遠，遠遠地就看見「西南風味樓」的大酒店，天雷十分高興，備感親切，在遠方京城吃上家鄉飯菜，心裏特別溫暖，想也沒想就帶領大家走進酒樓。

掌櫃的看見眾人進來，忙引大家到二樓大雅間，安排眾人落座，這時候他才對維戈說道：「請問哪兩位是西南郡維戈與雷格少主公子？」

維戈忙答道：「我是維戈，這位是雷格！」

知道是西南商盟的買賣，掌櫃倒身下跪，維戈扶人起來，他這才又說道：「兩位少主請坐，騰輝大人已經交代過了，知道少主人和朋友們會過來，想吃些什麼，我這裏可只有西南的飯菜。」他顯得十分的爲難。

「我們就是想吃家鄉的飯菜才來，你只管上些好的就是！」

「好的，兩位少主人請坐，我這就下去張羅。」

「你去忙你的吧，這裏不用你伺候！」

掌櫃客客氣氣地下去，大家心裏有一種回到家般的感覺，烏跋開玩笑地對著維戈說：

「這回可到你們家了，以後你可得管吃啊！」

「那是一定，你們可說好了一定常來，全算我們的，別客氣！」雷格與維戈搶著說。

「一定來的！」草原少年一起點頭。

草原人性格豪爽，待朋友如家人，傾盡自己的所有也再所不惜，這是幾千年來的傳統。到朋友家客氣，會讓人看不起，甚至會翻臉，所以大草原的人決沒有一點虛假意識。

天雷知道在京城裏可不是一天半天的事，草原人本就豪爽，加上在異國他鄉多有不方便之處，如不交代好，以後會增加不必要的麻煩，所以忙對維戈說道：「你跟騰輝說說，交代下去，讓各處的人都認一認草原兄弟，別出什麼笑話！」接著轉過頭對姆里等人說道：「中原與草原習慣不同，但朋友就是一家人，剛開始大家也許不相識，等熟悉了就好了，大家不許客氣！」

「是，大哥！」眾人點頭。

天雷說話對草原人來說自然又是不同，也許在維戈說話的時候心裏還有一絲客氣，但天雷的交代就打消了一切，因爲他的身分不同，是草原的神。

一頓飯吃得大家興奮異常，感到比在家裏吃得還好，席間，天雷就各人所學專業進行了一番安排。

帝國軍事學院規定每名學員每年必修課程二項，選修課程二項，其餘課程自己志願。必修課程爲軍事理論課、武技課。武技課是根據個人的武技特長選定，有專門的教師教授。選修課程爲騎兵科與步兵科，又細分爲十幾種課程，另外還有其餘的相關科目。

軍事理論課每一個人必須學習，武技課維戈、忽突帶領槍部人員學習槍法，雷格帶領刀部及草原少年學習刀法，雪藍與雅藍姐妹學習劍法，外加上天雷與越劍，溫嘉與商秀學習重劍法。選修課程維戈與忽突學習騎兵課，維戈重點學習騎士團的作戰理論。忽突學習重騎兵理論，雷格與草原各部族人學習輕騎兵理論。

另外，雷格要重點學習步騎結合作戰理論，天雷帶領溫嘉與商秀、亞文、風揚等學習步兵理論科。溫嘉與商秀重點學習重步兵理論，天雷還選出愛好箭法的尼姆與格魯兩人重點學習弓箭兵理論，雅藍姐妹學習後勤管理，雪藍跟隨學習。越劍畢竟是外人，天雷只建議他學習劍士理論科，越劍倒是欣然同意，也許他本身就是個劍士吧。

三天後，學院組織了開學典禮，入學新生見到了所有的學院領導、老師。

天雷和亞文被分配在步兵二十七班級，有五十人，班主任是個叫恩斯的老頭，爲人古板，要求嚴格，中規中矩，在教學中得以充分的體驗。教授軍事理論課的老師就是天雷在報名處認識的老師，天雷叫他尼斯特導師。

尼斯特平民出身，多有才華，爲人桀驁不馴，看不上眼貴族子弟的作風，故在中級部院任課。開學已經有一個月的時間了，每天早操就是軍事隊列訓練，然後就是上課，平民家的孩子比較好相處，天雷很快就與同學們認識，打成一片。

尼斯特老師對待天雷特別的有好感，他非常喜歡這個平民出身而又有志向的學生，常常對天雷進行特殊的指導，對他提出的問題也十分的感興趣，多有討論。

天雷的學識功底深厚，加上學習過《戰策》，看過萊恩、列奇準備的許多書籍，等閒的問題自然不會問，提出的問題多是自己看過的《戰策》上沒有深懂的知識，與實戰上的差距，加上他思想自由奔放，這就顯得尤其突出。尼斯特收到這樣一個特別的學生更是興奮，有一股把自己生平所學傾囊相授的感覺，天雷能夠在他的指導下學習理論，也確實十分的幸運。

平民家的孩子多吃苦耐勞，學習認真，因爲平民家能學到一身不俗的武技，積累良好學識，是經過千錘百煉的，要比富貴人家孩子吃更多苦，能上得帝國軍事學院都是萬裏挑一的寵兒，大家更特別的珍惜。天雷在這樣一個大家庭裏學習，更感到自己像夢幻一般的美好。

他從小一人在雪山上學技，稍微大一點就爲雪奴族奔波，與人心相隔千重山。人人敬他愛他爲「聖子」，像神一樣崇拜他。從沒有像這般發自內心的友情與自然的相處，使他的身心無一不感到輕鬆和快樂，更和同學們相處得十分融洽。同學們看到他高雅的氣質，春風般的笑容，沒有一絲貴族習氣，更加喜歡和他相處，看得商秀與溫嘉都有一些羨慕。

天雷武藝精湛，所以武技課很少上，導師自然也不去管他，除了軍事理論課外，他把全部的精力都放在對步兵理論學習上。通過深入的研究，他懂得了大兵團作戰的方法，知道了各兵種的配合，瞭解了每一個士兵對整體作戰的重要性，瞭解了平原攻防戰的殘酷與血腥。他整天埋頭在圖書館裏，深深地陶醉在一個又一個戰例之中，研究它的優點與缺點，怎樣節省一個士兵，記下自己的心得。

帝國軍事學院的圖書館高大寬敞，藏書眾多，千年來關於軍事方面的書籍多有收藏，分幾個類別分列，全面對學員們開放。學院雖分東西兩部院，但圖書館卻只有一個，不分貴族平民，學生都在這裏查閱資料，看書學習。這裏同時也是各個世家豪門招攬人才的集聚地，各個世家子弟相互炫耀，展示實力，追求自己喜歡的女孩子。平民子弟多在這裏尋找自己將來發展方向，投靠自己認爲有前途的勢力，以便將來能儘快得到發展。各種各樣的團體多而雜，矛盾不斷，明爭暗鬥永遠也不會停止。

天雷自然沒有別人那般的煩惱，這些好像離他很遠，他只一心在圖書館裏學習，查資料，作筆記，離開世俗的喧鬧。每天他坐在圖書館裏的時候，雪藍總是在他的不遠處靜靜地看著他，爲他準備毛巾開水，解除他的疲勞。在他的前後，至少有一個藍鳥谷中的人在相伴，這些人爲他擋下了千萬般的煩惱，像一個守護他的門神，把他和世俗隔開。

時間一長，天雷漸漸地引起了高級院部同學們注意，在京城裏各大世家林立，少年子弟多得是，且個個有勢力，惹是生非乃平常事情。像天雷這樣一個在中級院部的學生出現這種情形，自然他們的心理不舒服，找麻煩也正常，許多人早就看他不順眼。

高級院部二年級的海天早就想找天雷麻煩，他雖然爲人比較好，但卻十分驕傲。在圖書館這種地方，天雷像少爺般的作風他是越看越不順眼，來到天雷的桌前，用手輕敲著桌面，眼裏看著天雷，嘴裏說道：「貴姓？」

「雪。」天雷頭也沒有抬，知道是找麻煩的，這幾天發生許多次了。

「怎麼，看不起我？」海天有些惱怒，本來他就是找麻煩，天雷的態度更令他憤怒。

天雷稍微抬了下頭，輕聲說道：「我認識你嗎，招惹你了嗎？」

「我就是看你不順眼，怎麼樣？」

溫嘉這時候過來，他並不說話，用手輕推著海天，眼裏暴射著冷森的光。

海天看著溫嘉，他知道會出現這種情況，但是沒有想到是像溫嘉這樣的好手，他用手推著溫嘉的手，嘴裏不弱地說道：「怎麼，想打架嗎？」

溫嘉用手向外指了指，意思是到外面如何。圖書館裏的人看見有人要打架，都跟出來看熱鬧。

眾人來到學院的練武場，海天剛想動手，就聽見有人說道：「溫嘉，怎麼回事？」

雷格沉著臉過來，剛才他在不遠處聽見有人打架，也過來看熱鬧，不想是溫嘉。

「他找大哥的麻煩。」

雷格一聽是天雷的事情，找天雷的麻煩可不是平常打架，他雙眼暴射精光，怒視著海天道：「想打架，我奉陪。」

海天雖不認識雷格，但一看就知道是高級院部的人，因為校服上稍有差別，但他也不懼怕雷格，海天淡淡一笑，問道：「貴姓大名？」

「西南雷格。」

西南郡雷格的大名海天久仰，前段時間，他率領藍羽擁兵團大戰榮城武館，幾乎血染中原，倫格大帝親自過問才平息此事，京城傳得沸沸揚揚，海天知道雷格不好惹。

「海天，怎麼回事？」這時候有人過來。

「森得大哥，沒什麼事情，玩玩。」

「這位兄弟是……」

「西南郡雷格！」海天低聲介紹。

森得點一點頭，他也聽說過雷格，人雖不認識，但大名早聽說過。

森得是紅雲劍派弟子，武功精湛，劍法嫻熟，紅雲劍派爲中原第一大劍派，弟子眾多，爲中原武林的宗主，森得在學院非常有名氣，與海天私人關係好。

這時候，西南郡的維戈等人也聽到消息，都過來幫忙，但維戈雖然心中有氣，並沒有說話。雷格看見維戈等人，知道自己不會吃虧，所以態度也不善。

「久聞西南郡雷格兄弟大名，森得久想領教，不知如何？」

雷格點頭，他正準備開口答應，溫嘉在旁邊說道：「這位兄弟有意指點，溫嘉不才，願意代雷格兄領教領教。」

森得看溫嘉身材高大，氣勢威武，替雷格接下，正想上前答話，這時候有人說道：「都在這裏幹什麼，想打架嗎？」

眾人回頭一看，是學院學生管理處的教師，不敢再說什麼。兩夥人被驅散，各自心中有氣，等待著以後機會。

經過這一次的事件，天雷倒沒有感到什麼。但是，學院裏很少有人再找他的麻煩。學生管理處的教師從此後看得更緊，眾人一直也沒有機會再次進行較量。

帝京不落城的冬天不是很冷，來得也較晚，天雷看著街上的小雪，才感到冬天的來臨。今天是休息日，大家拉他上街看雪景，他不想掃大家的興，所以就和大家一起出來散散心，吐出一口悶氣，精神也好了許多。大家指著遠處碧瓦上的殘雪和映照雪後的驕陽、流動的彩霞，心曠神怡，被帝京的景色深深地陶醉。

西南商盟最近來往京城的貨運好像特別多，藍翎與藍羽擁兵團兩批人在住處玩鬧，天雷進來的時候，正巧格爾領著人在打雪仗，開心不已，大家見面後格外的親熱。

天雷問格爾一些事情及兩位老師兄的近況，格爾一一回答，突然他對天雷說道：「大哥上次叫我稟告比奧與騰越叔叔買糧食的事情現已經辦好，雪奴人的雪洞中已全部裝滿，現如今正在往谷中新建的庫中裝運存糧。」

「谷中又新建糧食庫了？」

「是啊，兩位總管爺爺在西邊一個小谷中新建立了一個倉庫，存入很多東西。」

「好！對了，格爾，你們就這樣一天的閒著？」

「是啊，大哥，這得等十來天後貨物辦齊了才能回去。」

「這樣啊。」天雷問維戈道：「維戈，他們一天這樣的閒著，不如學點什麼。」

「這倒也是！」維戈問道：「不知學些什麼好？」

「哈哈，就把這半年來學到的知識給大家講一講就行了！」

「這倒是個好主意，就怕講不好。」

「講好講壞都沒什麼，主要是大家多學一點。」

「行，就這麼辦！」維戈接著說道：「我找叔叔商量一下，準備一些東西，就從明天開始吧。」

「大家輪流過來講一講，反正大家都是從小的兄弟。」

大家點頭贊同。

從這一天起，天雷等人就多了件事情，每天都要抽出幾個人過去給大家講講課，講軍事理論，講各兵種作戰方法，帶兵的管理等等。擁兵團的兄弟們認真地學習，記著筆記，那種認真勁著實讓人感動。

擁兵團進京的兄弟幾天、十幾天換一批，學習的時間比較短，天雷感到這樣下去效果不是很好，得想一個妥善的辦法，於是通知騰越，最好辦一所軍事學校，讓更多的人學習，增長學識。

比奧與騰越的回信在第二年二月傳到天雷手中，信中提到辦理軍事學校的事情，讓孩子們入軍隊訓練，只是有一個困難，就是缺少教師，希望天雷與騰輝能在京城中幫助想一些辦法。

天雷與騰越經過反覆的考慮，決定盡全力爲西南招一批老師，但還是很困難，西南郡畢竟很遠，願意去的人很少，但目前最好的辦法，就是利用擁兵團進京押運貨物的名義在帝京中培養一批，事情就這樣的定了下來，由騰輝在城外開闢教場，準備一切，不久就走上軌道。

整個冬天假期就在教授擁兵團兄弟中度過。

帝國軍事學院高級部院與中級部院的差異極大，就拿服裝來說，雖都是天藍色學生服裝，但高級部院的質量是最好的，衣料講究，做工精細，而中級部院就十分得差，至於住宿伙食更是不能相比。

雷格與維戈二人分別爲第二班級與第四班級，草原各部的少族長在十到十五班級，雖都是貴族子弟，但也分爲三六九等，拉幫結派，勾心鬥角，互相之間攀比成風，追求女孩子。在這裏誰家族勢力強大，誰就是老大，平常的貴族子弟只能跟著跑腿，西南郡與草原部的學生自然成爲一派，雖人少一些，但那些不得意的人也相繼加入，聲勢也不小。

海天與森得也不敢輕易招惹西南眾人，知道維戈與雷格心狠手辣。同時，西南商盟如今是如日中天，雷格等人也借光不少，雖不能與各世家豪門相比，但也不至於得罪他們，相互之間倒也安靜。

在高級部院一年級最引人注目的，就是一班級的盛美與雅靈兩位女公主，聽人說是當今太子的公主與豪溫家族的女公子。兩人平時戴著面紗，氣質高雅，極少與人說話，各世家子弟極力討好、獻媚。雷格與維戈也見過幾次，想起正是入學前在宮門廣場見過的二人。

盛美與雅靈是帝國軍事學院公認的兩朵校花，兩個人是姑舅親屬，從小在一起玩，在帝宮長大，親如姐妹，雖雅靈時常到叔叔家學習，但只要盛美願意去，凱文也沒有辦法，聽之任之。

帝京中少年子弟，二人是一個也沒有看在眼裏。僅有的一個哥哥雅星倒成爲兩人的跟班，在一起時被呼來喚去，雅星也沒有辦法。惹得二人生氣，那是絕對沒有好果子吃，不是被母親叫去哄這個，就是被宮裏的太后叫去哄那個，一不小心被帝君外公看見，叫到書房裏詢問半天，那可絕對不是好玩的事情，帝君外公精明得很，雅星才不願意進出帝宮，所以只好少惹二人爲妙。

雅靈那日在廣場看見天雷，感覺到有一股極其熟悉的氣質，回家想了半夜，才想起像極了自己的爺爺文卡爾。心驚了好幾天，連母親雅美雅都感到女兒的異樣，開玩笑問了半天，嚇得她一句也沒敢說。後來在學院的圖書館裏看過天雷幾次，可天雷連正眼都沒有看她一眼，生了很久的悶氣，盛美倒是在她的面前提過多次，雅靈一句話也沒敢接，只心裏感到一絲的不快樂。

豪溫家族在國師文卡爾逝世後，由三子凱文掌管了家族事務。凱文緊緊記住父親臨終時候的教誨，以家族事無人照顧爲由，堅決不再爲官，只一心管理家族的生意。平時教導自己的侄兒侄女等人，極少與自己兩兄長及各大世家來往，處事低調，嚴格管理門戶。十多年來，家族在外的族人子弟陸續離開軍政兩界，回到帝京，從事各種各樣的生意，一時間頗令帝君與各大家族疑惑，但同時也放心不少。

當然也沒有人敢輕視豪溫家族，只凱旋與凱武兩兄弟顯赫的地位和各大軍團中高級將領都曾經是國師的部下這二點就沒有人敢。更何況，帝君念及國師的好處，常常照顧，就更加沒有人敢有絲毫的冒犯。豪溫家族子弟嚴格守禮，個個遵守家訓，年輕子弟才華橫溢到成爲帝國的佳話。

當代豪溫家族的長公子雅星•豪溫年僅二十歲，是凱旋的長子，公主雅美雅的兒子，大帝的外孫。他長相俊美、博學多才早已聞名帝京，現爲帝國軍事學院的三年級學生，各門成績優秀，成爲一代青少年中的風雲人物。

只是十餘年來，他極少與父母親住在一起，卻和自己的叔叔凱文住在家族之中，受叔叔教導，幫助處理家族中的一些事務，隱隱成爲家族當代年輕的家長。

雅星的妹妹雅靈現年十七歲，見過的人不多，傳聞長相非凡，貌美博學，多才多藝。

與當今太子的公主極其要好，常常住在帝王宮之中，頗受帝后的疼愛，是當今青年愛慕的偶像，兄妹倆人並稱「帝京雙珠」。

雅星爲人好學，常常到圖書館來，查閱資料，看書的時候沒有什麼人敢打攪他。他在高級部院三年級，作爲豪溫家族的長子，他也早就注意西南郡這次入學的新生，對維戈和雷格等人觀察很久。雖然他們很優秀，也沒有放在眼裏，但幾次到圖書館來時，卻看見天雷很是特別，人有一股說不出的雍容氣質，又勤奮好學，雖然是在中級部院，但是在他的周圍，總是隱隱約約地有人在保護，更有像雪藍這樣的異族少女在侍奉，雖不是很明顯，但以他的目光一眼就看得出來，天雷決不簡單，所以十分留心，倒很想結交像天雷這樣的人，只是一直沒有機會。

第九章　少女情懷

帝京裏的學員在休息日可以回家，雅靈也回到了叔叔家裏，顯得有一些意外，令人高興。

雅靈很少住在這裏，日常和父母親住在一起，為父母親討一些歡心，減少些寂寞。今天雖意外但雅星很是高興，兄妹二人飯後和叔叔凱文一起坐在書房裏品茶閒談，說一些近來帝京裏的趣事，談談自己的學校、同學。

忽然，雅靈帶著一絲羞澀地問道：「哥哥，你注意沒有，中級部院有一個人很是特別？」

凱文和雅星很是驚訝，雅靈可是從沒有在他們面前提過別人，更別說出現羞澀的樣子，這就好似太陽從西邊出現一樣。

凱文笑呵呵地對雅靈說道：「靈兒，什麼樣的人這麼特別，要我們家的靈兒這麼注意，是男孩還是女孩子？」

「叔叔！」

「呵呵，小妹可是有了心上人，先告訴哥哥一聲！」雅星也開起妹妹的玩笑。

「不和你們說了！」

「呵呵……」

兩個人笑呵呵地逗著雅靈，感到非常開心。

一會兒，雅星笑著說道：「不過，小妹說的也是，確實有一個很特別的人！哦，妹妹說的可是西南郡來的哪個叫雪無痕的人？」

雅靈點了點頭。

「這個人雖然看上去沒什麼特別，可是你一留心就會發現他的與眾不同。平凡之中蘊涵著睿智，儉樸之中流露出華貴，平易得叫人不知不覺中與之親近，好像這次西南郡來的人是以此人爲主，別人只是陪襯而已！」

「這麼出眾？」

凱文聽後滿心的詫異，他絕對不會忘記父親臨終前的話。與別的世家不同，他時刻派出大量人手注意著西南郡的動態，等待著西南「星主」。他的做法有時候叫雅星與家族之人感到詫異和不理解。

「是的，叔叔！我頭一次見他的時候，他正在看爺爺的雕像，那神情非常……非常像爺爺。」

「不，與爺爺的氣質不同，但說不出哪裡不一樣。」

「是啊！」雅靈的眼裏有一絲迷茫。

「西南，西南……」凱文起身在室內來回地踱著步子，嘴裏不時地說著西南兩字，與他平常的穩重截然不同，神情之中漸漸地激動。

雅星與雅靈看著叔叔，感到非常的驚異。自己還從沒有看過叔叔這般的失態，這個從小教育二人的叔叔在他們心目中永遠是高大和穩重，二人滿眼的疑惑。

雅星的生活與雅靈不同，他從小就跟隨在叔叔凱文身邊，和他一起生活，遠離開父母親。他自己好似從來就是凱文的兒子，父親雖然對他也十分的關心，但從沒有對他有過什麼像樣的教育，甚至不過問自己的事情。凱文在家族裏雖然是三子，但畢竟還是由他接掌了家族長的位置，這也讓許多人感到疑惑不解，就是雅星自己也是一樣滿心疑慮，對家族的事有很多為什麼的問號。

凱文沉思多時，抬眼看了看眼前的侄兒侄女，流露出疼愛之情，這情形看在兄妹的眼裏，心神為之震動。

凱文踱步來到書房的一角，抬手按在一本書籍上，一個暗門悄悄地滑開，他輕輕地說了聲：「跟我來。」走進暗室。

暗室不是很大，但十分的嚴密，靠牆處放著一張方桌，上面供奉著文卡爾的靈位，凱文率先拜了下去，然後，三人起身坐下，凱文這才開口說道：「你們二人知道父親大人是爲什麼英年早逝嗎？」

「不是說爺爺積勞成疾，病重謝世嗎！」雅靈有些不解地問。

「可以說是，也可以說不是。」

「爲什麼，叔叔？」雅星神情有些沉重，他感到在家族之中，一定有一件十分讓人心痛的事情。

「父親大人雖然操勞過度，但還不至於英年早逝，他主要是爲了指引家族的未來而耗盡心血。」

「家族的未來？」兄妹倆十分的驚詫，以現如今豪溫家族的地位，還需要什麼樣的未來。

「你們兄妹倆也不小了，雅靈已經十八歲了，特別是星兒，作爲家族的長子，有些事情是應該讓你知道。」

「是，叔叔！」二人望著凱文。

「十八年前九月廿四日，西北堰門關兵團的一個督統接到帝京千里急報，要他火速回京，他不敢有一刻停留，連夜快馬回馳，於三天後近午時分趕到京城，得知父親大人重病臥床不起。」

凱文痛苦地訴說著往事，心如刀割。

「父親大人看著趕回來的三兒子，在病床前吩咐他三件事情。第一，在他逝世後，由三子接掌家族門戶，二十年內，除兩位兄長外，家族直系子孫不得在朝爲官。」

凱文看一眼仔細聆聽的二人，接著說道：「第二，嚴格管理門戶，杜絕與各個世家交往，包括他的二位兄長。」

他看著滿臉驚愕的二人，心中充滿了疼愛。

「第三，在他老人家在世的最後日子裏，由三子侍奉左右，得傳畢生所學，令他全力培養下一代，尤其是星兒與靈兒，等待二十年後『星主』的出世。」

「星主的出世？」二人不解地問。

「父親大人耗盡最後一滴心血，用三年的時間傳授三子畢生所學，在他臨終前吩咐，天王星主已經降世，大陸一統爲期不遠，豪溫家族爲宿主而生，不得違背天道，否則，玉石俱碎。」

「啊！」兄妹二人第一次聽到這樣怪異的說詞，嚇得脫口驚呼。

「天王星主起於西南，臨於中原，十四年前我看見天王星一次。七王爭霸，一主沉浮，你們要緊緊記住我今天說的每一句話，決不可傳出。」

「是，叔叔！」雅星與雅靈乖乖地回答，知道事情的嚴重性，家族的秘密，事關整個家族的存亡。

「那麼叔叔，怎樣知道誰是星主呢？」雅靈好奇的問。

「算來他已經十八歲了，也許已經來到了中原，就在妳的眼前，也許他還在西南。」

「怪不得叔叔十分注意西南，我明白了，原來是在尋找星主。」雅星喃喃地自語。

「你們要多與西南郡之人交往，仔細觀察每一個人，但決不許招搖。」

「知道了，叔叔！」

叔侄三人又談了些事情，雅靈向凱文提出問題。

「那……叔叔，我想到中級部院去，好嗎？」

「哦……也好，也沒有幾個人認識妳，但妳要作為一個普通人過去，妳能做到嗎？」

「行，叔叔，反正我也討厭高級部院那些無聊的人，做一個普通人不是很好嗎。」

「雅星，你看讓雅靈過去好嗎？」凱文問。

「這倒也行，小妹也沒有誰見過真面目，過去也好，我只擔心她的公主脾氣。」

「哥哥就是看不起人家，這回讓你見識見識！」雅靈得意地說。

豪溫家族的一次重大決定，就在一位女孩子身上定了下來，它的意義極其地深遠，影響了整個豪溫家族的命運，甚至影響了整個大陸，為天王星主的宿命重重地添上了一筆。

風月大陸的春天來得特別早，伴隨著春天的來臨，帝國軍事學院校園裏盛開著春天的花朵，洋溢著春天般的歡笑聲。

這笑聲多是來於西部院，因爲步兵二十七班級新來了一名叫「凱雅」的女同學，她爲人樸實，長相清麗俊秀，是二十七班唯一班花。而步兵科有一名女學員，開創了帝國軍事學院女生入步兵科先河，一時間傳遍整個校園，甚至東部院的不少貴族子弟也都過來觀瞧，羨慕不已，一時傳爲佳話。

凱雅被安排與雪藍與雅藍、雅雪一間宿舍，她文靜典雅，學底深厚，平易近人，常常幫助雪藍學習功課，與雅雪姐妹一起練劍，很快就和三人成爲了姐妹，整天待在一起，不知不覺已一月有餘。

「凱雅姐姐，妳怎麼上步兵科？」雪藍年紀小，心直口快，心裏裝不住問題。

「步兵科怎麼樣，難道只有男孩子可以上步兵科，女孩子就不行？」凱雅憤憤不平地說。

「是啊，我同意凱雅姐姐的觀點，我就看不起東院的那些男人！」

「雅藍，不要一概而論，一竿子打到底，雷格和維戈可不是妳想的那樣。」雅雪責怪著妹妹。

「我要為女孩子爭口氣，把他們都比下去。」凱雅驕傲地說。

「我真的好佩服凱雅姐姐，好羨慕啊！」雪藍有一絲崇拜。

「是啊，我們也是！」雅雪姐妹一起說道。

幾個人閒談多時，凱雅指著雪藍床前放著一張很古怪的琴，忽然問道：「雪藍，這是什麼琴啊，這麼的怪？」其實她早就注意這張琴了。

「凱雅姐姐，這叫冬布拉琴，可好聽了。」

「是草原的琴嗎？」

「是啊！」

「雪藍，彈一支曲子聽聽，好嗎？我從來沒有聽過草原的琴！」

「我彈得不好，聖子彈得才好聽呢！」雪藍驕傲地說。

雅雪和雅藍聽得「聖子」兩字，嚇得呆了一呆，雅雪倒是機靈，忙接過話說：「雪藍，這哪有什麼繩子，凱雅姐姐讓妳彈，妳就彈一支曲子吧。」

雪藍聽得雅雪的話，一時回過神來，嚇得臉色發白，眼淚在眼眶裏打轉，就差掉了下來。她顫抖著手，拿起了冬布拉琴，但怎麼也彈不成調。

天雷在院裏漫步，忽然聽得混亂的琴聲，覺得奇怪。雪藍琴雖彈得不好，但自己也常常教導於她，至少不至於彈成這個樣子，他順著琴聲來到雪藍的門前，輕輕地敲響門。

雅藍開門看見天雷，知道是琴惹的禍，低低地叫了聲：「大哥。」

天雷進入屋內，看見了凱雅，這才想起這間宿舍如今多了個人，他帶著一絲的靦腆對凱雅說道：「對不起！」

「沒什麼，請坐！」凱雅起身相讓。

雪藍與雅雪看見天雷進來，慌忙站起，叫了聲「大哥」，雪藍忙把琴放在了床上。

天雷走到床前，輕輕地撫摸著琴弦，眼裏充滿著依戀，他一直專心學習，很長時間沒有彈琴，心裏忽然湧起要彈一曲的衝動。他抬眼看著凱雅，兩人目光相對，忽然有一絲熟悉的感覺。

凱雅臉色微紅，輕輕地說聲：「請你彈一首好嗎，大哥！」

凱雅這聲大哥是天雷認識她以來，第一次主動與他說話，平時天雷知道班級裏來了一位女同學，雖有一些詫異，但圍繞在凱雅的身邊人多，天雷也不是多話的人，他雖性格奔放，但也很自愛。

天雷點了點頭，雪藍看他同意，忙搬過來兩張椅子。天雷靜靜地落座，擺好琴，十指划動，嫋嫋的琴聲冉冉升起。雪山的美好，草原的廣闊，聖寧河的波瀾壯闊，中原的安定富足，一幕幕在他心頭流過，在指尖划動，通過琴音遠遠傳出。

他的心頭有一股青春的湧動，回想起藍鳥谷的美好，兄弟們友愛，同學們的友誼，一股青春的激情在舌尖激蕩，男子的磁音緩緩地從他口中吐出：

「青春似盛開的花朵綻開了嬌豔，像雪蓮般的潔白，彩虹的絢爛，她是生命的火焰，燃燒著青春的驕傲。青春似生命的花朵綻放了嬌豔，像草原般的廣闊，大河的浩瀚，她是生命的激情，燃燒著青春的驕傲。」琴聲歌聲緩緩的滑落。

天雷從琴聲中回過心神，看見四人癡癡地望著自己，呆了一呆。

凱雅回過神來，看見天雷，滿面羞紅，她頭一次聽得這麼動聽的琴聲歌曲，看見一個用全身心在表演的人。他那瀟灑的動作，高雅的氣質，磁性的歌聲，每一樣都深深地吸引著自己，還有那伴隨在歌聲中的青春湧動，撥動她少女的心弦，她的心好慌亂。

雪藍與雅雪姐妹也呆呆地看著天雷，感到了天雷在琴聲中的幸福和快樂，在歌聲中表達的青春願望，被他那高傲的心胸氣質所征服。

天雷有一絲的尷尬，十分不好意思地走出寢室。外邊站了許多女同學在傾聽，看著天雷走出來都指指點點，小聲議論，搞得他非常狼狽地逃進圖書館。

盛美有一個多月沒有看見雅靈，心中納悶，追問了雅星十幾次，雅星只說雅靈到北方有事情，順便看望叔叔凱武。

雅星一點也不擔心她到西部院去，因爲他十分瞭解盛美，她絕對是不會自己過去的人。

盛美缺少少女的玩伴，在無聊的時候，常常纏著雅星，從此雅星的身邊就多了一個美麗公主。

帝京的夏天十分炎熱、乾燥，讓人透不過氣，從去年冬天一場雪後，就很少下過雨雪。有時雖零星地下一點雨水，但一點也不濟事，地裏的莊稼枯黃，平民看著枯萎的秧苗，心急如焚，企盼著蒼天下一場大雨。

圖書館裏很熱，人也較少，貴族子弟大都躲起來避暑，只有少數的西院學生。天雷不時地擦著雪藍遞過的濕毛巾，偷眼看了看凱雅，心中對這個勤奮好學的女同學更加欽佩。

凱雅自從那次天雷彈琴後與雪藍等人更加親近，常常不知覺地談起天雷，雅雪姐妹害怕雪藍年紀小，說話不小心，常常地岔開話題，雪藍也知道上次惹的禍不小，過後天雷雖然沒說什麼，但也吩咐她今後小心，所以儘量避免談及天雷。

看了眼窗外的天氣，天雷合上書本，雪藍知道天雷今天是不想看了，忙過來收拾毛巾，把天雷看過的書還回原位。這時候凱雅也停了下來，站在天雷身邊，等著雪藍，商秀站在身後。

走出圖書館外，天雷想起好久沒到外邊轉一轉，吃頓飯，於是吩咐雪藍去叫雅雪姐妹，轉過身來對著凱雅說道：「一起去吧，我請客！」

凱雅輕輕地說了聲：「謝謝！」

幾個人來到西南風味樓，掌櫃看見天雷進來，忙起身引眾人來到二樓上雅間，請大家坐下，這才對天雷說道：「少主想要吃些什麼？」

「雪雞和雪兔還有嗎？」

「有，少主，都給你留著。」

雪雞和雪兔是這幾年雪奴族人特意爲天雷飼養的，因爲他出身大雪山，對雪山上的食物有特殊僻好，所以擁兵團來京城時，常爲他帶來一批。就是維戈和雷格也只能借光吃上一回，別人更不用說，西南風味樓專門爲天雷飼養，也不賣。

「那就一樣殺一隻，別的再來幾個涼菜。」

「好的，少主，前幾天給你帶來四隻雪熊掌，正在冷庫凍著，給你燒兩隻？」

「好，剩下給兄弟們留著，下次給大家做吃了。」

「哦！」掌櫃的答應下去。

「呀！」雪藍興奮得叫出聲來，看著天雷，吐了吐舌頭，雅雪和雅藍也十分的興奮，裔秀兩眼放光。

雪熊掌可不是隨便就能吃得上的東西，雪熊生長在大雪山頂上，數量極少，很難獵得，就是天雷平常在西南郡時候也極難吃上一回。這幾年，雪奴人生活有了依靠，時刻想著天雷這個主人，閒暇時候專門有人爲天雷守在山上，打一些雪山的野味，今天難得吃上一回。

天雷微微一笑，開玩笑地對雪藍說道：「看妳饞的，今天可是有客人，妳也就借借光聞聞味罷啦，想吃，門兒都沒有。」

雪藍臉色一紅，沉默不語，凱雅看雪藍受窘，忙接過話說道：「大哥，我可不是什麼客人哪！對了，雅雪姐姐，什麼雪雞雪兔，還有雪熊，我從沒有聽過。」

雅雪低低地對凱雅說道：「那是大雪山的美味，這裏沒有，就是帝君也不一定能吃得上，這回我們可是借大哥的光。」

「那麼名貴嗎？」凱雅有一些吃驚。

「名貴，那雪熊掌我都從沒有吃過。」

凱雅聽後，伸了下舌頭。

時間不長，幾個涼菜陸續上來，掌櫃還特意爲每人做了一碗解暑粥，天雷首先拿起了筷子，說了句「大家隨便吃」，就吃了起來。

大家說說笑笑，喝著粥，吃著菜，氣氛很是融洽。天雷雖說隨便上幾個涼菜，但是也擺滿了一張方桌，十分豐盛。

吃了一段時間，掌櫃親自上來，端著一個大大碗公，滿滿地裝了一碗雪雞肉。凱雅也不客氣，首先夾了一塊，細細地品嘗。

雪雞生長在大雪山，屬性陰寒，肉鮮嫩，入口清淡，餘香繞舌。

「好吃，太好吃了！」凱雅邊吃邊稱讚，以她的口感，實在是從沒有吃過的美味。

「一會兒有更好吃的呢！」雪藍也一面吃，一面低聲地說著。

天雷的口味雖刁，但也不至於讓雪奴族人專門爲他飼養雪雞雪兔，守山打獵，這主要是雪奴人自己感念「聖子」好處，沒有什麼能報答，所以自願爲他獵取一些好吃的東西。西南商盟感念雪奴人的赤忱，加上天雷的身分，孩子們在帝京城不容易，所以才千里運送。借天雷的名義專門準備一些好吃的東西，大家都嘗嘗。當然了，天雷不來，別人是誰吃不上。

不久，掌櫃又送上來一碗雪兔肉，隔一會兒又送來一盤烤熊掌。雪兔肉白嫩，飄著芳香，雪熊掌烤得油光閃亮，香味透人，掌用刀刨開，分成六份。其中一份稍大一些，天雷用筷子夾起放在凱雅的盤子裏，凱雅又客氣了一回，最後還是她吃了那一大份。

一頓飯吃得眾人飽飽的，凱雅更感到是生平吃過最香甜的飯菜，回到宿舍還在回味著天雷遞過雪熊掌時的情景。

維戈因爲學習騎兵科，所以對帝國騎士團非常注意，想盡辦法要到騎士團看看，他從小就聽爺爺說過，在帝國軍隊序列中最爲強大的就是日炎騎士團，嚮往著有一天自己也能成爲一名騎士。

成爲一名騎士是每一個士兵一生的夢想，它不僅僅因爲騎士在帝國有崇高的地位，還因爲騎士是氣質、學識、武技和力量的結合，是完美士兵的化身。騰輝也一直在動用自己的關係活動，希望能在騎士團中打開一個缺口，但從沒有成功。騎士團是帝王家直屬部隊，在凱旋大公的率領下精誠團結，成爲一支帝國特種部隊，保衛著帝宮。

但騰輝也不是一點也沒有收穫，與騎士團一些騎士交好，多少瞭解一些內幕，知道凱旋大公全部的情況，得知他有一子一女，正在帝國軍事學院學習。長子雅星，現今讀四年級，女兒雅靈，讀二年級，與維戈一說，希望他自己與雅星交好，進入騎士團看看。

維戈在高級部院自然認識雅星，常常在練武館碰面。雖沒有說過話，但也算熟悉，想交一交朋友，這想法與天雷一說，自然得到贊同，這天正巧又在武館碰上，維戈與雷格細看雅星練劍，準備找機會過去。

雅星武技沒有他的學識深厚，論文才韜略，高級部院無人可比。但武技劍法雖然不錯，自然也不如維戈與雷格二人，兩人看雅星收式站好，向他走去。

看見兩個人過來，雅星也感到是衝自己而來，其實他剛才就感到二人在注意他。

維戈來到近前，施禮道：「你好，雅星學長，我是維戈，這一位是雷格。」

雅星其實也認識二人，忙回禮道：「兩位兄弟別提什麼學長，我年長於二位，如不嫌棄，就稱呼我一聲大哥！」

「那就謝謝大哥啦。」二人齊聲回答。

「兩位兄弟不用客氣，不知道找我有什麼事嗎？」

「沒有什麼事情，主要是我們兄弟從西南遠來，在京城裏也沒有什麼朋友，想和大哥交往，一直怕大哥嫌棄。」

「這說的那裏話，什麼嫌棄，你我兄弟從祖輩起就有交情。爺爺雖謝世很早，但萊恩與列科兩位爺爺至今還健在，只是我年紀小，西南遠，沒有機會拜見兩位老人家。另外，列科爺爺現如今在京城裏，與我家交好，提起來，我們可是平輩的兄弟！」

雅星的一番話，立刻就把雙方的距離拉得很近，打消了彼此之間的隔閡。

「說來很是慚愧，來京城這麼久，也沒有機會拜見凱旋與凱文兩位叔叔，真是不好意思。」維戈有些慚愧地說道。

「是啊，雅星大哥！」雷格接過話。

「不用客氣，你我兄弟交往，以後有得是時間，說慚愧的應該是我，來京城這麼長時間，也沒有邀請各位兄弟，那天邀請你們到我家坐坐。」

「好啊，雅星大哥，不如我們兄弟約好，哪天先喝兩杯聚一聚，另外，我大哥雪無痕也很想見見大哥。」維戈懇切地說。

「那太好了，我正希望多認識一些西南來的兄弟，不如下個月五日咱們在京海居聚齊，我請眾位兄弟！」

「哪能讓大哥你請客，還是我們請大哥才是。」雷格忙搶著說。

「這可不行，兄弟們到京城來，就是到我家裏一樣，那有讓兄弟們請客的道理，就這麼說定了，五日，我請！」雅星並不相讓。

「大哥請就大哥請，反正以後有得是時間，兄弟們常聚，就這麼說定了！」維戈並不想在這事情上爭論。

三人又閒談了些事情，分別告辭。

維戈與雷格直接來到天雷的住處，把事情的經過告訴了天雷，天雷很是高興，事情就這樣定了下來。

幾天來，學院裏忽然傳出映月皇家騎士學院與西星星輝軍事學院要求與帝國軍事學院比武的消息，傳得沸沸揚揚，大家好不熱鬧，學員們摩拳擦掌等待著確切的消息。

隔幾天，即九月一日，帝國外務部正式向外宣布：聖日帝國軍事學院與映月皇家騎士學院、西星星輝軍事學院比武，爭奪大陸第一學院的美譽。

整個京城不落城爲之沸騰，並迅速向全國傳開，舉國矚目，這是近二十年來大陸安定後的第一次重大比武戰事，它關係到帝國的聲譽、實力，意義深遠。

倫格大帝近幾天心情不是很好，三天前，映月帝國與西星帝國外務部長官大臣聯合來到帝京，向帝國照會申述爲了爭奪大陸第一軍事學院的聲譽，懇請三家軍事學院進行比武，排名次。映月皇家騎士學院以明月公主爲首，西星星輝軍事學院以帕爾沙特王子爲首，各率領十二名隊員於十一月十五日進入帝國，希望能達成此行。兩位外務大臣雖禮儀不差，但神情倨傲，神態藐視中原，倫格大帝心中大怒，當朝就定了下來。

帝君倫格是當今風月大陸年歲最長的一位君主，王子公主都已三十餘歲，現無一人在帝國軍事學院學習。小一輩王子公主中，以盛美公主最大，是唯一一個就讀於帝國軍事學院的帝室成員，而且盛美公主從小頑皮，多厭武事。大帝自然知道她萬萬不能和明月公主、帕爾沙特王子相比較，但用年長的王子公主又於禮不合，讓世人恥笑帝室無人，用小的王子公主更是不行，所以心情煩悶。昨晚在帝后宮把王子公主罵了個遍，別人那敢上前，最後還是帝后說，你年紀大，兒子大，孫子小這是正常的事，別人利用這一點難道還看不出來，帝國有的是人才，何用帝王家的人出手，裝裝門面不就行了，他這才稍微消了點氣，揮手讓朝日宣平安王進宮。

平安王看著帝君，笑了笑說道：「大哥可是爲了比武之事生氣？」

「可不是，想想我就生氣！」

「這有什麼可生氣的，盛美不是很好嗎！」

「盛美也能與明月和帕爾沙特比？」

「盛美怎麼不能比，我看她氣質、學識、武藝那一樣也不比人家差，你應該高興才是。」

「高興你個頭，那明月爲圓月大師的傳人，幻月劍法聽說舉世無雙，她練得出神入化，而帕爾沙特家傳射星神槍更是了得，盛美也行？」

平安王宛然一笑，神情極其輕鬆道：「大哥可是忘了有老神仙的傳人在京師，那怕他明月還是帕爾沙特，何用盛美出手！」

倫格大帝呆了一呆，呀然失笑。

「我這是氣昏了頭，呵呵……，這件事由你全權負責，我再不管了，呵呵……」

「這就是了，我們家的孩子哪一個也不差，盛美更是百裏挑一。」平安王驕傲地說。

倫格大帝聽了兄弟的話，心裏感到高興，加上盛美是女孩子，他從小就喜歡、疼愛，雖知道她頑皮了點，但聽了兄弟的誇獎，也是很高興，忙問道：「說說這孩子在學院裏怎麼樣，真像你說的那麼好？」

「呵呵，那是當然了，她人長得就不說了，光是在學院裏的氣度就無人可比，大哥知道豪溫家的雅靈、雅星吧，三個人整天待在一起，哪個能差！」

「呵呵，說到雅美雅那兩個孩子我倒是很放心，凱文盡得國師畢生所學，傾囊相授給兩個孩子，盛美平時也跟著學點，你這麼說，我倒感覺盛美這孩子可是我們帝王家最出色的一個。」

平安王點了點頭，表示贊同。

「孩子們都長大了，有出息了！」倫格大帝感慨地說道：「看著他們，忽然感到自己已經老了。」

「大哥你可沒老，只是孩子們長得太快了，個個有出息，尤其是雅美雅的那個靈兒，呵呵……」

平安王笑著岔開話題。

「雅靈嗎，她怎麼樣？」

「呵呵，大哥，你絕對想不到，這個孩子做了一件了不起的事情。」

「什麼事情看你這麼得意，快說來聽聽！」大帝心情舒暢，剛才的不快風吹雲散，現在卻是很想聽孩子們的事情。

第十章　風雲初動

「雅靈有一天來找我，說要到中級部院去，大哥，你想我能答應嗎？」

「萬萬不能。」

「是啊，我也是這麼說的，可是她整天的纏著我，我只好逗著她玩，大哥你也知道，我從來就喜歡雅美雅那孩子。」

「後來怎樣？」

「後來凱文找我，說讓雅靈過去，懇請我成全。我心裏奇怪，想看看到底是怎麼回事，就同意了。」

「凱文找你？」倫格大帝知道事情決不簡單。

「凱文找我可不是一般的事情，他絕對不會沒原因讓雅靈過中級部院去，大哥你猜，雅靈下面要幹什麼？」

「幹什麼？」

「她要求到步兵第二十七班級！」

「步兵科，簡直是胡鬧！」

「可我一想，已經答應凱文了，愛上那去都行。」

帝君點了下頭，認為也是，凱文做事絕對有原因。

「後來我才知道，原來雅靈這孩子是為了那個雪無痕才過去的。」

「雪無痕？」

「就是老神仙的那個傳人。」

「這樣啊！」

「我真是由衷地佩服國師！」平安王接著說。

「雅靈和西南郡那幾個女孩子非常好，和雪無痕看起來也不錯。」

「以凱文的想法，要是雅靈喜歡那個孩子就成全她。」

「這可是個絕妙的主意，凱文真比他的兩個哥哥強，有眼光。」平安王欽佩地說。

「是，這次讓雪無痕那孩子出力，沒問題吧？」

「這是國家榮譽的大事情，絕對沒有問題。我想這次映月和西星的目的是試探聖日的實力。」

倫格大帝點頭，兩個兄弟又談了許久。

為回應帝國對映月、西星兩國的承諾，聖日帝國軍事學院開始準備選拔參賽人員，因爲只有三個月時間，準備工作必須加緊進行。

選拔賽規定每一個帝國在學校人員都有資格參加，沒有任何特權，每個班級選出五名代表參加部院比賽，選出十五名人員參加兩院比賽，最後選出十名人員參加最後三大軍事學院排名比賽。

大家都想，爲什麼缺少兩個名額，因爲映月與西星各派出代表十二人，消息靈通的同學們說是因爲帝王家將派出兩名代表等等。

對於三大軍事學院的排名比賽，天雷雖深知它的意義，但自己也沒有參加的心情，看到同學們個個士氣高昂。每日苦練，積極準備參加比賽，感到帝國不缺少武技高強的人才，所以只幫助維戈、雷格、商秀、越劍與溫嘉參加選拔賽，而其餘人員天雷一律杜絕參加，因爲畢竟名額有限，大家沒有必要都湊熱鬧。

草原各部少族長因爲是外族，沒有資格參加比賽，藍鳥谷其餘的眾人因天雷的要求，也沒有參加選拔賽，所以近來非常清閒，天雷就打發他們到騰輝處爲擁兵團兄弟講課。

九月五日是與雅星相約的日子，也是個休息日，天雷近午時分帶領大家來到京海居樓前。高大的酒樓有三層高，富麗堂皇，門前車馬不斷，雅星早就等在門口，看見大家過來非常的高興，忙過來和維戈等人打招呼。

這次天雷只帶領維戈、雷格、溫嘉、商秀和越劍六人前來，畢竟是與雅星是頭一次論交，所以十分客氣。上得三樓雅間，分別落座，他才對著雅星說道：「早聞豪溫兄長博學多才，人豪放重義，今天是我們兄弟第一次正式交往，希望兄長今後多加指教。」

雅星其實早就知道天雷是西南眾人的大哥，雖年紀較輕，但一定有過人之處，不然維戈雷格等人怎會心服，所以也特別看中他。聞聽天雷之言後，懇切地說：「雪兄客氣，今日我與雷格、維戈及各位兄弟相交，希望今後肝膽相照，永為兄弟！」兩眼緊緊地盯著天雷。

天雷知道雅星是真心相交，他為人隨和，心地善良，沒有什麼朋友，要不今天絕對不會帶著越劍前來。聽完雅星的話，很是感動，連忙說道：「雅星大哥是小弟認識的第二個朋友，如不嫌棄，小弟願拜為兄長！」

「好！今日我雅星就托個大，認無痕為兄弟！」他上前緊緊抓住天雷的雙手，眼裏浮現淚水。

眾人看見雅星與天雷結為兄弟，紛紛祝賀，以雅星的身分地位，誰也不覺得為過，只替天雷高興。

「大哥！」天雷輕輕地叫了一聲，他心中高興，自己終於有了一個大哥。

「兄弟！」雅星也十分的激動，他兄弟一人，雖有一個妹妹，但也沒有什麼兄弟，今天與天雷結拜，多了個兄弟自然歡喜。

隨後雅星吩咐上菜，他與天雷坐在一起，非常的親熱，真情流露，笑呵呵地招呼著每一個人。

京海居是京城不落城第一大酒樓，酒菜爲京城之冠，平時顯貴不斷，但今天整個三層再無一人，可見早已被雅星包下，顯示出他對眾人的重視。

喝了一會兒酒，雅星對著越劍說道：「早聞南兄弟劍法高超，在南方少有敵手，今次學院選拔，想必兄弟胸有成竹！」

越劍趕緊接過話來：「雅星大哥這可是高抬小弟了，在座的各位兄長，那一個不是武藝更勝小弟，只是最近在雪大哥的指導下才稍有寸進。」

雅星聽後心中暗暗吃驚，他知道越劍是南越劍館的嫡傳弟子，爲人高傲冷漠，武藝高強，等閒之人不放在眼裏，今天卻這樣推崇天雷及西南眾人，知道天雷等人的武功絕對不低。

天雷聽得越劍的話，趕緊接過說道：「南兄這般抬愛可萬萬受不起，越和前輩爲一代宗師，劍法幾無人可比，南兄在他的指導下有所成就，小弟只是和南兄相互切磋而已。」

雷格也在旁說道：「是啊，越劍兄太客氣。」

越劍連忙說道：「小弟決非客氣，自從在雪大哥指導下，小弟劍法日有所進，稍領劍之精義，想起以前的幼稚，真是可笑。」

雅星見大家互相謙讓，忙轉過話題：「不知溫嘉兄弟與啇秀兄弟修練何種武技？」

溫嘉十分拘謹地說道：「小弟修練重劍法。」

啇秀也忙說道：「小弟也是。」

雅星心中狂震，但面色不改，心想：西南人才輩出啊。他知道維戈修練槍法，雷格修練刀法，在練武館見過。這二人修練重劍法，那是十分有成就之人，要知道重劍沉而重，要修練成功，非有過人的神力不可。

「兩位兄弟好神力，只是這次選拔賽參加與否，不知道何時可見識兩位兄弟的劍法？」

天雷在旁邊替兩人答道：「他們二人這次都已經參加，只是不知道大哥可否參加？」

雅星搖了搖頭，苦笑著說道：「兄弟也知道我武技不行，這次沒有參加，省得影響帝國聲譽。」

「大哥客氣，小弟也沒有參加。」他怕雅星面上不好看，忙解釋。

「兄弟沒有參加，爲什麼？」雅星不解地問。

「帝國人才濟濟，小弟這手不參加也罷。」天雷搖頭。

雅星啞然失笑。

「對了，大哥可知道明月公主與帕爾沙特王子嗎？」維戈問道。

「略知一二。」

「給兄弟們說說！」越劍一聽，忙問。

「好！」雅星高興地回答，這可是自己的專長，同時也知道眾人對明月公主與帕爾沙特王子瞭解的很少。

「明月公主爲映月帝國聖皇月影的三女兒，今年二十歲，是圓月國教教皇天月大師的傳人。一手幻月劍法聽說練得出神入化，已達以氣傷人的境界。她十八歲回到皇家騎士學院掛名學習，至今兩年，現出任映月帝國中央兵團——月照兵團長，統領二十萬精銳部隊。」

他看眾人仔細聆聽，接著說：「帕爾沙特爲西星國主的三王子，今年二十五歲。說起他的名字還有一特殊的意義，帕爾沙特在西星族語中，爲最亮星的意思。他從小苦練星海神功，一手家傳射星槍法神奧無比，有萬夫不當之勇，鮮有敵手，年紀輕輕地就隱隱成爲一代宗師，現今也爲一個兵團——星輝兵團團長，統領二十萬精銳部隊。」

雅星看著眾人，表情嚴肅地說：「這兩個才華橫溢、武藝精湛、足智多謀，更爲突出的是爲人虛懷若谷，心胸坦蕩，多受部下愛戴。這次率領高手進入聖日，目的路人皆知，但也極其不好對付。」

維戈等人倒吸了一口冷氣，知道雅星絕非聳人聽聞，幻月劍法和射星槍法天下聞名，爲當世絕技，兩人修練有成，十分的可怕。

映月帝國爲政教合一的國家，國教圓月教教皇天月大師已爲神仙之體。傳說中的人物，與聖日老神仙聖僧同爲當世兩大神仙，手創幻月劍法二十四式，與秋水劍訣並稱兩大絕技，天下無雙。明月爲天月大師的傳人，學藝十六年，劍法早已大成。

而西星以一武技流派立國，射星派統治一國，門人弟子十數萬人，傲立當世，實爲一大奇蹟。派主星晨・西星爲西星國星主，神功深不可測，射星神槍流傳千年不倒，可見槍法神妙。王子帕爾沙特天縱奇才，槍法早已成爲年輕一代大家。

天雷聽得雅星如此之說，也心中暗驚，但爲了不讓兄弟們洩氣，只得接口鼓勵地說道：「想聖日幾千年來武技源遠流長，高手備出，實爲當世不二想，聖日有今天大陸第一強國美譽就是最好證明，區區二人想來也沒什麼難對付。」

眾人聽得天雷說得輕鬆，都笑了起來，席間氣氛也變得活躍。維戈心想：有大哥在，還怕她明月與帕爾沙特等人物，心寬不少。

雅星接著說道：「雪兄弟說得也是，想我聖日武技淵源流長，又豈是映月西星可比，聖僧他老人家的秋水劍法千年來技壓群雄，只是這次大會，不知道他老人家的傳人可否參加，讓我們開開眼界。」

維戈聽得興奮異常，別人那知道他的想法，他一心想讓天雷與明月比一比，看看師祖的劍法到底如何，他看著天雷一個勁地笑。

天雷瞪了他一眼，他也只當沒看見，只一個勁地向雅星打聽明月公主的事情，惹得大家開玩笑。

眾人喝到很晚才散去。

雅星回到家中，叔叔和妹妹正在說話，凱文看他進來，問道：「見過面了？」

「見了，叔叔！」

「怎麼樣？」

「比想像中還要厲害得多。」

雅星坐下喝口水，這才把與天雷結拜為兄弟，與眾人喝酒，談起比武等事情詳詳細細說了一遍。

凱文與雅靈仔細聽完，雅靈心中興奮，想天雷這個大哥以後叫起來可是名正言順，心安理得。

凱文剛才聽得雅靈這幾個月來的情況彙報，再結合雅星的說詞，心想：這西南郡是越來越神秘莫測，實力是越加雄厚，與聖僧他老人家說不定脫不了關係。他這麼想是有根據的：一是萊恩與列奇兄弟是聖僧的記名弟子，這幾年又隱居西南，與聖雪山很近，維戈與雷格可以說是當世聖雪山傳人；二是雅靈曾經說過「聖子」二字，看來此人必是雪無痕無疑，同時，他也有一種預感；三是天雷對比武的態度，沒有人敢輕視幻月劍法和射星神槍絕技，除非他是聖僧的傳人。有這幾項加在一起，天雷等人與聖僧的關係呼之欲出，難怪雪無痕的身分淩駕與眾人之上。

當下，他對雅星兄妹說道：「雪無痕這個人必是聖僧傳人無疑。」

兄妹倆也深有同感。

十月的帝國已經進入了秋天，陣陣秋風夾雜著枯葉在校園裏飄蕩，乾燥的空氣混雜著塵灰讓人難受。今年大陸是一個災荒年，整個夏天沒有下多少雨水，收成幾無，百姓淪入為三餐而苦的境地。

帝國軍事學院選拔賽正如火如荼地進行，一年多來，學院明令禁止私鬥，但學院舉行選拔賽，就給予這些有恩怨或一些看不順眼的人一次機會。各部爭鬥激烈，特別是西南郡的人更是這樣，但是，雷格與維戈武藝非同小可，一直保持不敗。

在中級部院，商秀、溫嘉、越劍都進入前十名，而在高級部院，維戈與雷格也已經進入前十名，只等待著幾天後兩院決賽。

傍晚時分，天雷正坐在寢室內休息，一陣腳步聲遠遠的傳來。大老遠就聽見維戈與雷格和同學們打著招呼，他們臉上露出微笑，一會兒，兩人進入室內。

「大哥，剛才叔叔派人通知我說大家的兵器到了，正在城西別莊內。另外，寇里部和烏格部還為大哥送來兩匹寶馬。」

「好，正好趕上大家用！」

「是啊，大哥，這下送來正是時候。」雷格興奮地說。

「看把你高興的，雷格，一會兒你通知兄弟們，如果沒課的明天早晨都到西莊去，特別是你們幾個參賽的，我要看看你們的身手。」

「是大哥！」

維戈趕緊接過話說道：「大哥，你可不能光看看了事，得指點指點啊！」

「好吧，就說我試馬試槍好了。」

「太好了。」兩個人興奮地搓著手，趕緊出去安排。

其實天雷早就想試試大家的武藝，特別是聽雅星說過明月公主和帕爾沙特王子兩人的情況後，聯想到這次比賽，總不能讓眾人出醜，影響帝國的聲譽，他借此機會指導一下兄弟們，實在不如說他心裏不放心。

第二天天亮，眾人吃過早飯，出西門往城西別莊趕，西南眾人是一個也不少，凱雅也跟著雪藍與雅雪姐妹在一起，躲躲閃閃地避著天雷。草原各位少族長平時只知道聖子武藝高強，但從沒有親眼見過，這次借機會能欣賞他的武技，機會十分難得。藍鳥谷參賽眾人聽說個人兵器到了，也非常的高興，特別是天雷要試馬傳槍，更是興奮。

西院別莊占地十分廣大，有一個練武場在眾多房屋中間，是騰輝特意為擁兵團員買的莊院。三百餘名兄弟早早就等候在武場上，天雷眾人到達時齊聲問好，大家見面自然親熱異常，不一會兒有人拿出許多兵器。

西南商盟這幾年生意紅火，錢掙得多，天雷早就告訴騰越為各位兄弟定做兵刃。騰越捨得下本錢，依照天雷留在藍鳥谷中的兵刃樣式，向短人族工匠定做了一批，每人一套。其中包括盔甲、弓箭及應手的兵器。維戈槍部配為長槍，全部仿造天雷的霸王槍，分毫不差；雷格刀部配為長刀，只在手柄處比原樣稍微長一些；溫嘉與商秀的重劍卻比原來的樣式要長半尺，重量增加了十餘斤。每件兵刃烏黑發亮，鋒利無比，眾人十分的喜愛。

寇里部為聖子獻上一匹黑色駿馬，全身油黑，無一絲雜毛，耳長腿壯，高昂著頭。旁邊烏格部送上一匹白色駿馬，全身雪白，也無一絲雜毛，鬃毛抖動，似白雲翻滾，威武高傲。天雷十分的喜歡，連連的稱謝，心愛無比，大家都很是羨慕。

欣賞過兵器馬匹，眾人圍成一圈而坐，天雷這才讓維戈等人演練武技，參賽眾人抖擻精神，各攏刀槍練了一趟，然後又陸續有人下場練習。

下午，觀看過眾人武技後，天雷感到很不滿意，倒不是說招式練得不對，而是不夠流暢自然，過於拘謹，影響武之意境。他知道每一個人還有一定的距離，離大成較遠，意不能與心和，視器爲身體的一部分，如能合而爲一，將進入至高境界。

他沒有說話，起身上場，早有人遞過霸王槍，一股濃濃的殺氣在他步伐邁動間悄然升起，越來越濃，氣勢也漸漸增大，隨著他槍式展開已達到頂點。霸氣殺意逼人，天雷輕喝一聲，身前聚起九朵槍花，招式流暢地展開，槍花不落，佈滿身前身後。

烏龍槍尖在槍花間不斷地伸縮，身影已不見，突然聽得天雷大喝一聲，身形如大鳥一般升起，穩穩地落在烏龍馬上。抖動間黑雲飛馳，各有三朵槍花出現在左右及馬頭前，槍尖不斷地在花中吐出，像一個個花蕊，煞是好看，馬盤旋間，見天雷腰間短劍在槍花中急速飛出，一閃即消，馬已穩穩地停在眾人的面前。

眾人傻傻地看著如天神般坐在馬上的天雷，感到他那高不可攀的氣勢，不可逼視。那傲視蒼天的濃霸氣勢，已如一位王者讓眾人臣服在他的腳下，這時候竟然沒有一點的聲響。

天雷翻身下馬，遞過長槍又提起天刀，站立間，一股氣勢渾然天成，高手藐視一切的神態流露在一舉手一挪步之中。他展開身形，幻起漫天的刀形，身前聚起層層的刀浪，滾滾向前，好似要摧毀面前的一切，身形已淹沒在刀光之中。

突然天雷沉喝一聲，身形拔空而起，一團七色霞光環繞全身，瞬間即逝，他跨空穩穩地坐在雪龍馬上，飛奔向前，身形或左或右，或前或後，或坐或臥，刀影在空中劃過一道道痕跡，與白馬擰成一條白色閃帶，忽然一道劍光裂開刀浪，一閃而逝，天雷圈馬而立。

草原部眾不知覺地跪在地上，神色無比地虔誠，眼睛直直地盯在前方。維戈、雷格等人兩眼發直，神情癡呆，手在胡亂的比劃。

天雷下馬接過雙劍，輕喝一聲，右手劍一抖直劈向前，左腳邁出一步，氣勢一漲，左手跟出一劍直劈而出，氣勢大長。他腳步不停，右腳跨出一步，氣勢又盛，隨著他步伐的不停邁動，雙手劍成扇面向前劈開，輕喝聲聲不斷，一座劍山重重疊起，向前壓下。

天雷重劍劈成一個圓圈形回歸原位，雙手一合收起雙劍，抬眼看溫嘉與裔修，兩人雙目圓睜，直直地看著他劍劈過的圓形痕跡，雙手使勁地握成拳。

他沒有說話，悄悄地牽上黑馬向莊外走去。

傍晚時分他回到莊內，吃過晚飯，走出屋外。練武場已經坐滿了人，他緩緩地在椅子上落座，早有人捧上茶。他這才慢慢地說道：「白天你們已經看過、想過，要知道練武首在意境，重在修心，心意結合，身神合一。要把兵器看成是身體的一個部分，融入身體的每一分力量，與心神合爲一體。」

他喝了口茶水，接著說道：「氣勢是信心的表現，步伐是信心的起點，每前進一步，信心就增加一分，氣勢就增強一分，力量就凝集一分，勝利就多了一分，一往無前的氣勢，就是一往無前的信心，這就是制勝的關鍵。」

他停了一下，接著說道：「重招式爲下乘，重意境爲上乘，練心神才入境，大家要多想一想，多練一練，好了！」起身離開。

眾人苦苦思索他說的每一句話，久久不散。

帝國軍事學院東西兩部院選拔賽進行得異常激烈，昨天帝君傳旨，只要爭得三大軍事學院排名比賽第一名，參賽者一律授予帝國騎士稱號，平民加封爲男爵，一石激起千重浪，競爭更加激烈兇狠。

前兩日平安王在帝王宮讚揚盛美公主之言，實令大帝倫格心中歡喜，就連宮中的士衛、宮女也都能感到宮中快樂的氣氛。帝君笑逐顏開來到後宮，當著帝后的面把盛美公主好一番誇獎。帝后臉上像開放著花朵，忙傳旨意宣盛美公主進宮。

盛美公主就像一陣春風般刮過帝王宮，帶來歡笑聲，帝君帝后聽著盛美述說發生在軍事學院的每一件事情，尤其是當前各個班級選拔賽的情況，讓帝君倫格心中充滿了祖輩的疼愛之情。倫格大帝第二天早朝傳旨意，給予取得好名次的有功人員一定獎勵，其實選手們也是借盛美公主的光。

但不管事情的因由如何，對於平民學生來說，這確實是一次絕好的機會，有進入貴族階層的希望；對於貴族子弟們來說，能獲得騎士稱號，更是整個家族的榮譽，個人一生的夢想。

天雷極力約束西南眾人參與比賽，並告誡維戈、雷格等人能進入前十名即可，不得參與爭鬥，所以四人也加倍小心，保存實力，以防不測。

令天雷特別注意的人有兩個人，一個是三十五班級的選手威爾，長得高壯，一臉誠實，一條長棍使得非常好，已連勝九場，得不敗的勢頭；另一人是二十九班級的尼可，人白淨結實，中等身材，一口刀使得相當不錯，氣勢已經小成，天雷叫眾人多加注意，有機會結交。

當然他不會特意去做，他的心在圖書館裏的書上，比武場上驚天動地，書館裏安詳寧靜，人很少。

十一月一日兩院決賽，十二月十五日三大軍事學院排名比賽。明月公主、帕爾沙特王子十一月十五日進入帝國嶺西、堰門二關，向京城而來。

映月帝國位於風月大陸的正西方向，臨聖拉瑪大沙漠，地方廣大，但人口稀少，氣候變化異常。按說映月在聖拉馬大雪山的北麓，北海南側，氣候應溫暖濕潤，土地肥沃，但它正西爲萬里無垠的大沙漠，氣候炎熱、乾燥，赤地千里，烈日炎炎，就形成了時熱時陰冷的天氣，氣候變化較大，所以土地也較荒涼。

但映月帝國確有個非常古怪的現象，每當圓月當空升起，月光灑滿大地，天氣異常溫暖，變化也不大，風沙這時候不知道什麼原因無影無蹤。映月人非常喜歡夜晚，對著月亮歡聚一堂，暢談交流，有的人甚至下地勞動，久而久之，民間就出現了拜祭圓月神的活動，圓月教應運而生，成爲映月帝國的國教，國家政教合一，千年不倒。

明月公主是聖皇月影嫡親三公主，天月大師玄孫女。天月大師從小就看她骨格清奇，相貌富貴，收爲關門弟子，至今已經有十六年，把自己一身武藝傾囊相授，二十四式幻月劍法毫無保留，明月果然不負師父所望，練得一身好武藝。

兩年前，明月回到皇城月落城，聖皇月影更加喜歡，知道自己這個女兒練得一身好武藝，處處炫耀。更開玩笑地說，不如召開比武大會，讓女兒與各家男兒比一比，聖皇聽了大喜，當真照辦，不想明月果然沒有敵手，他一高興就封明月爲明月公主，領中央兵團團長。

但不久就出現了一個問題，明月雖然武技高強，但對管理軍事就不那麼稱心如意，聖皇也不著急，讓她到皇家騎士學院學習，不知覺已有兩年，明月也確實學得許多東西，正如聖皇所期望。

今年風月大陸旱災對映月西星的打擊非常嚴重，收成幾無，聖皇月影又燃起圖霸中原的夢想，與西星星主星晨一商議，一拍即合，想出這個三大軍事學院比武的主意，目的是窺視聖日實力，相機進兵。

明月公主也知道聖皇的意圖，這是國家大事，她作爲女兒不能反對，只得照辦，領著四個師妹，七名帝國勇士，二十名帝國參軍，進入聖日。

嶺西關少將軍驚雲率隊出關相迎，護送明月公主一行進入帝京城。一路上，聖日雖災情嚴重，但也安定，明月公主一路慢行，沿途在酒樓用餐，看見集市就上去買些東西，驚雲也沒有辦法，就這樣走走停停，許久才來到凌原城，與帕爾沙特王子會合，向京城進發。

帕爾沙特王子是西星三王子殿下，爲人自負，多有才華，早年就愛慕明月公主，發誓言一定要娶明月爲妻。只是明月在圓月教師父處學習，少見面，多次提親均被聖皇以此爲藉口拒絕，其實，主要原因是他只是個三殿下，如果是西星太子殿下提親，聖皇也就答應。

西星帝國地處風月大陸的西北，南與映月相鄰，北臨北海，與北海國相鄰，西距聖拉瑪大沙漠遠一些。氣候等條件比映月稍好，只是國土面積較小，人口數量比不上映月，國力軍事稍微弱於聖日映月，但與映月關係比較好，帕爾沙特王子從小就認識明月公主。

這次西星國主星晨讓帕爾沙特王子領勇士進入聖日，與明月會合參加三大軍事學院排名比賽，帕爾沙特倒沒有把比賽放在第一位，只一心想與明月公主交好，達成自己心願，與明月會合後越加興奮。

明月公主其實非常尊敬帕爾沙特王子，知道他人才出眾，才華橫溢。武藝已經成爲大陸最年輕一代大師，但心中卻無愛慕之情，只當他是自己的哥哥。帕爾沙特王子心中也很瞭解，但就是控制不住自己。

當下眾人一起起程，帕爾沙特王子最是快樂，驚雲對二人倒是非常欽佩，到達帝京城後，安排眾人在賓館休息。第二天早朝，映月西星代表拜見倫格大帝，帝君表面上十分高興，安排太子虹日在太子宮盛宴，爲明月公主、帕爾沙特王子洗塵。

太子虹日爲倫格大帝長子，今年四十二歲，人忠厚老實，有才華，只是性格軟弱，不喜歡武事。倫格大帝多有不滿，但他爲人深受帝國文武大臣的愛戴，倫格倒也寬心不少。

聖日帝國倫格大帝共生有十四個王子、公主，除太子外，二王子虹傲深受大帝喜歡。虹傲三十八歲，人長得風流瀟灑，才氣縱橫，多參與軍事，爲人有些傲氣，同時野心極大，想取太子而代之，兄弟兩人不和睦，大臣多有所聞。

第十一章　天下英才

倫格大帝也曾經有立二王子的想法，但多受平安王等大臣勸告反對，也就放下。但他實在是喜歡這個二兒子，所以就安排他到軍界，任帝國大將軍，常常代帝君巡視各地軍政。

帝君的想法與各個大臣不同，他知道太子虹日厭倦軍事，所以安排二王子從軍，以求兄弟一文一武，保證聖日千年基業，不想埋下禍根。

二王子虹傲借巡天下之際，拉攏培植自己勢力，鞏固根基地位，同時在軍政廣交年輕軍官，培養青壯年勢力，與朝中老臣勢力抗衡。倫格大帝又有心故意縱容，養成其驕傲蠻橫的個性。他與二姐和四妹交好，南方兵團長禹爾吉、西北第二兵團長萊格傲與二王子走得近，有諾里、閣林兩大世家支持，在帝京城實力極其強大。

聖日兩位王子窺視帝位，大臣各有自己立場，小心打算。太子虹日自幼與豪溫家族的凱旋侯爵一起長大，關係非同一般。凱旋、凱武兩兄弟手握重兵，與各個軍團中的將領多有牽連，豪溫家族根深蒂固，天下無二。凱文作爲家長，更是年輕有爲，雖沒有公開支持那一位王子殿下，但誰都知道與太子走得近，小一輩盛美公主與雅星、雅靈兄妹關係密切，別人更是清楚。虹傲雖目中無人，但對豪溫家族三兄弟卻也另眼相看，不敢自傲。

至於東方兵團文嘉與中央兵團文謹則持觀望態度，保持中立。嘉東家族與卡奧家族也如豪溫家族一般，行事極其的小心，不偏不斜，讓人無話可說，其實兩大家族只忠於帝君，別人誰也動不了。

文臣以蘇戴革為首，公開支持太子虹日，可以說，在武官眼中多有二王子虹傲殿下，在朝中文臣眼中只有虹日太子，而凱旋統領日炎騎士團坐鎮京師，就沒有人敢動太子虹日分毫。

太子虹日為映月明月公主與西星帕爾沙特王子洗塵，洗塵宴會一時成為京城中貴族熱門話題。請柬更是珍貴無比，被邀請的人家身價百倍。豪溫家族長公子雅星自然會收到請柬，在京城中無論是那一家，開宴會都會為豪溫家族送請柬。加上太子虹日是雅星的親娘舅，太子府自然不會忘記。

雅星作為豪溫家族長公子身分不同，他極少參加各個世家閥門宴會。僅有的一二次也是盛美公主或丞相的公子生日宴會，別人家的自有堂兄弟去參加。但這次太子府的請柬，雅星卻一次收到兩份，一份自然是自己，另一份是「雪無痕」，極其的耐人尋味。

但雅星同時也很高興，一方面他也想見一見明月公主、帕爾沙特王子。另一方面卻想看看爲什麼無痕兄弟的請柬送到自己手中，背後有什麼特殊意義。

雅星來到圖書館，天雷看他過來，忙放下書本讓座，雪藍爲二人上茶水。

「看大哥的樣子，可是有什麼事情找我？」

雅星拿出請柬遞過去說道：「你看看這個。」

天雷伸手接過，一看是太子府爲明月公主與帕爾沙特王子舉行洗塵請柬，只想是雅星爲自己要來的心裏感激。

「謝謝大哥，可我並不想過去。」

雅星笑了一下說道：「這可不是我爲你要來的，不知道什麼原因送到我府上！」

「是這樣！」天雷沉思了一下，抬頭說：「那我就過去看看。」

雅星接過話：「好，我正想探一探這個謎底。」

二人又談了一會，約定明天在太子府外聚齊，分手告辭。

回到休息室，維戈與雷格正在等待天雷。雷格說參加比賽的，每一個人都收到太子府的請柬。天雷知道是學院先讓人見一見明月公主、帕爾沙特王子等人，好作出判斷，有利於比賽，只是自己收到請柬不知道是爲什麼。

帝國軍事學院選拔賽二天前結束，第一名爲森得，以下爲維戈、雷格、海天、雲武、越劍、威爾、尼可、溫嘉與商秀，共計十人。西南郡眾人雖未盡全力，但也大獲全勝，只一個郡就有四名選手，一時間令人羨慕不已。

森得，高級部院四年級，二十四歲，紅雲劍派弟子，一手紅雲劍法未嘗一敗，實至名歸。紅雲劍派可以說是中原第一大劍派，三十六路紅雲劍法天下聞名，森得為其傑出弟子。海天，卡奧家族子弟，高級部院三年級，流雲劍法已得真傳。雲武，丞相利諾家族子弟，一手雲天劍法。威爾，中級部院二年級，平民子弟，棍法出眾。尼可，中級部院二年級，使用刀。

這兩天，帝國軍事學院十名參加三大軍事學院比武選手，可以說是帝京城裏的風雲人物。各大世家子弟相互拉攏，十分熱鬧，尤其是威爾與尼可、溫嘉與商秀四位平民子弟，更是拉攏的對象。越劍是南郡人，自然成為南郡的英雄，諾里家族二天三宴，拉住不放。越劍因為南越劍館在南郡，也無辦法，只得應酬。

相比之下，維戈與雷格二人倒是輕鬆了許多，西南商盟本就是各大世家豪門交往的對象。早已經下過功夫，這時候也沒有時間拉攏他們倆，反而少了許多麻煩。

天雷告訴二人，明天讓他們與溫嘉、商秀一起過去，多注意明月公主與帕爾沙特王子及帶來的隨從，自己和雅星也將過去。幾個人聽天雷也去，都替他高興。

太子府在帝王宮東側，門樓高大，守衛森嚴。第二天九時左右，天雷和雅星會合後，來到府前。各大世家豪門被邀請的人正進進出出，車水馬龍。院內，三三兩兩的貴族子弟穿著華麗衣裙在相互說話，院有五重，越往裏走人越少，不時有人與雅星打招呼。兩人直接來到第三重院內，維戈與雷格等人正在一客廳裏說話，看見兩人過來，忙打招呼，眾人一一見面。

三重院內佈置得花團錦簇，一派喜氣，隔不遠處就有一張圓桌，擺放著各式各樣的糕點，有侍女穿梭招待著眾人。

近午時分，明月公主與帕爾沙特王子，在二十名勇士的簇擁下穿院走進四重院內。在大客廳裏停住腳步，虹日太子帶領盛美公主及隨從迎接於客廳之內，賓主見禮後落座。

太子虹日穿著一身黃色衣裝，面帶微笑，與明月、帕爾沙特不時地說話。盛美公主白衣白裙，面如芙蓉，雙眼如水，氣質富貴高雅，在太子身旁不時地與明月說上幾句。明月公主也是一身白紗衣裙，彎眉，一雙大眼睛，皮膚白嫩，文靜而略顯冷傲，但嘴角也掛著一絲的笑意。帕爾沙特王子身材頎長，十分勻稱，白面無鬚，動作瀟灑，看著明月的眼神帶著情意。明月公主的四個師妹個個笑臉如花，帕爾沙特王子的勇士身穿黑色勁裝，神情冷傲。

雅星身分不同，太子府常來常往，知道許多事情。爲天雷講解著各個院落佈置，指認著一個個走動的貴族子弟。其中嶺西郡少將軍驚雲，過來與雅星說話，雅星代爲引見與天雷認識，天雷頗有好感。今天，雅星本是有資格到主客廳就坐，但一來他不願意過去應酬，二來也是怕天雷孤單。一會兒明月公主等人會過來回禮，也不怕見不著，失去機會。

不久，舞宴開始，更加熱鬧。

虹日太子首先請明月公主跳舞，盛美公主自然請帕爾沙特王子跳舞。舞宴在兩對翩翩起舞人的帶領下拉開序幕，更有不少貴族子女請客人加入起舞的行列。

鼓樂聲聲不斷，美酒推杯換盞，僕人侍女換菜倒酒。各貴族子弟互相炫耀著得意事情，與願意交往的人套著交情，更多的人借機會向女孩子獻殷勤。

森得與維戈等眾人心中有事情，漸漸地向映月西星的男女靠近，互相之間攀談各自的見聞，練武趣事，各門各派的傳說等等。映月西星的眾人也有相同目的，彼此心照不宣，相互交談，氣氛一時間極其融洽、熱烈。

天雷可沒有像別人那麼多心事，他又不會跳舞，認識的人又少，這會雅星正與別人說話。正巧被盛美看見，叫進去與明月公主與帕爾沙特王子見禮，他無聊地坐在一個角落裏品酒，細細地觀察著每一個映月西星的貴賓。

明月公主與帕爾沙特王子同樣知道今天參加宴會的人中，有參加比武的人物。雖人很多，但他們一刻也沒有敢停止觀察，借跳舞和說話的機會查看今天的每一個人。以他們的武功修爲，自然看出不少，但出眾的不多，能達到他們境界的人幾乎沒有，心中正感失望。

天雷一身文士裝束，靜靜地坐在角落裏一個人喝酒，不時地觀察著每一個人。他的目光忽然與明月公主眼光碰在一起，兩人心頭同時一震，各自吃驚不小。天雷只感覺明月眼中神光一閃即逝，嘴角輕輕地牽動一下，隨即安詳。

明月公主心中震驚比天雷還大，剛才她在微感失望的時候眼光向遠處一眺，看見一位身著白色文士衣裝的少年，靜靜地坐在一個角落裏觀察著她。那目光深邃、幽遠，像一盞照亮的燈，洞察她心中的一切，又像是一位久遠而熟悉的人，在靜靜地看著她，等著她，她的神情有一絲迷茫。

帕爾沙特王子時刻注意著明月一舉一動，就在明月眼中神光一閃的剎間順目光觀看，見一位白衣少年手端酒杯悠然而座，臉色平靜而安詳，渾身有一股說不出的瀟灑氣質，他眼光中精芒暴長，起身向天雷走去。

天雷看明月身旁的帕爾沙特王子向自己走來，放下酒杯站起身來。帕爾沙特來到桌前，施禮說道：「請問這位兄長高姓大名，帕爾沙特有禮了！」

天雷連忙還禮，口中說道：「不敢受殿下之禮，小人雪無痕。」說罷連忙讓座。

「雖初次見面，以兄長之高雅修爲，實令帕爾沙特羨慕不已。」

「殿下言重了，常聞殿下博學多才，早已成爲大陸年輕一代武學大師，雪無痕羨慕已久，今日相見，實在是幸事。」

「雪兄誇獎，帕爾沙特愧不敢當，今日見雪兄當世英傑，願與雪兄共飲一杯！」

「殿下看重了，雪無痕願敬殿下一杯。」

兩人從桌上拿起酒杯，早有侍從斟滿酒，二人對看一眼，也不說話，一飲而盡。

這時候，雅星和盛美公主來到桌前，說太子有請。

剛才帕爾沙特起身外行，稍有失禮，明月心中明白，但太子和雅星、盛美卻是一楞。雅星看帕爾沙特向天雷走去，心中暗讚，忙對著太子虹日說，那是與他一起來的朋友雪無痕。

太子虹日瞭解雅星，知道他的朋友絕非一般人物。盛美見是天雷，再聽得雅星的話也很高興，明月公主面色平靜，仔細聆聽。

太子虹日見天雷得帕爾沙特王子如此看重，心裏高興，臉上發光，吩咐讓天雷過來。雅星怕失禮，起身向天雷走去，盛美起身跟隨來到桌前。

當下四人來到內廳，天雷與太子見禮：「雪無痕拜見太子殿下！」

「快快請起，呵呵，來來，雪無痕見見明月公主殿下。」太子虹日起身相扶，向天雷引見明月。

「明月殿下人如明月，雪無痕有禮了。」天雷施禮。

明月公主在仔細端詳天雷的同時，不忘失禮，還禮說道：「雪兄誇獎，明月愧不敢當。」

天雷微微一笑說道：「人如明月，心如明月，心中無幻，果然如明月。」

明月和帕爾沙特聳然動容，明月趕緊說道：「雪兄大才，明月受教了。」

太子虹日可不知道他們說些什麼玄機，但看天雷幾句話令二人動容，心中得意，這時候也接過話：「幾位太客氣了，來，請坐，我敬各位一杯。」

帕爾沙特王子忙說道：「剛才失禮了，我敬各位一杯，並為能結識雪兄與豪溫兄這樣的人物而慶賀。」

雅星忙說道：「殿下客氣，雅星敬殿下和公主！」

幾人同時舉杯，一飲而盡。

明月公主與帕爾沙特王子早就聽聞豪溫家族的長公子雅星博學多才，人瀟灑自負，譽滿大陸。豪溫家族以國師文卡爾為代表，在世時率領帝國軍隊東征西伐，屢克各國聯軍，威名蓋世。豪溫家族成為大陸第一名家，無人不知，當代豪溫家族三兄弟英名不墜，只是近二十年來大陸少戰事，豪溫家族有心隱晦，才稍微差一些。但在各國名臣武將之心中還是有崇高地位，雅星這個長公子自然是各國注意的重點人物。

幾人客氣一會兒，雅星這才對盛美公主說道：「公主，這位是我結拜兄弟雪無痕！」二人從小一起長大，雅星這麼說還算客氣。

他轉身對天雷說道：「雪兄弟，這位是盛美公主，過來見見。」

天雷起身行禮：「雪無痕拜見公主！」

盛美公主不敢失禮，起身還禮：「雪大哥客氣，剛才多有怠慢之處，還望大哥原諒。」

公主盛美可知道雅星的朋友極少，更沒有聽說過什麼結拜兄弟，這個雪無痕能得雅星與之結拜，帕爾沙特一見就如此的賞識，必不是一般人。她在圖書館多次見過天雷，只是沒有說過話，在雅靈面前提過，雅靈言語閃爍，心中想等見著雅靈可要問問清楚，所以並不怠慢。當下眾人喝酒談話，一時倒像是多年沒見的朋友。

剛才各家貴族子弟見帕爾沙特王子來到外廳，只與一個叫雪無痕的人說話，人人皆感失望。後知道這個雪無痕是雅星的結拜兄弟，與他一起前來參加宴會，心裏才稍微好過一點，這時候就聽得大門外管家高聲喊道：「二王子殿下駕到！」眾人忙豎立等候。

二王子虹傲這兩天心中不快，三大軍事學院比武，映月西星王子公主來到帝京城。太子虹日氣勢正盛，風頭一時無兩，自己總不能不出頭，讓人只知道有太子而無虹傲，所以不請自來。

太子虹日微微皺下眉頭，端坐不動，盛美公主卻起身向外迎去。不久，二王子虹傲昂首挺胸向內廳走來。虹傲臉皮白淨，雙眉飛揚，面帶傲氣，進入廳內對虹日施禮後並不多話，轉身面向明月與帕爾沙特。

明月與帕爾沙特心中雪亮，知道聖日兩位王子殿下不和，暗喜，雙雙行禮：「見過虹傲殿下！」

虹傲還禮，口道客氣。

帕爾沙特王子說道：「早聞殿下大名，有時間定過府拜望。」

明月公主也說道：「虹傲殿下天下聞名，當世豪傑，明月久仰了！」

虹傲心中高興，連連客氣。這時雅星與天雷上前見禮，虹傲對雅星點了下頭，兩人隨即退下，坐在一旁。

一會兒，天雷受不了室內的氣氛，向雅星使個眼色，兩人告退。明月公主和帕爾沙特王子看雅星與天雷並不受聖日兩位王子重視，心頭大喜，暢快了許多。

天雷起身後直接告辭，雅星挽留不住，回到學院。

帝國軍事學院由於參加三大軍事學院比武大會，近一段時間一直召開選拔賽，且比賽將近，現已停課，學員也有一段自己的時間，靜靜地等待著五天後的比武大會。

昨日參加太子府，爲明月公主和帕爾沙特王子洗塵宴會後，天雷回到學院，十分懊惱。他是個性格自由奔放的人，參加像這樣的宴會極不適應，加上他原本爲「聖子」，在大草原時爲這種事情吃盡苦頭，如今躲還來不及，那裏願意自己湊進去，再看二王子虹傲的傲慢態度，非常不舒服，所以慌忙逃回。

難得地睡上一次懶覺，天雷起床晚了一個時辰。剛剛梳洗完畢，雪藍送來早飯，才吃兩口，商秀就進來說院長有請，天雷緊扒了幾口，向院長室而去。

推開院長室的門，天雷就看見院長大人滿面堆笑地望著自己，嘴裏不停地說「坐，坐」。他心中納悶，坐在一旁的椅上，看著院長大人。院長大人長相富貴，一派儒者風度，天雷雖見過多次，但也只是禮貌性打個招呼，從沒有正面接觸。

「雪同學昨天參加太子府宴會，看明月公主和帕爾沙特王子如何？」語氣祥和，態度可親，一派長者商量的口吻。

天雷一楞，昨天參加宴會，今天早上院長大人就知道，並請自己過來，看來事情傳得好快。但院長大人問話，也是關心學院比武的事情，他也不敢亂說話，心下琢磨。

「雪同學不要多想，昨日你參加宴會的請柬，還是我讓人送入豪溫府，讓雅星同學和你一同前往，目的是讓你一起過去看看。」

「為什麼？院長大人，我可並不想參加。」

「這我知道，從你沒有報名參加比武選拔賽時起，我就知道你不想參加比賽，但我有一事問你。」

「院長大人請說！」

「映月西星這次不請自來，目的是什麼？」

院長大人臉轉嚴肅，語氣沉重了許多。

「這……我想這事很明白，映月西星二大軍事學院，想凌駕於帝國軍事學院之上，所以才藉口召開比武大會。」

「還有呢？」院長大人緊緊追問。

天雷知道院長大人不會就此罷休，只好接下來往下說：「另外，近二十年來大陸和平，映月西星已經積存了很強的實力，有試探聖日的想法。」

「不錯，重啓戰端，黎民百姓受苦。這二十年來，映月臥薪嘗膽，培養國力，整備軍馬，立志圖霸中原，西星也是如此。今年以來，大陸災情嚴重，收成幾無，聖日有中原之糧倉之稱。百姓富足，荒年好過幾分，但映月西星卻是不同，只有重啓戰端，以解燃眉之急。這次兩國藉口三大軍事學院比武之名，試探聖日實力，如讓他們得逞，那麼戰火必將立即燃起！」

天雷無言，點頭贊同。

「每一個帝國青年，在國家面臨危難關頭無不願挺身而出，爲天下百姓盡力，挽救百姓於水火之中，你爲帝國軍事學院的一員，有何話說？」院長大人起身，語氣嚴厲。

「這……」

「昨日從明月和帕爾沙特對你的賞識中，就可以看出你是一個有爲之人，只是二位殿下都好似瞎了眼，豈不讓人恥笑？幸好帝君和老夫還算是明白，帝國少不了你這般有爲之人。帝國的百姓更是需要你，你還有什麼要說嗎，不妨現在一塊說出？」

天雷起身站起，冷汗在院長大人的話語中粟粟而下，他躬身說道：「無痕明白，知道錯了。」

「知道錯了就好，現在還爲時不晚，坐吧。」院長大人拍了拍天雷的肩膀，率先坐下。

天雷面帶愧色，低頭不語。

「我明白你的心意，不願爲自己找麻煩，但你看如森得等人落敗，後果不堪設想，你可忍心？」

天雷抬起頭來，語氣堅定地說：「我願出戰明月與帕爾沙特，請院長大人安排。」

「好！不愧爲聖日的男兒！」院長大人接著說道：「這次學院的比武選拔賽，只選出十個名額，另外兩個是你與盛美，帝國明日將向外正式宣布，你看如何？」

「是！」天雷點頭。

「從明天起，學院將實行封閉式訓練，另外將成立學院比武參謀評估小組，你有什麼想法？」

「我想先看看每一個人的武功再說。」

「也好，還有時間，但你將是這次比武大會的主要負責人，你可要想好，不要出什麼差錯。」

「這怎麼行，學院裏有那麼多師長呢。」

「這事不用多說，你回去好好想想吧。」

「好吧！」天雷無耐，起身告辭。

就在雪無痕拜見院長大人的同時，豪溫家族的書房裏坐著凱文與雅星、雅靈三人。昨天天雷走後，雅星回到太子府，找來大總管詢問請柬的事情。得知是平安王爺派人讓把雪無痕的請柬一併送到豪溫府，總管不敢怠慢，只得照辦，雅星帶著疑問參加完宴會，回到府內。

凱文知道事情的經過後，想到了許多的問題，一是，對於雪無痕帝君和平安王到底知道些什麼，爲什麼要把豪溫家族與雪無痕聯繫在一起，這意味著什麼；二是，就明月和帕爾沙特二人的武功修爲如何，帝國軍事學院準備顯然不盡如意，另外二個名額到底如何安排；三是，雅靈的事情自己曾經要求平安王幫忙，看來這個人情是很難償還，帝君和平安王還知道些什麼，這事情最好不再發展下去才好。

雅靈今天早晨聽說天雷被院長大人叫去，抽空回到家族一趟，正巧叔叔和各哥哥都在商量事情。二人見雅靈進來，關切地詢問，得知天雷的事情，凱文心頭豁然一亮，事情原來是如此。

帝國軍事學院參加三大軍事學院比賽，名額還差二人，這是人人都知道的事情，如是帝王家派出一人，那麼必然是盛美公主無疑。但公主決不能與明月、帕爾沙特武功相比，那麼另外一個人就極其重要，如果是雪無痕，事情就迎刃而解，但前提是要知道雪無痕的實力。而這個實力只有聖僧的傳人才具有，那麼就是說，帝君和平安王早就知道雪無痕是聖僧的傳人。自己派雅靈到中級部院去，正好中了兩位帝王家說了算的人之下懷，想到這裏，凱文啞然失笑。

雅星、雅靈二人看叔叔凱文自然而笑，感到驚異，雅星忙問道：「叔叔因何而笑？」

「看來我們都中了帝君之計，帝君和平安王早就知道雪無痕是聖僧的傳人，我們還讓靈兒過去，正中下懷，你們說好笑不好笑？」

「是這樣啊！」雅星、雅靈恍然大悟。

「叔叔，帝君外公什麼都知道了還同意我過去，什麼意思啊？……」雅靈也豁然明白過來，臉色一紅。

「明天雪無痕必成爲參賽的人物，而且將是領軍人物無疑。」凱文語氣堅定地說。

「是的，叔叔！」雅星也贊同。

雅靈呆了一會兒，緩緩地說道：「叔叔，雪大哥參加比賽，靈兒是一定要去看的，那麼盛美一看見不就露馬腳了？」

凱文疼愛地撫摸著雅靈的頭，微笑著說：「靈兒，這事情現在已經不重要了，一會兒妳找無痕說清楚就是，我想，以他的爲人一定會原諒妳，不用擔心。」

雅靈眼圈發紅，眼淚就差掉了下來，委屈地說道：「好吧，叔叔，那我回去了。」起身告辭。

凱文望著雅靈遠去的背影，心中難過，雅靈已經十九歲了，知道她是愛上了這個叫雪無痕的人，這就是命運。

「叔叔，別替妹妹擔心，雪兄弟會原諒她的！」

凱文點了點頭。

雅靈回到學院，直接向天雷的寢室走去。

天雷剛剛從院長室回來，正與商秀說話，看見凱雅進來，起身相讓。但凱雅卻望著他，低低地說道：「雪大哥，你能出來一會兒嗎，我有事情與你說。」

「好吧！」天雷跟隨凱雅，向外走去。

二人來到校園的小林裏，凱雅站住了腳步，她抬眼望著天空中的白雲，癡癡地出神，天雷不敢打攪，靜靜地等待。

聖拉瑪大平原的冬天來的晚，從十一月到來年的三月份結束，整個冬季也不是十分寒冷。初冬的風打在臉上格外刺骨，枯葉三三兩兩地在枯枝上搖晃，顯得有一絲絲地淒涼。凱雅站在樹木之間，顯得非常孤單無助，天雷心裏忽然生出一種愛惜之情，他禁不住輕聲說道：「凱雅，妳是堅強的，有什麼話，說出來吧！」

淚水順著凱雅臉而下，她帶著蒼涼的語氣說道：「雪大哥，對不起！」

「凱雅，有什麼對不起？」

「雪大哥，其實我不叫凱雅，是我欺騙了你，我叫雅靈。」

「雅靈？」天雷呆了一呆。

「是的，我叫雅靈，雅星是我哥哥。」

「雅星大哥，那……那妳不就是豪溫家族的那個雅靈嗎？」

「是的，雪大哥。」雅靈似解脫了一般恢復了平靜，她語氣真誠地說。

天雷有些驚呆了，眼前這個美麗溫柔、聰明好學而又能吃苦的女孩子，就是天下聞名的豪溫家族女公子嗎？自己可是做夢也不會想到，他定了下神，靜靜地端詳著眼前這個女孩子。

「雪大哥，真對不起！」雅靈怯怯地說。

看著眼前這個怯生生的女孩子，天雷心中一點點不快隨著雅靈的話語而消失，腦海裏浮現出那個在夏日裏相伴的身影，那個吃雪熊掌時的女孩，還有那似曾相識的眼神。

「凱雅，我不認識什麼雅靈，從來沒有見過，只有那個叫凱雅的妹妹。」

「大哥！」凱雅喜極而泣。

「凱雅，如果妳不嫌棄，以後就做我的妹妹吧，我真的好喜歡。」

「哥哥！」

「好了，凱雅，別哭了，還有什麼事嗎？」

「哥，沒有什麼事情了，人家就是擔心這事，怕你不原諒我。」

「傻孩子，想哥哥那麼小氣嗎？」

「也不是啦，人家就是擔心。」

「好了，過去了。對了，告訴妳個好消息，明天我要參加集訓，準備參加三大院校的比賽，妳先別說出去啊。」

「知道了，哥哥。」凱雅心中高興，這可是哥哥告訴她最好的消息，同時也是她一個人知道的秘密。

「哎……」天雷感歎地說道：「其實我是不想參加比賽，可是院長大人的話使我真的無法拒絕。映月西星包藏禍心，意圖重啓戰端，百姓身受其苦，我怎能因個人的喜怒而陷黎民於水火，所以只好盡力而爲了。」

「我瞭解大哥的心意，哥哥菩薩心腸，不願天下百姓受苦，凱雅願一輩子跟隨在哥哥身邊，爲天下蒼生造福。」

凱雅雙眼如水，語氣纏綿，心願爲天下人而自苦。

第十二章　我武揚威

星傲天生神力，又練得一身混元硬氣功，外功極其深厚，也是力量型的勇士，同時也知道像對手這樣使重劍的人招式一旦展開，劍沉力猛，很難有還手的餘地。

天雷癡癡地想著凱雅的話，彷彿師父在耳邊教誨，他心下慚愧。爲天下蒼生而造福，這是師父的期望，現在眼前這個女孩子有如此心胸，自己卻還在爲自身喜怒而活，愧對師父聖僧教誨，同時，他感到自己像是找到了知音，十分的快樂。

「不說這些了，凱雅，陪我吃飯去，吃雪雞還是雪兔，妳說？」

「雪雞！」

「好吧，就雪雞。」

二人溜出校園。

聖日、映月、西星帝國三大軍事院校比武排名比賽，正在緊鑼密鼓中準備進行。按照事先三方約定，三大軍事學院各出十二名選手，比賽分十場，十戰六勝制。爲公平起見，每天三國各出三場，九天後進行最後一場比賽。每國各出四名比賽評委，不得參與本國評判，比賽從十二月一日起，在聖日帝國中央軍團大教場舉行。

按要求，十一月二十五日，即比賽前五天，三方要把參賽人員名單一式三份交與三方評委，再轉交與各國手中，以供參考。

聖日帝國十一月二十五日清晨，在帝王宮前大廣場向帝國人民宣布了參加三大軍事院校比武人員名單：

「盛美・聖日，帝國長公主，帝京城，日炎劍法；

森得・里萊，帝京城，紅雲劍派；

維戈・萊德・藍，西南郡，藍鳥谷；

雷格・里奧・藍，西南郡，藍鳥谷；

海天・卡奧，帝京城，流雲劍派；

雲武・利諾，帝京城，雲天劍派；

越劍・南，南郡，南越劍館；

威爾・里得，北原郡，北原棍館；

尼可・格思，西海郡，海城刀門；

溫嘉・藍，西南郡，藍鳥谷；
裔秀・藍，西南郡，藍鳥谷；
無痕・雪，西南郡，雪山藍鳥谷。」
隨後不久，又公布了映月、西星二國參賽者名單：
「明月・映月，映月帝國三公主，月落城，幻月劍法；
陰月、陽月、圓月、缺月，圓月教，幻月劍法；
金月、銀月、鐵月、木月、水月、火月、土月，月落城，家傳武藝。」
「帕爾沙特・西星，西星帝國三王子，射星槍法；
星海、星天、星連、星碧、星槍、星射、星星、星照、星神、星洲、星子，星落城，射星槍法。」
至此，三國參賽人員全部公諸於眾，一時間帝京城飛鴿四起，向外飛翔。
映月帝國皇家騎士學院代表們，休息在城南中區的外務部館內，明月公主參加太子府洗塵宴會後，心中一直有個陰影揮之不去，影響這兩天的心情。聖日早上把參賽者名單交與映月代表團，明月一看雪無痕的名字果然在內，只是出身爲藍鳥谷。
她知道只有西南的聖拉瑪大雪山才能稱之爲雪山，記得祖姑姑在她小時候，就曾經多次提到過聖雪山。在雪山之上隱居著一位老神仙聖僧，一手秋水神劍天下無敵，秋水神功蓋世無雙，天月大師雙目之中不時地浮現嚮往的神情，令明月印象極其深刻。

這次自己遠赴聖日帝國，臨行前參見師父時，天月大師又一次提到如雪山傳人出世，那麼映月就不必爭勝，已無意義，讓她多加小心。回想起雪無痕瀟灑手姿，也只有聖僧他老人家才能培養出如此人才。這次聖日比武之行看來不會順利，但同時也激起明月一較長短的雄心，想自己十八年苦練幻月絕技，說什麼也要與雪山藍鳥谷一爭長短。

這次隨明月而來的人中，有兩位是圓月教護法大師，晴月和淨月，但也是明月的師侄輩。明月年紀雖小，但她是天月大師的傳人，輩份極高。明月卻也沒有以自己身分與人相處，都是姐妹相稱呼。圓月教還派出三名優秀弟子，個個不凡，武功劍法各不相同，明月很是放心。

西星帝國外務館與映月館相距不遠，這兩天，帕爾沙特王子脾氣十分暴躁，自從這個雪無痕出現後，明月公主心情一直不佳，像有什麼心事，帕爾沙特王子看在眼裏，哪能不生氣。西星這次盡起射星派，年輕一代好手隨自己來聖日，星主雄心勃勃，叮囑他至少要戰勝一國，爭得榮譽。他明白父親的意思，不想再屈居第三，所以把目標放在聖日帝國身上。映月有明月公主在，他說什麼也不願意讓明月傷心，所以對聖日是志在必得，但從看見雪無痕後，信心就不再那麼堅定了。

帕爾沙特起身來到明月的館內，見明月一人正在靜靜地品茶，知道是又在想事情，心中不快，但臉上並不表露出來，他笑呵呵地對明月說道：「明月妹子在想什麼，是在擔心比賽嗎？」

「帕爾沙特大哥，你來了，快坐吧！我沒有想什麼，這次既然來了，就一定要給聖日一點顏色看看，我就不相信憑我和大哥二人還有辦不下的事情。」

「妹子說得好！妳我二人雖不敢說天下無敵，但等閒人還沒有放在眼裏，這次就讓妳我二人爲風月大陸留下一段佳話。」帕爾沙特傲然地說出心裏話。

明月臉色一紅，神情堅定地說：「是，大哥，我們一定要戰勝聖日！」

「這才是明月妹子！」

「不過，大哥，我們也不能大意，聖日畢竟源遠流長，人才輩出，一不小心就會討不了好處，必須小心計算才行。」

「是的！」

帕爾沙特看明月神情穩定，放下心事，兩個人開始計算比武的各項事宜，人員安排。

聖日帝國軍事學院後院集訓館內，天雷是最輕鬆自在的一個人，儘管有十名師長，在對每一個人進行臨行前的指導，卻沒有人管他。教師們不知道是什麼原因，這個沒有參加選拔賽的學生會入選，武功如何。只是院長大人吩咐，說他將與盛美公主一同參加比賽，並由他擔任領軍人物，個個心中有氣，也不願理他，天雷反倒落得清閒。

森得等人心中不服，只道這個雪無痕與盛美公主有什麼特殊的關係，帝王家有什麼安排，以比武添色，也不說話，心中較勁。在教師的指導下，提高臨陣前的經驗，等看最後結果。

天雷這兩天把每一個人的實力摸得清清楚楚，心下稍安。盛美公主也來過兩次，陪天雷說兩句話，看看眾人練武，她是一點也沒有下場的意思，眾人知道她從小厭倦武事，武藝不怎麼樣，也沒有指望她。森得等人倒是雄心勃勃，勁頭十足。

聖日帝國中央軍團大教場，在帝京城南十里，占地上百公頃，平整寬大，周圍有護欄圍著，能同時裝下幾十萬人。赤焰軍團五萬名官兵，全部調回教軍場駐紮，同時開始佈置場地。

在教軍場的中央，紮起三座高大的比武台，一色大圓滾木夯實，寬大結實，氣派非凡。比武台北面紮下一座大看臺，爲帝王家專用，兩側爲各大豪門世家佈置看臺場地；三座比武台南側各爲一國紮下一座大帳篷，爲比賽選手專用，從東向西爲聖日、映月、西星，四周圍有軍隊駐守，維持秩序。

聖日、映月、西星三大軍事學院比武轟傳天下，各國、各族及聖日的各郡貴族雲集帝京城，各大客棧全部住滿，商人更是抓住這一難得機會，進行貿易洽談。各大世家頻繁活動，伺機購買各種物品、商品，拉關係，穩定地位等等。而所有商業貿易洽談的中心，無不是糧食二字，糧價比去年翻了四五倍，大有繼續上漲趨勢。

從今年初起，大陸旱災，糧食收成幾無，百姓勉強生活。今年三國比武，明白人知道是開戰的前兆，也可以說是一段序幕，所以糧食就顯得更加重要。而中原盛產糧食，屯糧頗豐，各國爭相購買，一時間糧價飛漲，但成交極少。

殊不知中原南方各郡的糧食在去年底都已經被西南郡購買而去，庫存幾無，就連南方各郡，也在爲購買糧食而發愁。這時候，在北方各郡的糧商就成爲熱門人物，生意興隆。但其實成交量也不大，今年旱災，倫格大帝早就下令，各地的糧食不得隨意買賣。須有各郡官員出具的糧證方可買賣，所以糧食雖搶手，各郡官員暗中收入也不少，私下交易不斷，黑心糧偷運而出，百姓卻苦不堪言，缺糧少食。

西南郡現在可是各個商家拉攏的重點對象，西南商盟生意火紅。這次三國比武，西南郡有五名選手，雪無痕又是領軍人物。每一個有勢力的世家商人，都在猜測帝君的意圖，是否這個雪無痕要與盛美公主如何如何，私下亂傳，西南商盟得力不少。這次騰越比奧派出強大的商貿人員陣容，以帝京城的騰輝爲首，周旋於各地商人之間，洽談下許多的生意，糧食也談下四十萬擔。騰輝有錢，不怕多花，你賣就行，實令各郡羨慕。

藍鳥谷中，萊恩與列奇的心情就別提多麼的愉快，早些日子聽說維戈、雷格、溫嘉、商秀四人入選十大高手參加比賽，谷中就熱鬧了許久。這次又傳來天雷爲領軍人物，谷中小夥子們已經開始慶賀，二人也不多管，湊在年輕人中喝酒，嘴裏誇獎著溫嘉、商秀，好不得意。

草原各部得知天雷的事情，紛紛來打聽消息，到谷中慰問慶賀，牧民們祭神禱告，保佑「聖子」。天雷六年前以「聖子」身分親臨大草原，帶領雪奴人重返草原後，走遍草原各部，爲牧民恩賜福，開展與勒馬、奴奴城的商業貿易。爲大草原運來許多的糧食、衣物、生活必需品，改善草原人生活，今年旱災前又爲草原購買一百萬擔糧食。

又在藍鳥谷開辦藥院，爲牧民們治病抓藥，活人無數。草原牧民早就認定他是大草原的神，各族沒有一絲一毫的不敬，現如今聽說「聖子」領軍參賽比武，雖知道必勝，但還是爲「聖子」祈禱。

而遠在帝京城的天雷，哪知道這些事情，一心在爲明日開始的比賽勞神。第一陣固然十分的重要，但以後也同樣重要，既要在頭一天裏贏得勝利，不影響選手士氣，又要爲帝國人民所接受，實在也要費些心勁。

倫格大帝雖嘴上沒有說管，其實心裏也十分掛念，多次派人到平安王府詢問各項事宜。平安王以各項準備工作已經就緒，爲藉口推託過去，但一直也沒有拿出一個總體的方案來。心中也實在沒有落底，只好來到訓練館找雪無痕商量，以求儘快解決。

天雷看見院長大人過來，知道不放心，他也知道眾人對他沒什麼信心，要不是平安王對他這樣信任，眾人早就發話了。這時候都心裏憋著勁，等著看他，天雷忙叫維戈找眾人過來。

看隊員和教師都坐下，天雷這才對院長說：「不知道院長大人對比賽有什麼特別的要求和好的建議？」

院長忙說道：「我是個外行，沒什麼特別的要求和建議。」

天雷又問眾人：「大家有什麼好的建議，不妨說說！」

眾人全不說話，只靜靜地看著他。

天雷看大家都不說話，他這才又說道：「既然大家都不說什麼，那我就先說個方案，大家聽聽。首輪之戰，映月明月公主必然不會出戰，但所出場之人也必是主力，以求首輪勝利，振奮士氣，同時有利於第二輪，而西星帕爾沙特也必然如此。」

他看了眼眾人，接著說：「爲此，我們首輪策略是：完勝西星，求穩映月！」

院長大人接口問：「何爲完勝西星，求穩映月？」

「三場至少要達到二場勝西星，對映月最好能達和局。」

院長大人接口問：「下輪又如何？」

天雷接過話：「第二輪是：平西星，勝映月。第一輪西星如敗三陣，第二輪至少有兩敗俱傷的想法，如不能勝，也爲映月創造條件，如這時候我方盡出主力，那麼必然十分不利，而映月第一輪小勝，則第二輪實力必稍弱，以保存實力爲第三輪做準備，爲此，我方第二輪必出主力，以求至少勝二陣之勢，這時與映月爲平局，但已勝西星。」

他接著說道：「如第一輪我方能全勝西星，則第二輪有一陣勝，則我方的形勢已經達成有利之勢，即使一平二敗之局，則我方也已經控制全局，西星已不足慮；而第一、二兩輪與映月持平，則第三輪三陣實爲我方對映月的關鍵之局，必須盡全力爭奪，但這時我方的主力也已從西星對陣中保存了下來，回歸對付映月，勝算也就大一些。」

院長大人聽得高興，接口說道：「確實是好策略，但人員如何調度？」

天雷微微一笑，說道：「第一輪：雷格、森得、商秀對西星；維戈、越劍、海天對映月。」他停了一下，又說道：「第二輪：溫嘉、威爾、尼可對西星；雷格、森得、商秀對映月；第三輪：維戈、雲武、海天對西星；溫嘉、我和威爾對映月。」

院長聽後，忙又問道：「最後一場又如何安排？」

天雷伸了一下腰，說道：「由公主包了！」

眾人都笑了起來。

院長大人又問眾人：「大家對此有何意見？」

眾人都搖頭。其實天雷的安排十分的妥當，又說得明白，眾人這才知道在策略上實在是趕不上天雷，為什麼平安王讓他為領軍的人物，就連每一位教師也心中佩服。

平安王放下心來，知道事情已安排完畢，起身告辭，回帝宮向倫格大帝彙報，眾人提早休息。

十二月一日，從帝京城到中央大教軍場，十里路上五步一崗，十步一哨，佈滿赤焰軍團的官兵。

八時許，倫格大帝在日炎騎士團騎士的護衛下，來到比武場北側就座。盛大軍樂隊奏響樂曲，在聖日帝國禮部長和映月西星外務長官共同主持下，宣布三國軍事學院比武正式開始。

中央校軍場上人山人海，觀眾達二十餘萬人，各種做買賣的小商小販，吆喝著琳琅滿目的商品名稱，小吃排成幾大排在叫賣。赤焰軍團五萬名官兵在周圍維持秩序，而在三座比武台前帳篷內，各位選手已然就座，維戈與雷格正在做出場的準備。

盛美公主身穿白色衣裙，腰紮蝴蝶結，外披錦絲絨斗篷，端坐在大帳篷正中央。旁邊坐著雪無痕，他身著白色武士勁裝，腰懸短劍，背披天藍色披風，兩側坐著各位選手。

天雷看維戈與雷格準備就緒，忙招呼二人來到身前，低頭吩咐道：「雷格，你等對方施展完整路槍法後再反擊，要乾淨俐落，先結束比賽；維戈，你只准許使用霸槍守字訣，但也必須勝，最後，我要由你去挑戰帕爾沙特。」

「真的嗎，大哥？」維戈兩眼放光。

「是真的，維戈，你的槍法足可勝他，我有信心。」天雷帶著鼓勵的口吻，堅定的語氣說。

「太好了，大哥！」

「去吧，要小心！」

這時候，主持人宣布比賽選手入場，兩人向公主與天雷行禮後，轉身向臺上而去。來到臺上，各自打量著自己的對手。

雷格爲第一台，對手西星勇士星海，星海人魁梧高大，手提一柄長槍；維戈第二台，對手爲映月勇士銀月，銀月中等身才，皮膚微微有些黑，手提一口刀。第三台爲映月圓月對西星勇士星照，各使一口長劍。

雷格首先提起天罡刀，行刀禮說「請」，星海舉槍還禮，並不說話，槍直指雷格咽喉而刺，雷格擺刀相迎，二人戰在一起。星海武功紮實穩健，不急不躁，一條大槍分刺、紮、挑、纏展開槍法，氣勢漸漸地加強。

雷格刀出劈、削、砍，配合天罡步伐，展開守字訣，靈巧應戰。他功底深厚，秋水神功已練至第五重，平時與維戈對練槍技，維戈的霸槍槍技十分的霸道，槍法神出鬼沒，早已養成對槍經驗，星海槍技雖然不凡，雷格卻是遊刃有餘，戰至三十幾個回合，星海一路槍法漸漸施完，雷格刀勢突然加快，氣勢大盛，隨著他步伐邁動緊緊鎖住星海。

這時候，星海剛好一路槍法施完，換式間雷格刀出六朵刀芒，分左中右三路急劈星海左肩、面門與右肩，星海應之不急，後撤一步，舉槍相還，雷格刀芒暴長，九道刀氣隨之而出，星海剛想後退一步，在刀芒中閃出一絲亮光，在星海胸前一閃而失，雷格托刀而退，星海頓時呆住。

星海胸前被刀劃開一條半尺長的口子，血微微滲出，傷不重，裁判宣布：

「聖日雷格勝！」

全場歡聲雷動，雷格經過半個時辰的奮戰，為聖日首開記錄。

維戈與雷格不同，他出場時氣勢已成，霸意外露。維戈比銀月高半個頭，加上槍長氣盛，銀月未戰而先怯，想穩中求勝，正中維戈下懷，槍式展開，雖不是很精妙，但與步伐氣勢相輔相成，一步不讓，步步進逼。

銀月刀法精奇，但氣勢已先弱，與維戈戰成平手，已換過兩路刀法。銀月哪知道維戈久與雷格練習刀技，天罡刀法豈是銀月的刀法可比，要不是天雷約束，早就勝了他。這時候台下傳來歡呼聲，維戈知道雷格已經獲勝，雄心大起，槍勢大盛間，一記強攻挑落銀月長刀，維戈已勝。

觀眾齊聲歡呼，笑逐顏開。倫格大帝臉上堆滿笑意，心中痛快，朝日上前道賀。森得雲武等人先見雷格刀法精妙，出手間乾淨俐落，贏得漂亮。維戈氣勢強大，霸意逼人，招式沉重，功力深厚，這才知道二人的武功實在眾人之上，同時也激起爭勝的欲望。

這時第三台比武結束，映月圓月勝西星星照。

維戈雷格二人回到帳內，眾人道賀，森得與越劍準備出場，兩人都知道天雷實非等閒人物，森得不敢托大，向天雷說道：「雪兄有什麼吩咐？」

天雷拉住森得的手說道：「森得大哥客氣了，你這一場怕要以快打快，但也要以場上形式而定，大哥只要小心即可。」

森得答應，向盛美公主施禮告辭。

越劍來到天雷的身前，語氣沉穩地問：「大哥有什麼吩咐？」

天雷看著越劍，平和地說道：「以南兄的劍法，即使不勝但也不會落敗，小心就是。」

「謝大哥指點！」越劍戰意高昂，向盛美公主施禮，轉身上臺。

盛美公主睜大雙眼，看著天雷，臉上滿是驚訝，天雷並不說話，往擂臺上看。

森得的對手星星，身材稍有些短小，身體纖瘦，雙槍短而沉，樣式特別。兩個人也不說話，施禮後槍劍並舉，以快打快。星星這手射星雙槍也是射星派的絕技，他苦練多年，招式嫺熟，以快著稱，而森得的紅雲劍法本就是一路快劍，在大陸也是前幾名的劍法，久負盛名，兩人展開身法已經不見蹤跡。

眾人眼都發花，只有天雷等武功高強之人才看得清楚。紅雲劍派爲聖日正大宗派，內功純正，博大精深，久戰之下，森得深厚的內功就顯示出優勢。星星內力詭異深厚，但終不敵森得，漸漸落於下風，森得加快進攻節奏，苦戰一百二十餘個回合，終於以一式挑落星星單槍，汗水已流了下來。

越劍與陽月之戰異常的艱難，兩個人都是陽剛劍路，劍勢大開大合，陷入苦戰，在第兩百零三式時，雙雙一起中招而退，裁判宣布爲和局，這時西星星天勝映月鐵月。

兩人回到帳內，眾人道賀，越劍一臉的失落，天雷安慰說：「南兄已經盡力，和局還有什麼不高興。」越劍看著天雷真誠的目光，心頭火熱。森得非常高興，嘴裏謙遜。

商秀與海天已經準備完畢，即將出場，天雷吩咐商秀：「放手而爲，一路不停攻擊，不給對手喘息之機，一陣可勝。」他面向海天說道：「海天，你這一陣最是困難，但勝負並不重要，放心而戰，不要有負擔。」

兩人向天雷與盛美公主施禮而去。

商秀人高大，雙眼如玲，手提一雙混鐵重劍，油黑發亮，比西星的星傲整整高一個頭。星傲人身材高壯，手使一條混鐵大槍。兩人同時暴喝一聲，天空中像兩聲炸雷一般，商秀右劍怒劈而出，左手重劍同時跟上，雙劍向前壓上。星傲天生神力，又練得一身混元硬氣功，外功極其深厚，也是力量型的勇士。

同時，也知道像對手這樣使重劍的人，招式一旦展開，劍沉力猛，很難有還手的餘地，所以也力沉雙肩，混鐵大槍急砸而出。轟的一聲巨響，震得兩人雙臂發麻，這時候，商秀左劍又至，鐵槍回架，商秀興起同時暴喝連聲，一連使出四劍，星傲由於使單槍對雙劍，武器上已經落下風。

四劍壓下回氣不及，後退一步緩解招式，商秀抓住機會，氣勢頓時一盛，左腳踏出一步，重劍連番砸出，成扇面形展開。連環不斷，叮噹做響，星傲不斷後退招架，商秀連劈二十四劍，這時候，兩人已經在臺上走了一個圓圈，星傲額頭已流下汗來。

台下觀眾在商秀二人暴喝聲中，就被深深地吸引，同時注意觀看。兩位勇士一個比一個威猛，豪氣沖天，硬碰硬交戰，響聲不斷，看得心神俱動。

海天與缺月兩人皆使用雙劍。缺月身材纖瘦，劍法詭異刁鑽，身法快而玄妙，二十幾個照面，海天已落下風。缺月抓住機會，身形轉入一死角快速向海天左肋刺去，海天招架不及，腰部負傷，跳下擂臺，滿臉的慚愧。天雷起身相迎，拉住他的手不停地安慰，森得等人過來查看傷勢，傷並不重。眾人知道他心中難過，盛美公主更主動爲他看傷上藥，海天感激得流下淚水。

這時候，商秀以三式重招壓下，星傲終於再也抵擋不住，鐵槍脫手而出，商秀收回雙劍，躬身而退，全場再次爆發出雷鳴般的歡呼聲，高呼著「商秀，商秀，好樣的！」響成一片。倫格大帝和平安王異常高興，百官祝賀，就連西星星洲勝映月木月也沒有看見。

至此，第一天三家比武各三場，聖日以六戰四勝一平一負大獲全勝，映月六場二勝二平二負屈居第二，西星一勝一平四負墊底。

聖日盛美公主最是快樂，笑臉如花，抓住天雷的手直喊雪大哥，眾人圍住二人，歡喜不已，這時候，朝日過來說帝君宣眾人進見，大家不敢怠慢，跟朝日向北觀看臺而來。

倫格大帝笑聲響亮，老懷大慰，眾人上前跪倒施禮，他忙讓眾人平身，盛美公主過去拉住大帝的手，倫格眼裏流露出慈愛神情，令人感動。

倫格大帝仔細地打量天雷，嘴裏說道：「雪無痕！」

天雷忙回答：「帝君有什麼吩咐？」

倫格面帶笑容，愉快地說道：「你與眾人隨朕回宮，賜盛宴以示慶賀。」

天雷和眾人連說：「不敢！」當下帝君起駕回宮，眾人相隨。

休息了兩天，比武繼續進行。這次與第一輪不同，聖日對西星的比賽可以用慘烈形容，溫嘉慘勝星神，腰間有半尺長的口子。對手星神重傷，威爾與尼可和星天星射兩敗俱傷，抬回帳內，傷勢雖無生命危險，但也十分沉重，而西星帕爾沙特氣得暴跳如雷，也無辦法。

聖日對映月的比賽出現了明顯好轉，雷格第一陣以天刀八式六招戰勝對手，森得與圓月戰成平局，而商秀一路重劍完勝對手，贏得對映月西星的主動權。

倫格大帝沒有來觀看比賽，平安王通報了結果，很是滿意，派出御醫為威爾、尼可和溫嘉治傷。盛美公主觀看時嚇得驚慌，幸虧天雷坐在一旁，公主緊緊抓住他的手不放，才沒有出什麼醜。天雷早就預料到會出現這樣的情況，但如此慘烈也是心痛，但為帝國而戰，個人犧牲也是沒有辦法的事。

第二天上午，盛美公主在家呆立不住，這幾日她與眾人在一起，結下了深厚的友誼。她雖然是個公主，但明白事理，多受大家關心愛護，這時候想起威爾、尼可的傷勢，親自跑到學院看望，使二人感激不盡。正巧溫嘉回來，他傷不重，上一些外傷藥，盛美公主提出去看望天雷等人，溫嘉只好帶她向西部院走去。

盛美公主平生第一次踏進中級部院，在院內就撞見正向天雷處走去的凱雅，兩個人頓時呆住。

「雅靈！」

「盛美！」

二人凝視片刻，抱在一起，雅靈眼裏含著淚水。

「盛美，妳怎麼來了？」

「我來看雪大哥啊，對了雅靈，妳怎麼也在這裏？」

雅靈低聲地對盛美說道：「對不起盛美，我一直在中級部院，現在叫凱雅。」

盛美公主一臉驚訝地說：「凱雅？」

「是！」

「那妳爲什麼不告訴我，雅星哥哥還騙我說妳去了北方？」

「對不起，凱雅，是我讓哥哥這麼說的，妳不要怪他！」

盛美穩穩情緒，才又說道：「好啊雅靈，我原諒妳了，對了，妳這是去那裏？」

「我也是去看雪大哥。」

「雪大哥？雅靈，莫不是因爲雪大哥，妳才來中級部院？」盛美有些不悅。

凱雅看盛美不高興的樣子，連忙說道：「不是，盛美妳可別亂說啊。」

「好吧，雅靈，我們一起去看雪大哥吧。」

凱雅看了眼一旁的溫嘉，點了點頭，和盛美一起向天雷的寢室走去。

天雷也正惦記著三人的傷勢，剛想再過去，就見凱雅和盛美公主二人走了進來，忙讓座。

盛美打量著天雷的住處，嘴裏問道：「雪大哥，你就住在這裏嗎？」

「是的，公主。」

「雪大哥，你能不能不叫我公主，叫我盛美吧。」她真誠地說。

「盛美公主！」

「是盛美，不是盛美公主。」

天雷無奈，只好低低地叫了一聲盛美，見凱雅強忍著笑意，狠狠地瞪了她一眼，凱雅也不在意，只裝沒看見。

第十三章　狼煙驚現

幾個人又閒談了一會兒，天雷說想去看看威爾與尼可，大家一同起身，向治療室走去。

這幾天是聖日人最自豪的幾天，帝國軍事學院的勇士，以精湛武藝爲帝國人民爭得了榮譽。中原震動，讚不絕口，成爲街頭巷尾人們議論的主要話題。而更多的人正準備看第三輪比賽，大家紛紛猜測明月公主與帕爾沙特王子將出場，競爭將更加的激烈。

果然不出觀眾們所料，第三輪一開場，帕爾沙特就親自出場，聖日這方天雷早有準備，派出維戈出場。維戈上場前，天雷吩咐他說道：「維戈，用我的霸王槍吧，沉穩應戰，霸王槍足可勝射星，放手而爲。」

維戈敞聲大笑，跨步間接過雷格遞過的霸王槍，氣勢隨之而出，向臺上大步而去。

帕爾沙特見維戈手持長槍出場，心中一驚，他武功大成。知道現如今聖日雖勝，但如無人與自己一爭長短，並不算完勝。西星射星派威名猶存，這樣道理聖日豈有不知之理，但現在派出的人，竟然與自己在槍上一較長短。實在是目中無人，故心中吃驚，仔細觀看維戈手中的槍。

霸王槍長一丈四尺，通體油黑，流動著光亮一。槍尖長有二尺，呈菱形飛出，前端稍長，一尺二寸，後端較短，有八寸，寒氣逼人。

「好槍！」帕爾沙特由衷地讚歎。

「帕爾沙特殿下，凝碧槍天下聞名，槍中的瑰寶，維戈不敢稍讓。」

「好個不敢稍讓！」帕爾沙特敞聲大笑，爲維戈而讚。

「槍名霸王槍，一丈四尺。」維戈神態自若地說。

「霸王槍？呵呵……霸王槍，帕爾沙特此次聖日之行，得見維戈兄這般英雄人物，更得領教天下失傳已久的霸王槍絕技，不枉此行，維戈兄，請！」帕爾沙特豪氣沖天，雙手托槍施禮。

維戈不敢失禮，長槍斜指藍天，躬身還禮，兩人各退三步，拉開有三丈距離，雙眼同時緊緊地盯住對方。

維戈雙手托槍斜指藍天，身形穩穩不動，渾身氣勢霸意騰騰升起，雙眼神光暴長。帕爾沙特槍式平舉，氣勢渾然一體，瀟灑不群，兩眼寒光森森，冷如冰霜。

約有一盞茶的時間，兩個人同時暴喝一聲，跨出一步，氣勢大盛，帕爾沙特抖出七朵斗大的槍花，朵朵如梅花綻放，同時一條槍龍如行雲流水一般急射維戈的咽喉。

維戈霸王槍寸步不讓，九朵槍花佈滿胸前，七朵槍花如蓮般托住梅花，一朵如纏藤裹住槍龍，一朵急飛帕爾沙特右肩，一招三式守、攻、殺盡出。

凝碧槍綠芒暴長，撕開纏藤不停，維戈身形微側，左肩中槍，鮮血飛濺，同時手中槍已刺進帕爾沙特的右肩，一尺二的槍尖透體而出，兩個人暴喝一聲急退而回。

帕爾沙特槍尖點地，穩住身形，嘴笑呵呵地說道：「維戈兄好槍法，霸王槍絕技果然名不虛傳。」

維戈豎立長槍，穩穩地站立，嘴裏高聲說道：「帕爾沙特殿下功力高強，果然不愧爲一代名家，維戈佩服。」

這時候早有人跳上擂臺，點住兩人穴道，裁判高聲宣布：「聖日維戈對西星帕爾沙特，平局。」

帕爾沙特強忍心中悲痛，大聲對維戈說道：「維戈兄霸王槍絕技，西星帕爾沙特無話可說，只不知何時再領教維戈兄槍技。」

維戈心中暢快，知道西星已輸給聖日，他大聲回答：「帕爾沙特殿下盛意維戈謹記在心，他日必再與殿下一戰。」

「好！」

兩人再次凝視對方，同時轉身向台下走去。至此，聖日對西星七陣五勝二平，贏了西星星輝軍事學院。

台下歡聲四起，這時候，溫嘉帶傷勝映月水月，血從舊傷口中滲出。

明月公主一臉的失望與惋惜，她強打精神走上比武擂臺，知道映月也大勢已去，但願能爲師父爭一點點面子。

這時天雷站起身形，瀟灑地走出帳外，來到擂臺之上，明月深深地凝視著他好一會兒，輕聲說道：「雪兄弟能否借劍與明月一觀？」

天雷點了點頭，緩緩地解下懸掛在腰間的短劍，遞與明月，明月也解下自己腰間短劍相換。明月接劍在手，只見劍與自己幻月劍一般無二，只是劍穗上的美玉上雕刻著「秋水」兩字，心中一陣激動，果然是聖僧老神仙的秋水神劍。而天雷看見明月短劍穗美玉上雕刻著「幻月」兩字，知道這柄劍與自己的秋水劍定有淵源。

一會兒，兩人換回短劍，各自掛上，天雷這才柔聲說道：「明月姐姐功力高深，無痕自知不如，但事關聖日與師父的名譽，無痕不敢輕易言敗，不如姐姐相讓，妳我二人和局爲止吧。」

明月凝視著天雷真摯的目光，戰意全消，輕輕地點點頭。至此，聖日對映月八陣四勝三平一負，贏了映月皇家騎士學院。

聖日、映月、西星三大軍事學院比武排名，聖日帝國軍事學院壓倒映月西星，取得第一名，特大的喜訊迅速傳遍全國，舉國歡慶。在天災的憂傷中增添了一絲喜氣，倫格大帝心中喜悅，傳旨普天同慶，今年各項稅收減一成，糧食稅收全免，同時北糧南調，支援全國度過荒年。百姓齊稱讚大帝為千古名君，南方幾個郡聯名上萬人表，為帝君歌功頌德。而帝國軍事學院十大高手更成為帝國棟梁。

倫格大帝心中明白，帝國軍事學院的勇士們為帝國化解了一次戰亂危情，映月西星在帝國人民普天同慶的喜悅和激情之下暫時不會出兵。他雖是帝王，但心中也是感激，召開盛大的慶功宴會，各部次長以上大臣全部參加，熱鬧非凡。帝國軍事學院十大高手個個風光無限。

天雷這次領軍參加比賽，只出一場，不戰而和，與明月公主擂臺上換劍而談的情景傳得沸沸揚揚，但並不影響他的榮譽。與盛美公主一樣，被排出十大高手之外，只是他的智慧謀略卻傳遍天下，為世人所接受。

西南郡殊榮一時無兩，維戈力戰帕爾沙特，一時成為帝國青年第一高手，霸王槍絕技傳遍天下，使不少人聯想到天王印訣，也為西南藍鳥谷惹出意想不到的麻煩。

騰輝代表西南郡活躍於各大臣、豪門中間，顯得尤其突出，也幸虧他為人圓滑，見多識廣，周旋間滴水不漏，與太子虹日、王子虹傲有說有笑，一點也看不出破綻。

按照比武前帝君傳下的旨意，倫格大帝在盛宴上親自冊封有功人員，雪無痕被封為帝國聖騎士，男爵；森德等十人分別爲騎士，溫嘉、商秀、威爾、尼可封爲男爵，跨入貴族階層。盛美公主親自爲天雷等人掛上騎士胸章，天雷爲紅色，其餘爲藍色，中間爲騎士圖案。

「雪大哥，恭喜你了！」盛美向天雷道喜。

「謝公主！」

「幾位大哥，也恭喜你們了！」

「謝謝公主！」

盛美甜甜一笑，說道：「光謝謝可不行，以後各位哥哥可要保護我啊！」

森得等人忙回答：「是，公主，我們一定會保護公主。」

天雷只是笑了笑。

「雪大哥，你可是帝國僅有幾個聖騎士之一，以後可得教我武功！」

「這可不行，公主，妳也知道，武藝我可比不上他們，妳找他們才行！」天雷可不想自找麻煩，忙向森得等人推。

「才不是呢，我可看見了他們都問你怎麼比，可別騙我。」她可不想放過天雷，纏住不放。

「公主，那是策略，動手可不行，這回妳可找錯人了。」

「是嗎？」

「是！」

別人聽得兩個人說話，強忍住笑，不敢言語。倫格大帝聽後，知道天雷不想招惹盛美，忙叫她過來坐在自己的身旁。

天雷長出口氣，這時注意到一人在不停地觀察自己，此人四十餘歲，身材碩長，長相俊秀，氣質瀟灑，忙小聲問海天，才知道是凱旋。

凱旋早就聞聽雪無痕的大名，知道西南郡有這樣一個人物，與自己的兒子雅星結爲兄弟，女兒還跑到中級部院去，起先怪罪凱文做事不考慮，但凱文爲家族的家長，父親又有交代，不敢過問雅星、雅靈的事情，心中有氣，後來在比武場上看見天雷，心想果然不是一般人物，心下好轉，對天雷特別注意。

天雷知道是結義兄長的父親，不敢失禮，朝凱旋的方向微微躬身施禮，凱旋笑笑算是回答。

眾人在帝王宮熱鬧了一天才回到學院。

凱雅與雪藍、雅雪、雅藍幾人這幾日與天雷說話的機會很少，今天看見眾人回來很是高興。學院裏的同學們都知道今天帝王宮開慶祝會，帝王必有封賞，得知眾人回來，道喜之人不斷，人來人往，天雷實在抵擋不住，只好叫兄弟們到外面喝酒慶祝。藍鳥谷眾位兄弟和大草原的兄弟們到外面買來許多的美酒，在大操場上喝了起來，一時間更加的熱鬧。

大雪山藍鳥谷這幾天熱鬧達到了頂點，騰越、比奧親自到谷中報喜，萊恩、列奇高興得淚水都流了下來。天雷這個聖騎士的榮譽固然在意料之中，但維戈、雷格兩個孩子也如此爭氣，兩家後繼有人。溫嘉、商秀也取得如此榮譽，想都沒有想到，回想起二十年來，兩個人爲孩子們付出的辛苦終於得到了回報，喜極而泣。兩人令人拿出最好的美酒，全谷慶祝，比奧又讓人回奴奴城拉來許多的美酒，慶祝了一連三天。大草原報喜的人一個連著一個，整個雪山草原籠罩在歡樂的氣氛中。

藍鳥谷的美名如今響徹天下，一時間成爲天下最神秘的地方。天下各地英雄豪傑紛紛出動探訪，各門各派派出大量的高手齊向西南而來。天雷等人那知道爲藍鳥谷惹下如此麻煩，興奮之情一直到來年的五月，因爲帝國發生了一件大事情才減弱。

疾風、沉雲、閃電、驚雷、暴雨是帝國人民一年來的企盼，如今卻形容爲帝國的惡夢。帝國西方要塞嶺西關五月十六日，被映月帝國東月兵團三十五萬大軍攻破。西方第一兵團疾風、沉雲、閃電、驚雷四大軍團全部被擊潰，兵團長里雷特•特男老將軍戰死，二王子殿下生死不明，聖日帝國西方門戶洞開。

十八日黃昏，帝國軍事學院三年級學生，雪無痕率領軍事學院學生五千人臨時組成「帝國近衛青年軍團」快馬馳援凌原城一線，踏上保衛帝國中原的戰場。

風月大陸通曆二三七七年初，映月帝國在聖皇月影的領導下，經過近二十年的精心準備勵精圖治，整備軍馬，改良兵器，國力已達到空前的強大，軍隊已有近百萬。新發明的戰車上千輛，再經過去年底，明月公主帶領帝國精幹人員借爭奪三大軍事學院排名之機試探、觀察聖日的實力。憑藉去年大陸災荒民心不穩的有利時機，蠢蠢欲動，圖霸中原，稱雄大陸。

聖皇月影五十一歲，正值壯年。他雄才大略，野心勃勃，對中原的美麗富饒早已垂涎三尺。幾年來在映月帝國的東方，陳兵兩個精銳兵團，共四十萬人。在帝國元帥兀沙爾的率領下，時刻視機攻破聖日嶺西關一線。這次聖日帝國二王子虹傲•聖日大將軍帶領一千人浩浩蕩蕩視察嶺西關第一兵團，兀沙爾元帥抓住時機，百般挑戰，對聖日和二王子極盡侮辱。高傲的二王子忍受不住心中怒火，草率率兵出關迎戰，里雷特老將軍勸阻不住，在有心算無心之下大敗，幸虧里雷特拼死營救，才逃得性命，但嶺西關已經失守，映月大軍長驅直入。

倫格大帝得知嶺西關失守已是十七日的早上，軍機院的軍迅處值班長官，慌忙送來嶺西關第一兵團，兵團長里雷特將軍的千里飛鴿急訊，短短的幾個字叫帝君氣得當朝吐血。

「王子出關，臣勸不住，大敗，關已失守，臣願殉國。」隨後不到半日，傳來少將軍驚雲的傳訊。

「王子無恙，臣父殉國，疾風、沉雲、閃電、驚雷四大軍團已被擊毀，望火速增援。」

以後再無消息。

聞聽嶺西關失守的消息，百官失色，倫格大帝畢竟是一代明主、開拓疆土的帝王、戰略大家。他強打精神，吩咐赤霞、虹日二軍團緊急出動增援凌原城，命令軍機院通知凌原城死守。火速調集西方各城防軍，向凌原城集結等等措施，帝國龐大的軍事機器已經啓動。

平安王得知嶺西關失守的消息，緊急進宮，看望帝君，商議對策。他也是軍機院的成員，雖平時少管事情，但關係到軍國存亡的大事，也不敢怠慢。

帝君倫格的書房成爲緊急軍情匯聚地，巨大的軍事地圖掛在東牆上，軍機院的幾位老將軍忙碌地處理各項事宜，協調軍事調動、兵力分配，幾名年輕的督衛進進出出，傳達著各種命令。倫格大帝斜倚在一旁的床上，臉色蒼白，朝日站在一旁小心侍奉。

平安王問候過帝君，看他心情不佳，轉身向掛在東牆上的地圖仔細觀看。在凌原城一線，已被標記上一條紅槓，幾個紅色箭頭從多個方向向凌原城匯聚。旁邊的幾人看著他只輕輕點了下頭，又在一邊小心地計算。

凌原城是嶺西郡的一大城，有駐軍三萬，位於中原與嶺西郡的交接處，與巒北城、望南城聯成南北一線，阻隔西方通往平原的要道。凌原城往東，爲一望無際的大平原，與京城相隔一千二百公里，大小城市四十餘座，往西則爲嶺西郡地界，進入起伏跌蕩的丘陵山區，前方八十公里處有一小城路定城，再往前有城市十二座，有一條通往嶺西城的大道，全長八百公里。

凌原城的地理位置十分重要，緊緊勒住西方通往平原的咽喉，是兵家的必爭之地，也是平原固守的前哨，一旦攻破凌原城，前方是一馬平川的大平原。對於不善馬戰的中原人來說將是巨大災難，對於映月軍團來說是進可攻，退可返回帝國，而映月如佔據嶺西郡，則北可威脅堰門關，與西星聯盟進軍中原，東可窺視中原，如一隻臥在中原身旁的猛虎，隨時出擊，把中原撕成碎片，吞入腹中。

看著凌原城的地形圖，平安王心裏忽然生出一種古怪的想法。如帝國快馬派出一支精兵穩住凌原城，收拾西方軍團的殘兵敗將，說不定能重新組成一個兵團。

凌原城現今最緊迫需要至少有一個正規軍團固守，因爲從京城出發的兩個帝國中央騎兵軍團至少要十天時間才能趕到，而從各城調防的城防軍多少、何時到達、戰鬥力如何還是未知數，兀沙爾元帥用兵必深知其理，必須快馬搶佔凌原城。

有此想法後，平安王來到倫格大帝的床前，坐下後說道：「帝君，凌原城現今急需要一個軍團！」

倫格大帝苦笑了一下說道：「我何嘗不知道其理，這次嶺西關失守措手不及，帝國的兩個中央騎兵軍團至少需要十天才能趕到，虹傲這個畜牲！」

「帝君，我倒有個想法。」

「說來聽聽！」

「如帝國軍事學院緊急組建一個青年軍團，全部授予中隊長職位，後天早上出發，快馬加鞭，想六日後必能趕到凌原城，收攏西方殘兵。也許就能組成一個臨時的兵團，如不能組建一個兵團，則也有帝國精英坐鎮凌原城，對穩定軍心必有大用，更有勝於無！」

倫格大帝沉思有頃，沉重地說道：「這倒是個不錯的想法！」

平安王看帝君心情稍有好轉，接著說道：「另外，西南郡距離凌原城只有八百公里，如拼死救援，凌原城必可保無虞！」

「就怕西南郡未必肯盡全力。」

「當此國難當頭之際，百姓生靈荼炭，西南郡責無旁貸，而雪無痕作爲老神仙的傳人，俠骨柔腸，必會前往，西南眾人勢必跟隨，如此一來，凌原城危急，西南必盡全力！」

「好！」

倫格大帝忽然感覺心中一陣暢快，半天的鬱悶隨著好字而出，他微起身說道：「事情就這麼決定，二弟，你趕快去辦，對學院中事務必在十八日晚間辦妥。丞相你督促人及早準備好出發的物資等事務，並撥出七千匹戰馬備用。」

「帝君，雪無痕那裏最好事先說妥，好做出準備，以防萬一！」

「二弟，這事由你去辦。」

平安王看了一眼在一旁忙著的列科，趕緊說道：「這事有現成的人選，必能達成此事！」

「什麼人？」

「列科將軍。」

倫格大帝看著在一旁忙碌的列科，喊道：「列科將軍！」

列科趕緊過來說道：「帝君有什麼吩咐？」

其實他剛才隱隱約約聽得兩人說一些，雖不全面，但也知十之八九，這是舉國危難之際，個人也沒有什麼話可說。

「剛才平安王提出，由軍事學院的學生組成帝國青年軍團，想由雪無痕出任臨時軍團長，你去說一聲，後天早上出發，增援凌原城，具體情況一會兒你與他商量。」

「是，帝君！」列科趕緊回答，心裏卻在怪罪平安王在算計西南。

倫格臉轉嚴肅，沉聲說道：「平安王、列科將軍！」

「臣在！」

「命令帝國軍事學院抽調五千名學生，臨時組成帝國近衛青年軍團，共五個大隊，由雪無痕出任軍團長，領督統軍銜，賜子爵，暫領凌原城一線防務。每一個學生都任命為中隊長軍銜，可自行收攏嶺西第一兵團殘兵，有功者可由軍團長直接晉升，十九日凌晨出發，增援凌原城。」

「是！」

「讓軍機處做好一切準備！」

「是！」

「抓緊時間吧。」倫格大帝揮手讓兩人退下。

平安王與列科出帝王宮來到帝國軍事學院，一路上兩人已經協商穩妥，分頭辦事。早有教務處的老師通知步兵第二十七班的雪無痕到院長室。

自從三大軍事學院排名比武後，天雷已經成爲帝國的風雲人物，青年人心中的偶像，更成爲帝國軍事學院，千年來唯一的一個在院校的聖騎士。就是教師也對他非常的客氣，而在西部院自然爲龍頭，平民學員多願意與他來往。走在校園內，處處有人恭敬地稱呼爲「學長」、「大哥」，特別是高級部院的盛美公主不時地過來看望他，異常親熱，令高級部院貴族子弟又羨慕又嫉妒。森得、雲武、海天等人也常來往，對他也非常尊敬，兩部院倒是出現少有的往來現象。

今天有教師來找，說院長有請，他緊步來到後院長室，看見師兄列科一人坐在室內，一臉的嚴肅，心想必有事情發生，趕緊躬身叫道：「師兄！」

「天雷，坐吧。」

天雷坐在列科的對面，靜靜地等待著師兄說話。

「昨日嶺西關已被映月攻破，第一兵團已經被擊毀，二王子殿下生死不明，西方告急。」

天雷心吃一驚，但他沉穩地聽著列科繼續往下講。

列科看著天雷沉穩的表情，心中暗讚。

「帝君決定從軍事學院，抽調五千人組成五個大隊，臨時成立『帝國近衛青年軍團』，每一個人領中隊長軍銜，收拾第一兵團殘兵，有功者可由軍團長相機提升，並由你出任軍團長，領督統之職，賜子爵，暫領凌原城一線防務，十九日凌晨出發，快馬增援凌原城。」

天雷這才吃驚地說道：「我？」

「是的！」

「爲什麼？」

「這是平安王的主意，打的是西南郡的算盤。」

天雷點頭。

「嶺西關這次失守，原因主要是二王子不聽勸阻，輕敵出關，引得大敗。第一軍團長里雷特將軍拼死相救，方才得脫。老將軍現在已經殉國，二王子下落不明，疾風、沉雲、閃電、驚雷四個軍團已經被擊潰。」

「真是帝王家的蠢才！」天雷面帶厭惡的表情。

「西南郡距離凌原城有八百公里，是現今最有實力增援凌原城的一個郡，這次帝君心中有一些猜忌，說什麼西南郡不會拼盡全力，西南郡這次必須盡全力出兵，但損失也必將慘重。」

天雷平靜地看著列科，忽然說道：「師兄，我有可能不去嗎？」

「恐怕不行！西南郡這次勢將出兵相助，又何必讓別人指揮，至令損失更重。另外，正值國家危難之際，你不前往，將影響你的聲譽，爲此你將內疚一生。」

天雷點了點頭，又問道：「師兄，還有什麼增援部隊？」

「赤霞與虹日兩個中央騎兵軍團，共十萬人，但大軍行動緩慢，快則也要十天才能到達凌原城，另外，附近各城城防軍也正在向凌原城集結，估計不少於十五萬人。」

「映月兵力如何？」

「映月盡出東月兩個兵團，共三十五萬人，由兀沙爾元帥統一指揮，增援情況目前不明。」

「師兄，東月兵團與嶺西第一兵團一戰，損失必可達十萬人左右，加上鞏固後方佔領城市，到達凌原城的主力部隊最多爲二十萬人左右。」

「最多決不超過二十萬！」

「那麼，聖日足可一戰啊！」天雷充滿信心地說。

「關鍵是時間，凌原城現有軍力三萬人，決對敵不住映月的二十萬大軍進攻，一旦凌原城失守，後果不堪設想！」列科嚴肅地說。

「好吧，我就當一回臨時軍團長與臨時指揮，看看映月軍有何過人之處！」

天雷傲然說完，起身說道：「師兄，我先和騰越與比奧聯繫一下，另外，你給我準備一份嶺西郡地圖。」

「好吧，你自己要小心，兀沙爾元帥可決非等閒人物。」

天雷點頭，起身告辭。

走出院長辦公大院，校園內像炸開了鍋，學員們議論紛紛，相互傳告，平民學員各個擦拳磨掌，滿面憤色中帶著興奮，看見天雷走過來，忙上前相告，天雷感謝。

剛回到寢室，維戈與雷格像一陣風般疾刮而入，後面跟著溫嘉與商秀等人。雷格搶先說道：「大哥，你知道嗎，嶺西關失守了？」

「知道，大家安靜。」天雷一臉嚴肅地說道：「維戈，你通知騰輝，馬上飛鴿傳書告訴比奧與騰越派兵加強嶺北城的防務，通知藍翎與藍羽兩團各出六千人火速到凌原城待命，另外再組織二萬名騎兵增援，步兵就不必派出，說我最遲廿四日到達凌原城。」

「大哥！」維戈滿臉的驚奇。

「告訴他們我已出任凌原城一線臨時指揮，十九日凌晨將率領帝國近衛青年軍團趕赴凌原。」

「知道，大哥！」維戈滿眼的興奮。

「快去，時間緊急！」

「好啦！」維戈轉身出去。

「真的，大哥？」雷格臉帶疑惑。

「真的，列科師兄剛剛找過我，平安王那個老傢伙這次擺明了讓西南郡出力，我也不好說什麼，畢竟現在國家有難，以後再找他算帳。」

「太好了，大哥！」眾人興奮地說著，每一個人的眼中都像燃燒著火。

「這事暫不許向外說出，通知兄弟們：西南的各位兄弟跟我去，草原部兄弟留下，各人都去準備些東西，抓緊時間休息，後天半夜準備，凌晨出發。」

「是，大哥！」眾人帶著激動而出。

天雷知道有一天的準備時間，明天將有許多事情，抓緊時間休息。

凱雅和雅藍、雪藍姐妹也聽到了消息，過來找天雷商量。天雷告訴她們，這事不用她們操心，也不允許報名，幾個人一臉的失望，但也不敢違背天雷的意思。大草原的兄弟們也過來詢問，天雷告訴他們絕對不許報名，以避免造成影響，眾人知道這事情的嚴重性，只得聽天雷的吩咐。

第二天上午，東西兩部院各個班級開始報名，要求在十點鐘前必須結束，因爲昨天下午已經給學員們放假考慮，也可以回家商議。

天雷在飯後來到院長室，平安王只對他苦笑了一下，表示歉意。他也沒說什麼就坐在一旁，一會兒，參加三大學院比賽的十名隊員陸續進入，加上天雷，正好十一人，大家坐好，等待著校長大人說話。

平安王看著眼前的小夥子們，臉上帶著歉意地說道：「各位同學，在你們還沒有畢業的時候就把你們帶上戰場，作爲院長的我十分的抱歉。但是，當此外敵入侵，國家有難，人民受苦之時，我知道你們每一個人都願意爲國效力，準備犧牲自己的一切，我代表帝君和帝國人民謝謝你們！」

他說完起身施禮，大家紛紛起身還禮，只有天雷一人動都沒有動。

平安王接著說道：「如今帝國軍事學院臨時組建近衛青年軍團，將由你們率領遠赴凌原城，特任命雪無痕同學爲軍團長，督統軍銜，你們十人爲統領軍銜，五個大隊的正副隊長，一切聽從雪無痕同學指揮，有什麼問題要問，我可以一一解答。」

第十四章　捲兵備戰

大家先一陣沉默，一會兒，天雷問道：「什麼時候能準備就緒？我可以帶一些人嗎？」

平安王忙說道：「十點鐘開始換軍服，十二點鐘開始授旗儀式，然後開飯，下午二點開始到西邊赤霞教軍場換裝備，明早凌晨出發，雪同學可以擁有一切軍團長待遇，可自行組建自己的參軍班子，帝君已經吩咐，一切你可以便宜行事。」

「那好吧，我出去了，你們自己商議，我十一點準時回來。」天雷說完轉身出去。

天雷的態度傲慢無禮，按說，他以小小的年紀被授予軍團長職務應該感激才對，但他卻對此不屑一顧，十分不情願。也與三大學院比武的情形一樣，同學們見怪不怪，平安王苦笑著望著他，滿臉的無奈。

天雷出院長室直接到二十班級找衣特，告訴他去找雅星，到西南風味樓聚齊，另外再找十名兄弟聽候吩咐。

他心情沉悶地來到西南風味樓的二樓雅間，剛剛落座，十名兄弟已經隨後進來，天雷吩咐在門外守著，不許人進入打攪，掌櫃的這時候進來上茶、退出。

時間不長，雅星跨步瀟灑而入。

雅星現今已畢業幾月，他不願離開學院，在學院戰史研究室作研究員，平時研究軍事理論，也沒有人打攪，逍遙自在。

嶺西關失守他當然知道，學校裏緊急動員，他一清二楚，只是他雖有心出力，爲國赴難，但也不敢違背祖訓，心情煩悶，正巧衣特進來說天雷有請，急忙過來。

「大哥，你來了，請坐！」

「兄弟，你找我？」

「我知道什麼事情！」

「是，我有許多事情要與你商量。」

「那更好了，我就不多說了，只是想請大哥助我一臂之力。」

「這……」雅星爲難一下，沉思一會兒，然後說道：「我有難言之隱在身，決不能擔任何職務，以個人名義當個參軍幫忙倒是可以。」

「太好了，大哥，只是太委屈你！」

「自己兄弟，說什麼委屈，以後你就知道我是怎麼回事，我保證！」雅星以堅定的眼神看著天雷。

「我信得過大哥，哎……，我又何嘗不是不想當那什麼軍團長！」

雅星點頭表示贊同，他瞭解天雷，不願意多事，這次也是不得已，他自己何嘗不是如此。

兩兄弟商議了許久，近十一點鐘才離開回到學院。

學院內到處都有剛剛換過軍服的學員在走動，和知心的同學在說話，作離別前道別，但個個心情振奮，毫無懼色，讓天雷很是感動。

五個大隊的隊長已經分配好，天雷進入院長室後，平安王忙徵詢他的意見。

第一大隊統領森得，副統領海天，全部爲高級部院學員。

第二大隊統領維戈，副統領雲武，五百名高級部院學員，五百名中級部院學員。

第三大隊統領雷格，副統領越劍，全部爲中級部院學員。

第四大隊統領溫嘉，副統領商秀，全部爲中級部院學員。

第五大隊統領威爾，副統領尼可，全部爲中級部院學員。

天雷看過表示同意。

中午時分，五十個百人行列隊在學院的主樓廣場前，十名正副統領站在隊伍的最前面，面對著一座彩台，四周圍站著兩部院的學員在觀看。平安王帶領軍機處的三名老將軍走進廣場，後面跟隨著雪天雷與二十名督衛衛士。當先一名督衛手捧著錦盒，一名督衛手握著一杆大旗緊隨其後，身後五名督衛各握著稍小一點的旗幟，最後是幾名護衛。

平安王帶領眾人緩步入座，全場嚴肅，他看著手捧的錦盒督衛點了下頭，督衛上前把錦盒打開退過一旁。這時候平安王站起身形，從盒內拿出錦卷，慢慢打開，高聲念道：

「聖日帝國帝君陛下有旨：

恩賜帝國軍事學院臨時組建帝國近衛青年軍團，暫編入帝國軍隊序列；特任命雪無痕為軍團長，領督統軍銜，賜子爵位；任命森得、維戈、雷格、溫嘉、威爾為統領軍銜，海天、雲武、越劍、商秀、尼可為副統領軍銜；衣特、雲雷等以下五千名為中隊長軍銜，欽此！」

「謝帝君！」天雷等人磕頭後站立。

平安王放下錦卷帝旨，接著喝道：「雪無痕！」

「在！」

「授軍印！」

「謝王爺！」天雷接過錦盒。

「授軍旗！」

隨著平安王的喝聲，學院的鼓樂隊聲響起，一名督衛上前把軍旗交與平安王，平安王雙手接過，遞給上前來的天雷。

「謝王爺！」天雷退在一旁。

「第一大隊統領森得！」

森得跨步上前，督衛把軍旗交與一位老將軍，森得從將軍手中接過第一大隊軍旗。

「謝大人！」

「第二大隊統領維戈！」

「第三大隊統領雷格！」

「第四大隊統領溫嘉！」

「第五大隊統領威爾！」

「謝大人！」

四人分別從老將軍手中接過軍旗，回歸本隊。

「宣誓開始！」

天雷單膝跪下，高聲說道：「雪無痕誓死效忠於帝國，效忠於帝君！」

隨後眾人單膝跪下，高聲說道：「我誓死效忠於帝國，效忠於帝君！」

「全體起立！」平安王高聲宣布：「現在我正式宣布：聖日帝國近衛青年軍團成立！」

掌聲歡呼聲響遍校園，女同學更加起勁，盛美公主和凱雅等都站在人群中間使勁鼓掌。

帝國近衛軍團不同於帝國軍隊中的其他軍團，它屬於帝王家的直屬部隊，比其他部隊要大一級，裝備及待遇也好上一倍以上。每一個士兵都可以說是小隊長軍銜，中隊長就相當與大隊長。可以說，這次帝國給予軍事學院的學生兵很高的地位，要不是特殊時期，平民家的孩子們要直接升到中隊長、大隊長很是困難，所以人人士氣高昂。

帝國近衛青年軍團的軍旗也十分的特殊，帶著帝王家的標誌。寬大的藍色旗幟繡著黃邊，中間「近衛青年軍團」幾個黃色大字，底下襯托著一團紅色燃燒火焰的圖案。

各大隊的旗幟也相同，只是稍小一些，第一大隊是一團小小燃燒的火焰圖案，第二大隊是兩團，以此類推，第五大隊是五團燃燒的火焰圖案；百人隊的旗幟更小一些，有一二標誌，十分的明顯，決不會錯。

黃色是帝王家的標誌，臣子和平民決不許用，除非有特殊的功勞帝王家特恩賜使用。但也沒有那一位臣子敢用，它只象徵著一種榮譽。學生軍被授予帝王的近衛軍團，主要是帝君倫格大帝不想失去這麼多的帝國青年精英，要牢牢地控制在帝室的手中。

平安王看著飛揚的旗幟，精神抖擻的士兵和他們散發出的勃勃生氣，回想著這是自己的傑作也十分驕傲。他高聲說道：「下面由雪無痕軍團長講話！」

「全體立正，敬禮！」大隊長森得喝著口令。

全體一致，向軍團長雪無痕敬禮。

天雷起身回禮，緩緩說道：「兄弟們，我知道你們每一個人都是帝國的勇士，熱血男兒，我只希望每一個人都不要愧對我們的軍旗，更希望每一個人都能跟我活著回來！」

全場響起雷鳴般的掌聲。

熱鬧了不久，全體開飯，盛美公主和凱雅、雪藍等人過來和眾人道別後，然後大家隨隊出西門換裝備。

帝國近衛青年軍團的裝備說是最好的，一點也不過份，每一個人一匹戰馬，全新的一套盔甲，一支長槍，一把刀，另外還有兩千匹軍馬備用。

落日黃昏，殘陽如血。

面對著緩緩墜落的夕陽，天雷的心情越加的沉重。

「有請各位統領！」

「是！」西莊別原的三百三十人剛趕過來，全部編入天雷的衛隊。

「派人通知雅星大哥，我要馬上出發。」

「是！」一名護衛連忙退下。

不一會兒，幾位統領先後趕到。

天雷帶著堅定的神色，微加商量的口吻說道：「凌原城危在旦夕，我們何必在此休息一夜，何不馬上出發，等趕到凌原再休息？」

大家互相看了一眼，表示贊同。

「通知各隊，一小時後出發。」

「稟告軍機處，近衛青年軍團馬上出發，半夜到達錦陽城休息，明早凌晨準時出發，望錦陽城提前做好準備！」

天雷第一次連下了兩個命令，各人下去準備，但誰也沒有一絲不滿，眼裏充滿著火燃般的激情。

雪無痕督統領帶著帝國近衛青年軍團連夜出發，增援凌原城，倫格大帝聽到雪無痕違抗軍令，提前出發，非但沒有怪罪，反倒連連讚賞。

映月帝國東月兵團統帥，兀沙爾元帥站在丘城前，心情十分的擔憂，小小的丘城已經拖延大軍半日，動彈不得。兩萬人輪番進攻，丘城拼死抵抗，戰況異常激烈殘酷。

兀沙爾元帥這次進軍路線與明月公主入帝國參加比武大賽的路線一致，行動迅速果斷，與別人滿眼的興奮不同，兀沙爾沉穩堅毅，睿智多謀，極具戰略眼光，顯示出大戰略家應有的氣質。他今年五十六歲，身材魁梧，眼光凌厲，氣質逼人，在東月號稱是第一軍神，極受聖皇月影的信任。

這次兀沙爾率東月大軍攻破嶺西關，連他自己都感到意外，實令聖日措手不及，但也顯示出他用兵的實力，手下從士兵到萬騎長，每一個人眼裏都充滿著狂熱。映月後援軍雖一個月後才能到達，又在聖日本土作戰，但他並無所懼怕，對手下軍團極有信心，更相信自己的實力，只要搶佔凌原城，佔據嶺西郡，東月軍團就是一隻臥虎，隨時窺伺中原。

但眼下情況並非他想像的那麼簡單，嶺西郡百年來戰亂不斷，民風強悍，抵抗意志十分強烈，每一個城都經過一日激烈戰鬥才得攻佔，對大局十分不利。嶺西郡共有十六個城市，搶佔凌原城至少要攻佔十三個大小城市，況且還要保護後勤補給，防範北面堰門關出兵，隨時阻擊西南的增援，如不能搶時間攻佔凌原城，一旦聖日援軍到達，東月兵團隨時有被三面包圍的危險。

丘城雖小，但在嶺西郡大道的中央，像咽喉上卡著一根魚刺，讓大軍行動十分的難受，必須迅速拔出，搶時間攻佔凌原城。

「命令月魂、月魄二軍團馬上出發，攻佔玄城；命令月沉增援攻擊丘城，黃昏前必須佔領丘城。」

他不敢有絲毫的猶豫，命令月魂、月魄二騎兵軍團攻擊前進，月沉步兵軍團迅速增援攻城。

兀沙爾看了眼仍然在激戰的丘城，轉身向玄城方向而去。

凌原城內一片忙亂，各種各樣的軍人進進出出，快馬不斷，不時有各城的城防軍到達增援，報到聲一會接一個，人喊馬嘶。

副將督衛秦泰府是凌原城防線的指揮中心，各城的統領、大隊長聚集報到已經有十幾個。秦泰，四十一歲，臉如刀削，身材魁梧，督衛軍銜。領三萬軍隊駐守凌原，得知嶺西關失守，心急如焚，緊急向帝京城求援，同時加強凌原城的城防。他也是第一兵團有名的將領，幾天來雖然極度的疲憊，一臉倦色，但慌而不亂。在五天前得知，帝國近衛青年軍團緊急增援，安心不少。

帝國近衛青年軍團秦泰雖沒有聽說過，但能列入近衛軍團序列，戰鬥力必然不會差，何況如今帝國危難，帝君絕對不會派遣一支差的部隊增援，但秦泰決沒有想到是帝國軍事學院的學生，帝國軍界的精英。

黃昏時分，凌原城東門外馬蹄聲轟響，遠遠傳來，攝人心魂。

全城人心激動，知道是帝國的援軍騎兵軍團到達，百姓們爭相爬到城牆之上，遠遠地眺望。

秦泰滿眼的振奮之色，帶領全部的統領、大隊長出東門迎接。

東方天空塵土飛揚，遠遠地出現一隊精騎，慢慢展現。一面藍色鑲黃邊的大旗首先映入眼簾，斗大的一團紅色火焰標誌像一團熊熊燃燒的火焰，令人熱血沸騰，「近衛青年軍團」幾個黃色大字讓人感到遠在千里之外親人的關心和溫暖，百姓熱淚盈眶。

當先一匹黑色高大戰馬，一名年輕的將領身穿黑色盔甲，腰間懸掛一柄短劍，馬鞍上掛著一桿長槍，神情威嚴中帶著飄逸。身後同樣一匹白馬，一名同樣年輕的將領穿著一身藍色文士衣裝，身披綠色斗篷，神態瀟灑自若，身後三百餘名護衛，再後五面戰旗迎風飄揚，士兵威武整齊。

凌原城內外，爆發出一陣陣的歡呼聲。

天雷在東門前五百米處勒住戰馬，身後五面旗幟左右排開，士兵動作整齊一致，有序排列，他這才率先翻身下馬。

秦泰搶步上前，翻身跪倒，口裏激動地說道：「督衛秦泰，拜見雪無痕督統。」

天雷急步伸手扶起秦泰，嘴裏說道：「秦督衛請起，這些日子你辛苦了！」

秦泰心裏頓覺溫暖，滿心地感激，隨後，各位統領、大隊長上前拜見天雷，天雷一一扶起，口道辛苦。

天雷拉著秦泰的手向雅星介紹道：「這位是雅星・豪溫先生，我的私人參軍。」

凌原城眾人聳然動容，忙向雅星施禮，心中知道這是國師大人的嫡系子孫傳人。以雪無痕私人參軍身分來到凌原，近衛青年軍團的實力不問可知，隨後天雷又介紹了森得、維戈等正副統領。

天雷實際上就是要造成這樣的一種聲勢，以振奮人心，提高鬥志，以凌原當前的兵力，加上區區五千之眾，對抗映月二十萬大軍，士氣則爲當前的首要。

一路上，天雷曉行夜宿，五日奔馳一千二百公里，人睏馬乏，眾人滿身疲倦，尤其是第一、二大隊的貴族子弟，中間多有怨言，但他下達了死令，以影響增援凌原城危及軍情爲由，不能按時間到達者軍法從事。貴族子弟咬牙苦撐，終於在廿三日黃昏時分，提前到達凌原城外二十里處，他下令休息一個小時，全軍換好軍服盔甲，來到凌原東門外。

跟隨天雷前來的每一名士兵都是中隊長軍銜，衣甲明亮，裝備精良，實令凌原城的每一個人心驚，認爲帝國派出最精銳的部隊，信心倍增。

天雷下令全軍紮營休息，眾將進城。

眾人剛剛梳洗完畢，坐下休息，就聽得西門外馬蹄聲如雷鳴般轟響，大家慌忙來到西城牆之上，向西仔細觀看。

就見一隊隊身穿黑色盔甲的騎兵，手提黑色長槍長刀，揹弓箭，整齊地排列成兩個方陣，靜靜地在原地等候，人數有一萬餘眾。

一名將官飛馬來到城門前，翻身下馬，面對著城牆高聲喊道：「西南郡藍鳥谷部眾求見凌原城守將秦泰督衛！」

秦泰看著天雷，剛想說話，天雷連忙說道：「秦督衛，這是我的兄弟！」轉身對維戈與雷格說道：「你們下去，安排兄弟們休息。」

兩人轉身而去。

他這才對著城下眾人說道：「我是雪無痕！」

城下眾人聽得天雷說話的聲音，翻身下馬，跪倒在地，齊聲說道：「拜見少主！」

「兄弟們辛苦了，維戈與雷格已經下去，大家聽他們的吩咐，抓緊時間休息！」

「是！」眾人起身，站在馬旁。

天雷和眾人回府休息片刻，用過晚飯，維戈領著格爾、卡斯、楠天與里斯四人前來拜見。他們現在都已經是大隊長了，各領三千藍鳥谷部眾，天雷很是高興，連忙問話。

格爾、卡斯、楠天與里斯四人是藍鳥谷中的後起之秀，他們頭腦清醒，辦事認真，多次帶隊護送貨物，從沒有出現錯誤，深受騰越喜歡。加上他們武技已有成就，秋水神功已練至第三重，極受重用，是這次率隊前來的主要人物。

當下格爾告訴天雷，騰越比奧早已經得知嶺西關失守的消息，因爲西南商盟在嶺西關城有人，得知第一手消息後，比奧已命令兩萬人增援嶺北城，以防不測，有聖寧河爲天塹，暫保無慮。不久後得到天雷的傳訊，明白帝京城的意圖，當即命令藍翎、藍羽兩團各六千人渡過聖寧河赴凌原城聽候天雷的命令，兩萬騎兵三日後可到達凌原，支援天雷。

有西南郡三萬二千精騎兵支援，天雷信心大增，吩咐格爾四人下去休息。

督衛府軍事議事廳內的氣氛十分凝重，人人端坐，表情嚴肅。天雷飯後吩咐召開統領級以上將領軍事會議，當然也有一些小城的城防軍是在大隊長的帶領下增援凌原，天雷也讓列席參加。

寬大的軍事議事廳內有兩排長形的方桌對列，靠北端用錦繡裝飾的主帥位置，牆上掛著嶺西郡寬大的地圖，人已坐滿。

天雷與雅星、秦泰進來的時候，全體起立，敬禮，天雷讓大家坐下，這才落座。

秦泰首先向天雷等人彙報了凌原城的城防情況、備用物資，然後又介紹了各城到達的城防軍人數、裝備情況，最後又具體通報了當前掌握的映月東月軍團的位置、兵力後結束。

他不愧是第一兵團一員有名的將領，事情安排得天雷很是滿意，至此，凌原城一線防務指揮權轉交天雷手中。

天雷滿意地點著頭，下達了接防後的第一個命令：「速報告京城，說我於廿三日黃昏時分到達凌原城，全面接管一線防務，一切安好。」

「是！」通訊官下去。

「各位統領！」天雷的臉上掛滿自信的神色，神態輕鬆地說：「剛才秦督衛已經通報了我軍當前的情況，形勢很好。」

他抬眼見眾人表情嚴肅，接著說：

「說形勢大好，是因爲有以下幾個方面的依據：一是我軍現有兵力已達十萬人，另外各城防軍也在陸續到達，中央主力軍團廿八日必可趕到。第二，凌原城防務準備工作在秦督衛的努力下已經完善。第三，也就是最重要的時間。當前映月東進兵團連續攻擊前進，已成強弩之末，現在達到玄城位置，距離凌原有三百四十公里，中間隔有安陽城、路定城。前鋒月魂月魄軍團，要攻陷安陽至少需要兩天的時間，到達路定城也就是在廿五日，到達凌原城至少在廿六日才能完成，而凌原城以現有的兵力，防守兩天的時間絕沒有什麼問題，那時候主力軍團已經達到。各位，我們再從兵力上來看，兀沙爾沿途克十三城，每一個城必有損失，加上駐守兵力，損失可在萬人左右，也就是說十三萬人，而他入關時有兵力三十五萬人，與第一兵團作戰，損失至少在十萬人左右，達到凌原城時兵力至多為十二萬人，以當前我軍以逸待勞，必可將他擊退。」

他環眼看著眾人，人人臉上浮現出如釋重負的感覺，氣氛一下子變得活躍。

「但是，我軍也有許多的不足：第一，各城防軍編制各自為政，很難凝成強大的戰鬥力；第二，城防軍戰鬥力決不能與正規軍團相比；第三，要坐等敵人來攻擊，主動權盡在敵手，我軍喪失主動。為解決以上問題，我命令：一，由秦泰督衛對各個城防軍進行整編，由雅星參軍協助；二，全體統領、大隊長親自訓練防務工作，提高戰鬥力，但也要保持好士兵的體力；三，明天早上我要率領近衛青年軍團到路定城看看，凌原城仍由秦泰督衛指揮。」

「是！」眾人齊聲應是。

爲了增強眾將的信心，他接著說道：「眾位大人，如果我們能擊敗兀沙爾東進兵團，各位大人當記首功！」

眾人綻開笑臉，氣氛頓時輕鬆起來。

以秦泰爲首的各位將領，對天雷及近衛青年軍團多少有一絲懷疑。認爲他們太年輕，沒有什麼戰鬥力及實戰經驗。加上兵力較少，對凌原城的前景並不樂觀，所以剛開始氣氛沉悶。但在天雷的分析調動之下，眾人看到了希望，堅定了信心。加上西南郡兵力已經達到一萬二千精騎，大軍隨後就到，更增添了擊敗兀沙爾的希望。天雷正是緊緊抓住此點，激起大家的鬥志。同時，他自己也有與兀沙爾元帥一爭長短的雄心壯志。

「各位大人還有什麼好的建議，不妨一起說出，大家一起討論。這次我們團結一心，就鬥一鬥兀沙爾這個老狐狸。」雅星伺機再激大家的鬥志。

「暢所欲言啊，各位大人有好建議，說不定能建立不世殊功，爲帝國傳爲佳話。」天雷也鼓勵地說。

眾人看見天雷與雅星態度和藹，尊重每一個人，心中感激萬分，放下包袱，紛紛議論，雅星在一旁一一記下。

最後，雅星總結式地說：「剛才聽了眾位大人之言，我總結有以下三點：第一，必須精誠團結，同心協力想出奇謀，大家一起擊潰兀沙爾東月兵團。第二，主動出擊，派出分隊進行襲擾，同時收拾第一兵團殘兵，尋找二王子殿下，這也是首務。第三，也就是路定城為凌原城的門戶，西南補給的基地，必須迅速搶出物資，做好阻擊的準備，利用一切有利於我軍的條件搶時間，不知道我說得對也不對？」

眾人紛紛同意。

秦泰馬上說道：「雅星參軍分析得對極了，就是這些！」

天雷說道：「既然大家都有信心，那麼我們就團結在一起，擊敗兀沙爾，但前提必須是保證凌原城安全！」

秦泰說道：「正是如此！」

眾人議論許久，信心倍增。

各城的城防軍統領多是有才華的人，要不也不會率領援軍支援凌原城。他們雖各有才華，但多是平民出身，又不是正規軍團的將領，很少被重用。更別說像今天這樣參加軍事會議了，以往是上級將領下命令，他們執行，從沒有聽從過他們的建議。這次天雷等人遠從京城而來，年紀又輕，想必極其不好相處，哪想到是這般共議情景。

再加上雅星的身分地位不同，與豪溫家族長公子、國師嫡系子孫一起開會，討論軍國大事，一輩子想都沒有想過。個個心裏感激的同時也甘心出力，以圖展示抱負，再加上如能擊潰兀沙爾映月東進兵團，建立不世的奇功。那麼他們就一步登天了，所以個個用心努力，一盤散沙頓時凝結在一起，形成強大的戰鬥力。

第二天天剛剛發亮，從路定城方向有大量的難民湧來，一個個滿身泥土，神情疲倦中帶著慌張。三三兩兩的士兵夾雜在人群之中，狼狽不堪。天雷忙下令第二大隊以百人隊為單位，出城向前收拾第一兵團殘兵敗將，自己則帶領其餘四個大隊加上西南藍鳥谷部眾，向路定城而去。

路定城是個小城，它有人口六萬餘人，城防軍一個大隊三千人駐守，大隊長路雲。天雷來到路定城的時候，路雲正在組織民眾向凌原城方向撤退。人員嘈雜，哭聲不斷，但並不慌亂，天雷心中暗讚。

路雲聽得遠遠傳來的蹄聲，抬眼看見一面鑲黃色邊的大旗幟，心中高興，知道帝國的援軍主力已經到達，鬆了口氣，上前迎接。

天雷端詳著路雲，中等身材，三十多歲的年紀，臉如刀削，舉止沉穩，面帶憂色。天雷來到近前，路雲翻身跪倒：「路定城城防大隊大隊長路雲拜見督統領大人。」

「路大人請起，辛苦你了！」天雷下馬相扶，接著說道：「我叫雪無痕。」

「雪督統！」

「別客氣，這是怎麼回事？」天雷指著百姓問。

「稟雪督統，路雲正在組織城中百姓撤往到凌原城！」

「辦得好！」天雷目露精光，眼望路定城吩咐：「商秀，你帶人協助路大人安撫百姓，儘快撤離。維戈、雷格，你們倆率領藍翎藍羽兩部安營，餘眾進城。」

「是！」

天雷站在城頭，向西眺望。

路定城方正堅實，城有四門，地勢較高，稍微向四周傾斜蔓延。前方地勢平坦，在西南五里處有一巨大的山丘，西北五里處也有一座小山。山丘相對，中間有二里寬的距離，形成一門形，有通往嶺西的大道。

路定城原爲一處城堡，後慢慢發展成爲一座小城，因其地勢重要，第一兵團在城中建立軍事基地，儲備糧食軍械等物資，城中百姓依附軍隊而生存。

百年來，嶺西郡戰亂不斷，人口忽聚忽散，路定城發展極其的緩慢。但無論是映月還是聖日佔領城時，對城中都沒有破壞，而是以軍事基地嚴加防守，故路定城雖小，卻易守難攻，如今聖日在此的駐軍並不多。

天雷面對著城西巨大的門形大道山口，陷入沉思。

「森得，命令你大隊分成兩部向西搜索，組織百姓向凌原城方向撤離。路雲，你派出二十名斥候兄弟協助維戈向西搜尋。維戈，你派出四支藍翎中隊向西搜索，務必搞清楚東月兵團的具體位置。」

天雷吩咐後轉向路雲，問：「路雲，城中儲備如何？」

「今年鬧災荒，庫裏糧食儲備不多，只有兩萬擔，油三百桶，軍器刀槍各五萬件，弓三萬張，箭三十萬支，盾牌一萬面，另外有投石車八部！」

「很好，路雲，馬上組織全城撤離，一個百姓也不許剩餘，全部車馬留下！尼可，你大隊協助路雲開始搶運糧食，馬上去辦！」

「是！」尼可下去。

「命令凌原城派三個大隊過來，帶車輛馬匹，幫助搶運糧食，務必在明日晚辦完！」

「是！」中軍官下去傳令。

「各部除加強防守外，其餘的人都幫助運糧，都行動吧！」

「是！」

整個路定城像一台巨大的機器運轉起來。

第十五章　血戰揚名

中午剛過，路雲報告天雷，全城百姓全部撤出，糧食搶運緩慢。

天雷聽了路雲的報告，問他城東一帶可有隱蔽之處，暫把糧食運出城去。然後再慢慢運走，畢竟凌原城路遠，而東月兵團也不可能越城向東，還有時間的餘地。路雲想了一想，說城東十里有一處小山谷。天雷命令把糧食全部運往山谷，等候凌原城搶運。

傍晚時分，凌原城在一個統領的帶領下，三個大隊到達路定城，另外還組織一百輛大車支援，緊急參加搶運糧食。

這時候陸續有斥候回來報告，城西有大量的難民向路定城而來，森得及藍翎隊正在收拾殘兵，組織百姓向路定城而來，天雷忙派雷格率領三千人前去支援。

落日黃昏，滿目淒涼。

天雷站在城頭，遙望從西而來的難民，心如刀割。戰爭的殘酷就是如此，受苦受難的總是百姓。在一群群人裏，有老人，有孩子，有婦女，有傷兵，一個個行動緩慢，滿身的疲憊。在那一雙雙恐懼的眼光裏，他看到了百姓對戰爭的憎恨，對安定生活的嚮往，對自己軍隊的希望。當那雙恐懼的眼神因看見城市時的一絲安穩，給了天雷極大震撼，他強忍淚水，組織百姓撤往城東，再安排大家吃飯休息。

夜幕已降臨，再也看不見遠處的景色，看不見令人心酸的一幕幕淒涼景象。官兵們默默地站在城頭，渾身泛起一股股殺氣。

半夜裏，森得大隊陸續回城，收攏約四千名殘兵。藍翎也回來兩個中隊，只留下兩個中隊與斥候探聽著東月兵團的消息，監視最新的行動。天雷知道東月軍團已到達安陽城，安陽，又是一個殘酷的不眠之夜。

兀沙爾元帥進兵十分的迅速，毫不為一些小枝節及嶺西殘兵敗將所動搖。他採取圍三放一的攻城方法，大軍以優勢的兵力輪番進攻，每城必克而迅速向前推進。八天攻克十一城，廿四日晚，前鋒月魂月魄軍團已達到安陽。

站在安陽城前，兀沙爾對軍團的進度非常滿意，前鋒月魂月魄騎兵軍團雖損失過半，但畢竟達到自己的要求，並保持強大攻擊力，應該感到驕傲。按照他的計算，廿五日黃昏必可趕到凌原城，廿六日凌晨發起攻擊，力爭在廿八日前拿下凌原。完成作戰的戰略目標，然後固守待援。

「命令月沉月落兩軍團加速前進，今晚攻克安陽休息。」他下達了攻城的命令。月魂月魄軍團，迅速從南西北三面包圍安陽，只留東門，大軍完成部署後原地休息。

二王子虹傲率領殘兵敗將約三千餘人，在嶺西第一兵團少將軍驚雲的保護下撤往凌原，八天奔馳約七百公里，大小十餘戰，於廿四日午後三時來到安陽休息。一個個已成驚弓之鳥，精神已達崩潰，剛剛休息有兩個小時，不想東月前鋒已包圍安陽。

第一兵團少將軍驚雲現在心情悲憤，怒火滿胸膛，恨不得一刀將二王子虹傲劈爲兩段。要不是父親里雷特臨終前交代，好生保護二王子殿下返回帝京城，爲特男家族申訴，以免滅門之禍，他早就扔下虹傲與兀沙爾狠殺一番。

驚雲二十八歲，老將軍里雷特晚年所得唯一的一個兒子。他爲人豪爽正直，武藝高強，也是年輕一代的俊秀人物。那日虹傲不聽從老將軍里雷特的百般勸阻，開關與兀沙爾交戰，不想中了兀沙爾之計算，十萬大軍被圍困在關外，里雷特親自出馬，率領沉雲軍團五萬人馬拼死殺入，救援二王子殿下。十五萬帝國軍隊被映月東月三十五萬大軍包圍，廝殺了整整一天一夜。

十六日凌晨，驚雲實在不忍心看父親拼殺，毅然率領驚雷軍團出關接應，才救出二王子殿下。但嶺西關也被緊緊咬住不放的月魂月魄二騎兵軍團跟進，隨即失守。里雷特老將軍心中悲痛，命令驚雲保護二王子殿下向凌原城方向撤退，自己率領殘兵敗將斷後。驚雲說什麼也不走，里雷特大怒，以特男家族存亡相要挾，驚雲這才含淚水而去。

但也只帶領五千名親衛向凌原城而來，月魂月魄二騎兵軍團緊追不放，里雷特戰死在嶺西城前。驚雲得知消息，痛得吐出一口鮮血，被親衛拉住拖走，一路上有三千親衛因斷後而戰死，到達安陽城時只剩餘二千人，加上跟隨二王子虹傲而來的貴族三千人被圍困在安陽城內。

其實，兀沙爾早就知道，驚雲護衛聖日二王子殿下撤退往凌原城。但他只允許月魂月魄二軍團緊隨其後，並不立即趕殺，這樣一來，就有利於大軍沿途攻擊各城。虹傲每休息一城，兀沙爾就圍一城，且圍三放一攻城，虹傲每每在緊要關頭乘機溜走，守軍將士心中大亂，城立即被攻破。對攻擊安陽，兀沙爾也是如此。

虹傲現在再也找不出一點王子殿下的傲氣。得知安陽城被圍困，立即就要出城，幸虧驚雲說現在天色已晚，不如等到天黑時乘機出城，這才留下。他現在已是六神無主，同時也不敢得罪驚雲，生怕驚雲扔下他不管，更害怕驚雲一怒之下把他殺死，以雪父仇。手下各個貴族人等平時趾高氣揚，打仗卻跑得比誰都快，這時候也只有依靠驚雲了。

東月東進騎兵軍團，月魂月魄現如今各餘三萬人左右。從五月十五日起大戰至今，十萬精銳部隊拼殺損失近半，一路上馬不停蹄地攻擊前進。比另一支騎兵軍團月魅快一天的路程，兀沙爾讓月魅伴隨月沉月落兩步兵團快速推進，速度也達到極點。他不斷地命令步兵軍團加速前進，因爲攻擊凌原靠騎兵軍團是不行的，攻擊凌原城這個最終目的，固然騎兵軍團的速度可以贏得時間，但佔領凌原城還得靠步兵軍團攻擊，儘管他知道士兵疲憊，他仍然不敢讓其停下來休息。

天黑前，路定城派出的斥候和藍翎中隊，就已經看見月魂月魄包圍了安陽城，但一直沒有看見展開攻城，明白是在等待步兵軍團的到達。所以每隔半個小時就派出一人回路定城，向天雷報告消息，雷格率領三千人在安陽城東十餘里外等候天雷的命令，天雷讓森得大隊返回，餘下人等時刻注意安陽城的情況變化。

月魂月魄二騎兵軍團一邊圍城，一邊等待著步兵軍團的到達，同時抓緊時間休息，更希望安陽守軍棄城而逃。對於騎兵軍團來說雖然攻城不行，但野外作戰卻是拿手好戲，安陽城守軍如棄城而逃，在野外就會被騎兵軍團追擊而消滅，所以並不急於攻城。

半夜時分，安陽城東門悄悄打開，二王子虹傲殿下帶領驚雲等人悄悄出城，向東方路定城方向落慌而逃。三千人加上守軍五千人棄城不久，就被月魂軍團所發現。五千鐵騎隨後追出，馬蹄聲轟響，長刀雪亮。這時候，八千人已經逃到城東十餘里外，雷格剛剛得知安陽城守軍向東而來，命令兄弟們準備，上馬提刀靜靜地等待。

驚雲保護著二王子殿下撤退往路定城，剛出城十里，猛然間看見路旁閃出一支騎兵，心中大驚，只道是映月埋伏下的人馬，拍馬上前，舉刀要戰，早有人喝問：「是安陽城的兄弟嗎，不要怕，我們是凌原城的援軍。」驚雲這才長出了口氣，放下刀來。

驚雲來到近前，就見約有三千人馬靜靜地提刀等待在原地，一色的黑盔甲，當中一人有一些眼熟，他忙問：「是那位兄弟，我是驚雲。」

雷格在太子府見過驚雲，知道他護送明月公主入帝京城，也是嶺西關第一兵團的少將軍。人豪爽英武，是個英雄人物，所以與維戈一起和驚雲喝過酒，談過一次話。驚雲雖比二人大幾歲，但也知道他二人是西南郡的少主公子，不敢失禮，誠心交往少年英傑，所以也算是熟人，雷格聽得是驚雲，忙說道：「是驚雲大哥嗎，我是西南郡的雷格。」

這時候驚雲已經來到眼前，一見正是雷格，心下稍安，連忙說道：「雷格兄弟來得正好，二王子殿下就在後面，映月追兵馬上就到了。」

雷格接口說道：「快請二王子殿下向路定城方向撤退，我大哥雪無痕正在路定城，這裏有我頂著斷後。」

驚雲也不說話，撥馬向後而去，這時二王子虹傲聽見二人說話，嚇得蒼白的臉上才有了一絲血色。驚雲忙讓二王子殿下領人向後撤退，自己卻立馬在雷格的身旁，靜靜得看著幾千殘兵敗將慌忙撤退，懸掛的心才放下。知道從此以後自己肩上的重擔已經放下，只一心與映月一戰，為父親大人報仇雪恨，想到傷心處，淚水已經悄悄地滾落了下來。

二王子虹傲只看雷格一眼就匆匆而去，跟隨的各位貴族子弟一個個狼狽不堪，安陽城守軍也是慌亂一團，最後是驚雲的親衛隊，剛想停下，驚雲揮手讓其隨之而去。

不久，馬蹄聲震響，早有斥候報告雷格，約有五千騎兵追來，雷格心裏一寬，知道追兵不多，正好一戰，他長刀一擺，率先催馬而出，藍羽眾人也緊緊跟上，向月魂騎兵殺去。

夜色深沉，月光不是很明亮。

月魂軍團五千人在一名萬騎長的率領下追擊安陽棄城敗軍。他知道安陽城守軍多為步兵，人數在七八千人左右，且個個已經成為驚弓之鳥，哪裡是他的騎兵對手，所以放心追趕。來到城東十餘里外的一處山坡前，就見一隊黑色騎兵迎面殺出，剛叫做好準備，一陣箭雨灑下，立即有一千餘人倒於馬下，最後黑雲急刮而到，雪亮的刀光一閃，他已經倒於馬下，雷格向後猛殺。

隨雷格前來的三千藍羽兄弟出身藍鳥谷，生長在大草原，個個弓馬嫻熟。從小在一起操練武藝戰陣，後天雷傳以秋水神功，天罡刀技，參加擁兵團。人人都是武藝上的高手，且武器精良，突然殺出，月魂這五千人馬被雷格一陣衝殺，只有千餘騎逃回，雷格也不追趕，當下命令收兵後撤，只留下斥候監視動靜。

驚雲跟隨在雷格身旁，催馬揮刀只劈翻三騎，再抬頭一看，戰鬥已經結束。當時目瞪口呆，幾時見過如此精銳的騎兵，比自己的衛隊強上幾分。看雷格整頓人馬回撤，各中隊長報告無一人戰死，迅速整頓向後，只得跟隨向路定城而來。

兀沙爾元帥得到逃回騎兵的報告，心中大驚，月魂軍團長沙木里將軍暴跳如雷，立即就要提兵追趕，被兀沙爾攔下。當此夜深人靜，地理不熟，如聖日埋伏下伏兵，多少追兵也只能是送死，所以不敢追趕，下令斥候探馬也停止派出，只等天亮再說。以目前的形勢看，攻去凌原城好似有些不妙。

凌晨時分，月沉月落二步兵團達到安陽城，兀沙爾得月魅騎兵軍團的加強，心下稍安。命令月沉月落進入安陽休息，鞏固城防，不許私殺百姓，引起民變，這才令休息一夜的月魄軍團向路定城進發，月魂稍後跟進，月魅休息。

月魄軍團長沙里柏格將軍行事穩重，知道昨晚月魂遇伏擊，天亮後派出多股斥候探路，同時找來昨晚回來的騎兵仔細詢問。經過多方證實，瞭解只有五千餘眾伏擊，人馬不多，這才放心加快前進，同時向兀沙爾元帥報告。

路定城內的天雷一直也沒有休息，不斷地有斥候回報安陽城的情況，同時心裏惦記著雷格。半夜剛過，斥候報告說安陽守軍棄城而逃，正向路定城方向而來，怒火升起，時間不長，又有斥候報說，二王子殿下正從安陽城向路定城撤退，當下知道情況不妙。安陽城守軍多爲步兵，怎麼是映月追兵的對手，很快就會被追趕上，幸虧雷格三千兄弟在安陽附近埋伏，否則凶多吉少。馬上命令維戈，集合全體西南藍鳥谷兄弟們增援。同時命令森得、路雲及凌原城支援的三個大隊堅守城池，自己親自上馬出城，向安陽而去。

出城有三十里，就見二王子虹傲殿下率領眾人順大道而來，天雷心下稍安。二王子殿下總算沒有出意外，也算對倫格帝君有個好的交代。忙上前施禮，虹傲殿下見天雷前來迎接，心神穩定，知道自己終於撿回一條性命。天雷命令維戈率領二千人護送二王子虹傲回路定城，自己率領餘下兄弟等候雷格。

事情剛剛處理完畢，就有斥候飛馬報雷格率領兄弟已殺退追兵五千人，正與驚雲向路定城方向撤退。天雷懸掛的心才安定了下來，猜測經雷格的阻擊，兀沙爾必不敢乘黑追擊。安陽城的潰軍沿途拖拉有十餘里，雷格和驚雲不敢放心撤退，只得沿途設下埋伏，小心設伏保護，至凌晨時才與天雷會合，退往路定城。

天雷與驚雲見面，少不了一番客氣安慰。驚雲人消瘦了許多，精神極度疲倦頹喪，大家不敢多說。一萬名兄弟往回趕，來到距離路定城十里處的山丘口處，天雷停下了馬匹，沉思一會兒，讓兄弟們在城西門外休息。

五月的天氣比較涼爽，清晨空氣也不十分的悶。自從去年大陸旱災至今，天空就無雨，空氣乾燥，地上一層的塵土，路邊的綠草稀疏，田野裏幾無多少禾苗。

天雷帶領驚雲、雷格進城，回到了守衛府，吩咐路雲爲城西的兄弟們送飯，馬上好料。這時候，維戈、溫嘉、商秀及越劍等人陸續進來。維戈告訴天雷，二王子殿下正在休息，天雷忙令森得帶領五百名第一大隊的兄弟，護送二王子殿下向凌原城撤退，森得出去。

眾人用過早飯，天雷安排鷲雲去休息，這才與兄弟們商議守城及截殺東月前鋒軍團的事情。

路定城西方五里處，爲一兩里寬的山口，兩側南爲一巨大形山丘，黃土疏軟，加上大旱沒長什麼雜草。北側爲一座小山，漫延有十五公里，山不高也不是很陡峭，但也不平坦，整個城與山口之間地勢狹小，不利於大兵團作戰。

斥候一批批地往回撤，不時地向天雷彙報著月魄軍團的最新情況，兵力、位置。廿五日上午十點左右，月魄到達路定城有三十里處。天雷命令路雲、越劍、海天、威爾、尼可等人帶領二萬五千名步兵城防軍，近衛青年軍團的五千人守護路定城。以近衛青年團爲骨幹，每人各帶領十名士兵，分二名盾牌手、四名弓箭手、二名槍兵、二名刀手爲小隊，加緊防務準備。

命令維戈帶領藍翎二千人埋伏於西南的山丘處，雷格帶領藍羽二千人埋伏於西北的小山處，自己親自帶領藍翎、藍羽八千人等候在城西門外一里處，正面截殺月魄的軍團。然後全軍迅速撤退至城東屯糧小谷，等待明天與西南郡騎兵會合，聽候天雷命令。

沙里柏格將軍率領二萬七千人馬一路小心向路定城進發。斥候探馬不時地回報前方的情況，雖發現一些小股偵察部隊，但月魄大軍的行進沒受什麼影響。到達距離路定城約十里處，斥候報告說路定城西門外，有約近萬兵馬在列陣等候。

沙里柏格將軍知道，是昨晚伏擊月魄軍團的人馬，但人不多，只起阻擊作用。以自己二萬七千人對付近萬人勝券在握，催促部隊加速前進，同時做好戰鬥準備，並加強斥候的偵察力度，大軍以五十路縱隊推進。

天雷立馬在隊伍的最前面，身後跟隨著溫嘉與商秀，後是四個錐型陣，左邊兩陣爲藍翎四千人馬，右邊兩陣爲藍羽四千人馬。每個陣二千人馬，每三個人爲一小組，三十個人爲一大組，三百人成一陣，八千人的隊伍形成金字塔形，整個隊伍鴉雀無聲。在隊伍裏也沒有一面旗幟，當他看見月魄軍團從山丘口處漸漸湧出，大約有二萬人時，下命令攻擊。

看到路定城攻擊出的人馬，沙里柏格將軍才感到情況不妙。山口前地勢狹窄，兵團前鋒部隊陣勢還沒有部署完成，後續人馬正在陸續進入，前鋒一旦被擊潰，整個軍團就完了。他趕緊命令前隊一萬人衝擊，二里間的距離，轉眼就到，兩方人撞在了一起。天雷擺槍率先殺入敵陣，抬手三槍就有三人落馬。槍花閃現間，已有二十名月魄騎兵死於槍下，攻擊沒有一絲的停留。

烏龍馬快，天雷催馬直指沙里柏格後軍的一萬人隊中軍殺去。溫嘉與商修跟在他的身後兩側，重劍起落間，月魄騎兵連人帶馬被劈爲兩段。刀槍亂飛，兩人殺得興奮，竟下馬步戰，快步如飛，跟上天雷。身後三百五十名近衛也不稍讓，殺出一條血路，緊緊跟在身後。

沙里柏格將軍的親兵衛隊，看敵方三將率領近五百人殺來，如入無人之境，直向中軍衝來。五百名親軍在三將的率領下迎出，天雷看一名將領擺刀而來，迎面攻出三槍，神功發至八重，兩馬交錯，敵將栽倒於馬下。這時候，溫嘉與商修連環三記重劍劈殺對手，跟隨天雷直指沙里柏格，緊隨其後的四個方陣，這時已將月魄的一萬人馬斬殺八千餘人。

這時候，就見得兩側各有一隊騎兵殺出，沙里柏格將軍心已生亂，親兵拼死命抵抗，大軍戰做一團。維戈與雷格聽得天雷的殺聲，摔隊對殺而出，截住沙里柏格的退路，這時月魄騎兵後隊七千拼死向裏殺。兩人也不多管，只沿月魄後軍側背斬殺，沙里柏格將軍在天雷與維戈前後夾擊之下，中軍終於潰退，首先向後撤退。天雷與維戈會合後隨後掩殺，至山口處突然左右一分，向回包抄掩殺，大軍會合後並不停留，追殺一陣，向路定城東門而來，天雷下馬進城，維戈與雷格率眾向東撤退。

西南藍鳥谷部眾有六千人，從草原會盟時起就追隨天雷，苦練秋水神功，刀技槍法，至今已有六年，其餘之人也是陸續進谷的優秀子弟。苦練秋水神功前三重也有三年以上，萊恩與列奇又指導眾人練習戰陣，專門成立騎兵對陣的三人組陣形，互相之間結陣支援，相互保護、攻殺，所以這一陣斬殺月魄騎兵二萬餘人，只有五千多人保護沙里柏格逃出山口。

路定城內的兵將站在城牆之上，遠遠地看著城外大軍的廝殺，驚心動魄。月魄騎兵像稻草一般被雪無痕督統率軍攻破中軍、分割包圍、割倒，士氣大振，歡聲響動。戰鼓像天邊的雷鳴一般的響起一陣又一陣，鼓手的手都震得發木，全然不知覺。驚雲本來在房間內休息，聽得馬蹄聲響就起身來到城牆上，看見天雷大軍擊潰月魄軍團中軍，隨後掩殺，興奮得淚水都流了下來。他親自操起戰鼓，使勁地擂響，發洩心中的憤恨。大軍退後，城西曠野之上，殘屍、斷臂、馬屍堆積遍地，無主的戰馬在四處奔馳哀鳴。

兀沙爾元帥隨月魂軍團在後跟進，大軍出安陽城有三十里，月魄敗軍已至，沙里柏格哭倒在地，述說遭遇截殺前後的經過。兀沙爾元帥大驚失色，聖日一萬餘眾有如此的戰鬥力，除非是帝京不落城的日炎騎士團支援凌原城已至。聽說路定城上主帥旗幟為近衛標誌的軍團旗幟，心中疑惑，忙扶起沙里柏格，安慰說由於他本人對敵情況的不明，才導致此敗，深深自責。

沙里柏格感激得要死要活，不肯讓兀沙爾為自己擔任責任，兀沙爾擺手說此事暫且不提。心中想：聖日軍團到達凌原城，時間上不可能這麼快，這支部隊一定是先鋒部隊，人數必然不多，要不一定會伏擊自己的東進兵團，自己是必然敗潰無疑。

但這前鋒部隊的將領卻不可等閒視之，觀此人對自己實力的瞭解，對截殺月魄時機的把握，對地形的瞭解，膽量氣度絕非等閒人物，必須小心。想到此，兀沙爾元帥忙傳令讓在安陽休息的月魅軍團快速趕上。

命令月沉月落步兵軍團一萬人留守安陽城，其餘五萬人快速向路定城趕來，搶時間攻佔路定城，完成戰略部署。命令月魂軍團分兩部從南北兩側山丘及小山繞過，查看地形、敵軍有無埋伏，攻佔山口兩側。自己帶領趕上的月魅軍團從正中突入，加快速度包圍路定城。

凌原城對兀沙爾來說有著巨大的誘惑力，況且只有八十里路程，近在咫尺。

天雷帶領溫嘉與商秀等人，從東門進入路定城，整個城內歡聲雷動。驚雲、越劍、威爾及路雲等人前來迎接，他跳下戰馬，不敢稍有停留，連忙詢問城防準備情況。路雲告訴他說人已經安排妥當，弓箭、投石車等守城裝備已經到位，滾木、雷石等兵丁正在扒城內房屋，現還在運往城上。

威爾、維戈和越劍、溫嘉的四個大隊已經分四門準備完畢，只是人員較少，每個城門只有五千人。餘下近萬人作爲預備隊，正在城內準備各項物資，暫由路雲帶領，因爲他是本城人，情況比較熟悉，天雷聽後非常的滿意。

由於維戈、雷格暫率領藍鳥谷藍翎、藍羽兩擁兵團，森得護送二王子殿下回凌原城，所以城東的第二大隊由雲武統領。三個大隊長協助，城南爲第三大隊，由越劍統領，也是三個大隊長協助。城西爲第四大隊，由溫嘉和商秀統領，城北由威爾、尼可統領，第一大隊爲預備隊，由海天帶領，協助路雲。

當下天雷命令，每個城門三千人上城，二千人支援，眾人知道兀沙爾東進軍團就快到達，各自準備。

維戈與雷格與天雷在城東門分手，拔營來到城東十里處的小谷休息，檢查損失，只有幾百兄弟受傷，無人戰死，兩人很是高興，安排兄弟們療傷休息，派出人馬警戒，命令快馬回凌原城彙報情況，並等候西南郡的二萬騎兵到達，聽候天雷的指令。

凌原城內，秦泰和雅星接到森得護送二王子虹傲，非常的高興。詢問森得路定城的情況，森得一一述說，不久就得知天雷在城西大敗月魄前鋒軍團，興奮不已，同時加緊城防，向帝京城彙報二王子殿下的消息及近衛軍團首戰告捷的喜訊。

凌原城現今到達的城防軍已達十五萬人，在雅星的協助下，秦泰已經完成整編的各項事宜。部隊在各自的大隊長的帶領下，進行著城防的訓練，士氣高漲，每個人的信心十足。

兀沙爾東進兵團月魂的兩個萬人隊小心向左右搜索前進，繞山有三十餘里，費時一個多時辰完成對山口兩側的搜查，佔領南北山丘與小山。兀沙爾元帥帶領月魅軍團進入山口，眼前是一片狼藉，戰死的士兵、馬匹散落各處。遊蕩的戰馬成群地亂串，地上已被鮮血染得紫紅，他心中一陣的慘然，命令士兵在谷口前就地安營，掩埋屍體。

遠望路定城方向，就見一面近衛軍團的旗幟在風中飄揚，斗大的「雪」字格外的醒目，近萬名士兵帶著凜然的殺氣，靜靜地與大軍對峙。

殘陽如血，微風中夾著絲絲的血腥，格外的淒涼。月沉月落已趕到路定城外，兀沙爾命令休息一個時辰，連夜攻城，因他知道路定城必然會拼力抵抗，心中十分的沉重。

大軍用過晚飯，稍微休息，兀沙爾命令月魅二個萬人隊，配月沉二個萬人隊攻擊南北兩門。自領月落二個萬人隊和二萬月魅騎兵來到西城門前，距離城門約一千米出勒住戰馬，他點首示意，一名侍衛中軍官來到城門前，高聲喝道：

「路定城守軍聽著，你等已被我映月大軍包圍，快快出城投降，兀沙爾元帥憐爾等人，可放一條生路，否則，大軍破城之時，定斬不赦。」

天雷率領眾人立在城牆之上，他微笑望著城下的映月軍官，對著溫嘉說道：「讓兀沙爾元帥說話！」

溫嘉對著城下大聲喝道：「讓兀沙爾元帥說話！」

兀沙爾提馬來到城前二百米處，對著城上旗下眾人說道：「我是兀沙爾，請問那一位是近衛青年軍團的雪將軍？」

他看著城上飛揚的旗幟，知道是聖日近衛青年軍團。

天雷看兀沙爾一派沉穩之色，知道是久經沙場的老將。他心中對兀沙爾個人還是非常欽佩，聽得問話，回答道：「我是雪無痕！」

兀沙爾心中一沉，大聲問道：「莫非是聖日帝國軍事學院的雪無痕？」

「正是在下雪無痕！」

兀沙爾早在幾個月前聽說過這個雪無痕使明月公主飲恨三大軍事學院排名比賽，明月公主比賽後，出嶺西關回映月帝國時，他親自迎接，知道詳細的情況，瞭解這個人武藝高強，謀略過人，所以才這麼問。

「久聞明月殿下提及雪將軍大名，今日一見，果然是少年英雄。雪將軍兩陣截殺，兀沙爾深感佩服。」

「兀沙爾元帥客氣，但元帥引軍攻打聖日，引發戰火，使百姓生靈荼炭，雖無痕佩服元帥用兵，可對此卻不敢苟同。」

「雪將軍說得那裏話，千年來，風月大陸征伐不斷，聖日久吞我映月國土，兀沙爾只是盡一名映月軍人的本份而已。現今本人率領映月大軍圍困路定城，雪將軍以區區幾許兵馬如何抵擋我映月大軍？不如將軍歸順映月，兀沙爾願以元帥之位相讓，如何？」

第十六章　反敗為勝

「多謝元帥好意，但正如元帥所說，無痕爲聖日軍人，只是盡本份而已。但如今元帥以區區十三四萬兵馬攻擊路定、凌原城，不怕被我聖日大軍包圍，使映月百姓痛苦嗎？」

「聖日軍團怕只有雪將軍到達凌原支援吧，以區區之見，聖日軍團還需幾日才可到達凌原，只要本帥佔領凌原城，如何有被包圍之說？況且我映月大軍隨後就至，雪將軍守衛小小的路定城何意？」

「看來無痕只有與元帥一戰了，路定城雖小，但無痕相信，兩天之內定能不讓元帥前進一步。」

「好，既然雪將軍有如此自信，兀沙爾只有盡全力一戰，告辭！」

「元帥請！」

兀沙爾撥馬回歸本隊，知道路定城一戰必然十分的艱苦，但同時也激起他好戰的強烈欲望。

「攻擊！」他下達了攻城的命令。

鼓聲隆隆響起，月沉軍團二萬步兵成多路縱隊向前推進。一隊隊士兵抬著攻城梯來到護城河前，架橋渡河。有的直衝下乾枯的河底，爬上河岸邊，後面二萬月魅騎兵放箭攻擊保護，這時，南北兩門的攻擊也已經展開。

路定城雖小，但城牆也有近十米高，護城河寬也有十米，深三米。雖然是旱季，河內無水，可對於攻城的士兵來說確實是一大障礙。

天雷看兀沙爾催軍攻擊，命令準備。各大小隊長喝著口令，城牆上頓時豎起一排半人多高的盾牌，後面四名弓箭手已經準備就緒，兩人在前，兩人在後，兩名刀手抬起巨石準備，兩名槍手舉槍隨時準備擊殺爬上城牆的敵軍。

這時，城內的投石車發出轟響，巨大的石塊帶著呼嘯落入攻城的士兵之中。血肉橫飛，但月沉士兵並不慌亂，繼續前進。城上箭下如雨，士兵一排排被射倒，跌入護城河中，填滿河床。

弓箭手前兩人射完，蹲下裝箭，後兩人開弓放箭。這時前兩人站起，繼續放箭，後面的軍官拿著小一點的盾牌，撥打著射上城來零星的箭，和持槍的士兵一起保護著弓箭手和抬石的士兵。

映月步兵軍團為攻擊凌原城早做出了準備，只是由於大軍前進速度快，攻城車和投石車等大型攻城設備沉重，移動緩慢，所以才只帶一些小型輕便的攻城設備，這時攻擊路定城只好多依靠後面的騎兵弓箭支援。但天雷早有準備，拿出軍械庫裏的盾牌防護，減少士兵傷亡，但也有不少守城的士兵負傷，雙方攻防激戰慘烈，傷亡不斷增加。

天雷站在旗角下，靜靜地凝視著雙方的戰場。不時地有人用盾牌、寶劍撥落亂飛的箭。城南城北不時地有傳令兵傳遞著各種消息，忙而不亂。城內的士兵，不斷地往城牆上運送石塊，分發箭支。

夜幕漸漸地落下，各種燈籠火把已經燃起，把整個城內外照得通明。戰鬥仍然在殘酷中進行，傷員不時地被抬下來，安排在城東門內的一個角落。每個城門處的二千預備隊正陸續投入，傷亡不斷增加，痛哭聲、喊殺聲響成一片。

兀沙爾元帥冷酷的臉上更加的冷傲，他站在本隊的騎兵中間，雙眼凝視著城上城下廝殺的場面，不爲所動。城西的傷亡已經近萬，大量的屍體早已填滿護城河，一批批爬上靠城雲梯上的士兵被巨石砸下，在城下堆成山丘。斷梯、殘刀、槍散亂各處，士兵仍瘋狂地攻擊，不斷地向城上爬去。

大軍攻城最怕的就是缺少攻城的設備，但兀沙爾如今也沒有別的辦法。因爲要搶時間，他才把大量的攻城設備停留於後方。現在已經沒有多少時間了，只得用人填。

天雷自然知道兀沙爾的想法，給予映月大軍有力的殺傷，就是減少凌原城的壓力，延緩東進兵團的速度。就是對己方最好的防禦，所以他並不出擊，只穩穩地堅守路定城，為大軍團贏得時間，這就夠了。

攻擊了有兩個時辰，月沉的士兵損失近三成。一個個極度的疲乏，臉現倦色，而路定城上的守軍仍不見減少，戰鬥力極其的強大，鬥志旺盛。兀沙爾這時才意識到，路定城的守軍決非一萬之眾，它已經成為聖日卡上他咽喉的一顆釘子，隨時射穿他的咽喉。

「傳令收兵！」

天雷看兀沙爾收兵，傳出命令：「停止射擊，檢查各處的情況，注意防守。」

經過一陣的搏殺，傷亡損失有六千名士兵。這時有人運上來食物，各隊長趕緊命令士兵吃飯，利用時間休息，等待天明更大的戰鬥。

兀沙爾經過一陣的攻擊，投入四萬名士兵，損失近一萬八千人，月沉月落軍團元氣大傷。回營後，他馬上命令士兵吃飯休息，招集各軍團長開會，部署天亮後的進攻。

圓月當空，銀色的月光灑落在城上，士兵們一個個倒在城牆上休息。熟睡的面孔完全忘記了剛剛經過一場大戰，這就是一個士兵的素質，鋼鐵般的意志。天雷帶領衛士走在城牆上，淚水在他年輕的面孔上悄悄地滑落。

戰爭的殘酷鍛煉著人的意志，使人懂得殺伐的血腥，面對死亡的坦然。

天雷在師父雪山聖僧的教育下，成爲大草原的「聖子」，面對著牧民的祈求賜福，每一處都是溫馨的場面。百姓的快樂，而如今面對著這血腥的殺伐，心如刀絞，雖然他作爲一名練武之人意志堅強，但也爲士兵們保衛家園的勇氣意志所感動。

天亮後，兀沙爾已經完成了攻城的準備，揮軍進攻。這次進攻，充分發揮了他騎兵團的優勢。士兵快馬強佔城門口，佈成防禦圈，後面士兵抬著巨大的滾木向城前推進，準備撞城門，其餘步兵繼續強攻。天雷看見騎兵搶佔城門，就意識到兀沙爾的意圖。馬上命令加強城門處的防禦，士兵增加了投入，投石車加緊攻擊，弓箭手增加了有三百人。

月魅的騎兵投入了一批又一批，巨大的滾木撞擊著城門，發出隆隆的巨響聲。城上的滾木、石塊、箭下如雨。士兵一個個倒下，後面的下馬繼續衝擊，三座城門成爲激戰的主戰場。

天雷看著雙方城門處的激戰，這時候的傷亡不斷地在增加，雙方的士兵都殺紅了眼。突然他看見士兵在往城門的高牆上搬運油桶，心中一動，連忙叫過來一個士兵詢問道：

「兄弟，是往上送油桶嗎？」

「是，督統！」士兵聽得天雷叫他爲兄弟，激動地回答。

「你下去叫路雲隊長過來，說我有事情相商。」

「是！」士兵轉身下去。

「商秀，你通知溫嘉先不要潑油，說我有安排。」

「是，大哥！」

「通知南北兩門堅守，暫不許潑油。」傳令兵下去，這時路雲已經上來。

「我記得你說過有三百桶油，是嗎？」

「是。」

「路雲，停止往城上運送油桶。你帶領兄弟們，在南西北三門及城內各處挖掘壕溝陷阱，沿途佈置油桶等燃燒之物，在城門上備妥封城的土袋，準備火焚路定城，同時在東門內佈置後退防線。」

「是！」路雲也是帶兵之人，聽得天雷的計劃，興奮不已，轉身下去，帶領兄弟門準備。

「傳令三門堅守，堅持下去。」

「是，督統！」

天雷知道像這樣堅守城池，路定城小，兵力有限，早晚必被兀沙爾攻破，所以他早就在醞釀一個有效的火攻方案。

維戈與雷格接到了天雷的命令。看見路定城火起，分南北兩路沿城擊殺，衝擊兀沙爾的大營。這時，從西南郡支援的二萬騎兵已經到達凌原城，維戈連忙命令悄悄地過來，與藍鳥谷兄弟們會合，隱藏在城東的小谷，並派出斥候監視路定城的動靜。

維戈與雷格這兩天在城東小谷埋伏，斥候不時地跑過來報告路定城的情況，截殺映月小股偵察兵，保證城東門向凌原城的暢通，傳遞各種消息和命令。

二十七日黃昏時分，路定城忽然派出斥候，告訴維戈與雷格二人準備接應東門後，向兩旁搏殺，路定城內只有近萬名兄弟在堅持戰鬥，其餘全部傷亡。二人不敢怠慢，悄悄地集合隊伍，向前推進五里，潛伏下來，等待著消息。

經過兩日的堅守，路定城內損失慘重，但各種佈置已經按照天雷的吩咐安排就緒。映月軍團對城門保持著持續的攻擊，月沉月落步兵團損失將盡，五萬步兵只剩餘一萬多人。兀沙爾心中急怒萬分，眼看著小小的路定城就是拿不下來。同時，他也明白守軍至少有三萬人，應有近萬人在戰鬥。他心中感到以現在的兵力士氣，即使拿下路定城，想要攻佔凌原城已經是不可能的了，還有被趕到的大軍包圍的危險。天色已經進入黃昏，路定城內的抵抗正逐漸減弱，他趕緊命令發起最後的一次衝擊，不管能否拿下城池，都要立即退軍。

兩天激烈的戰鬥，天雷親自上陣搏殺十餘次。守軍斬殺東月軍團四萬餘人，自己損失七成兵力，羽箭損失將盡，士兵一個個極度的疲勞，要不是鬥志旺盛，早就防守不住。他看見天色已漸晚，逐漸減弱防守，命令傷病員向城東集結，準備棄城。這時正好兀沙爾加強攻勢，攻城的月魅見守軍抵抗逐漸減弱，攻勢更加的猛烈。騎兵發起一次次衝擊，終於南門首先失守，隨後西北二門也被攻破，映月大軍騎兵一擁而入，殺向城內。

城門內三道寬大的壕溝使月魅騎兵一批批倒下，城上箭下如雨，傷亡慘重。但騎兵軍團仍然前仆後繼，衝向城內，喊殺聲不斷響起。但城內一點也不見守軍蹤跡，而在城門通往城牆上的甬道全部破壞，守軍站在城牆上向下放箭，殺傷敵軍。

天雷看東月騎兵軍團已經大部湧入城內，下命令封城。城牆上士兵劈斷支架上的繩索，堆積在城牆上方的土袋轟然而下，阻擋住敵人的退路。大量的燃油隨即從城上灑了下來，士兵點起火箭，四處射出，頓時城內火光沖天而起。守軍沿城牆向東門撤退，同時開始四處放火。

東門前同樣挖掘有三道寬大壕溝，不同之處，是壕溝呈環型保護著東門。另外有大量的木材等燃燒之物堆積在外側，三道大火網封住去路。而東城門內青年軍團組成防守陣形嚴陣以待，弓箭手弓上弦，組成三道箭網。四處的守軍從城牆上沿東城牆通道而下，天雷帶領人馬到達時，南北兩門的士兵也幾乎同時到達，並組成衝擊隊形。他上馬提槍，命令溫嘉與裔秀打開城門，向外殺出。這時已經聽得見東方如雷鳴一般的馬蹄聲響，知道維戈和雷格率領騎兵已經不遠。

大量湧入的月魅騎兵先見城內無人，心中疑惑，隨後城內四處火光四起，心中頓時大亂，知道中計。各隊長下命令撤退，但這時城門已被堵死，同時火光更大，士兵四處亂竄，尋找出路。城內的路上佈滿陷阱埋伏，房屋全部被澆上燃油，大火沖天，越來越大，整個路定城化做一片火海。

兀沙爾元帥站在城外的不遠處，起先看見路定城終於被大軍攻破，心中高興。但隨後不久就見城內火起，大火映照得半邊天通紅，又不見騎兵退出，同時又聽見城東馬蹄聲響，知道中計。大吼一聲，吐出一口鮮血，他在馬上晃了晃，就見衛兵慌忙過來，他擺了擺手，吩咐大軍立即撤退。同時傳令沿途各城駐軍輕裝向嶺西城撤退，命令沙里柏格將軍組織剩餘騎兵，沿大營各處放火，阻擋敵人追兵。然後全部向山口外撤出，掩護大軍撤退，爲各城撤退贏得時間。

天雷率領眾人沒費多大的勁，路定城東門外就清理乾淨。這時，維戈與雷格三萬二千騎兵軍團已經到達，兩軍會合。天雷命令維戈率領二萬西南郡騎兵，順北城門方向向西殺去。自己帶領雷格等藍鳥谷眾人，沿南城門方向殺去。

兩路大軍來到不遠處，就見東月大營中四處火起，知道兀沙爾已經撤退。天色已晚，怕兀沙爾定設下埋伏阻擋追兵，又有大火阻住山丘口，進軍不得。時機已失，命令兩軍原路殺回，包圍南北西東四門，斬殺城中的兵將，直到天已放亮，城中大火漸滅，只有一些濃煙在嫋嫋升起時，共捉拿東月降軍近萬人，其餘全部葬身火海。

天雷一連下達了三道命令：命令迅速向凌原城報訊，出兵十萬隨後追擊跟進，並向京城報捷。命令所有步兵及傷員全部就地休息，其餘騎兵隨自己追擊東月軍團。如中央騎兵軍團援軍達到，立即前往支援隨後率領西南騎兵及藍鳥谷部眾追殺。

兀沙爾出安陽城時，率領近十萬騎兵、五萬步兵向凌原城進發。安陽城外夜戰及和路定城二戰，損失騎兵五萬餘人，步兵幾乎全部損失殆盡。剩餘之人全部上馬，帶領五萬殘兵敗將退往安陽城。到達安陽時，守軍月落軍團一萬步兵已經準備就緒，立即撤退向玄城。天亮後，丘城等處已經得到兵敗的消息，立即組織人員向嶺西城撤退，一路之上，快馬傳達著撤退的命令。士兵人心惶惶，再無來時的鬥志，加快向嶺西城方向撤退速度。

天雷率領騎兵到達安陽的時候，兀沙爾已經走了有半天時間。他不敢分兵進城，只留下幾人進城安撫百姓。自己帶領眾人趕往玄城，到達玄城時天色將晚，兀沙爾剛剛走了有兩個時辰。他已經追趕了兩百里，士兵人睏馬乏，又要保持戰鬥力，他不敢再繼續追趕，命令眾人進城休息。

廿八日午間剛過，聖日帝國中央兵團赤霞、虹日主力騎兵軍團，在兵團長文謹將軍的率領下到達凌原城外。這時城中早已經歡聲四起，督衛秦泰率領十萬步兵，正陸續出城向路定城趕，文謹將軍到時，只有雅星帶領一部分將領出城迎接。

文謹將軍在凌原城意外地看見雅星，又聽得雅星的述說，得知兀沙爾已經退軍，且只帶走五萬兵將。他心中越加佩服，東月軍團騎兵主力已經損失殆盡，督統領雪無痕正率軍全力追趕東月敗軍，忙命令部隊不得休息，立即向路定城趕去增援，十萬精銳部隊得知這一喜訊，精神振奮，快馬加鞭，不久就趕上秦泰的先頭部隊。

文謹和雅星見到秦泰時，所有的步兵兄弟人人精神抖擻，正加快趕路。此時秦泰已經知道路定城會戰的詳細的情況，並且不時地有斥候快馬傳遞著各種消息及大戰的細節。文謹將軍一路加快行軍的速度，一路瞭解會戰的情況，對雪無痕以區區六萬餘眾擊潰東月大軍深感敬佩，對聖日有如此的人才感到萬分的慶幸和安慰。

黃昏時分，大軍趕到路定城外，海天帶領第一大隊的士兵和留下的傷兵俘虜駐紮在城外。看見文謹大軍感動得熱淚盈眶，援軍到達使整個戰場形勢趨於穩定。海天對雪無痕佩服得五體投地，見到雅星時，就像見到親人一樣，並肩戰鬥的情誼使彼此之間感情更加深厚。

文謹將軍立馬在城外，遙望路定城熏黑的城牆、破損的城門、嫋嫋的煙塵及流動在空氣中的肉焦氣味，感慨萬千，深感路定城戰鬥的殘酷。他安排大軍休息，心中也惦記著雪無痕的情況，更有一見的渴望。

兀沙爾元帥率軍撤退，不敢有一刻停留，他收攏沿途的軍隊，利用一切可以利用的馬匹車輛，快速後撤。他知道路定城的追兵一定不是很多，只要快速後撤，大軍不被拖住就不會有什麼問題。

到達丘城的時候，天已經近半夜，丘城的守軍早得到傳訊，已經後撤，只留下一個五百人騎兵隊，等待著兀沙爾的大軍。雙方會合後，兀沙爾傳令繼續後撤，大軍不得休息，也顧不上馬匹的勞累繼續後撤，天亮時，距離嶺西城只有三百多里，兀沙爾長出了口氣，落下心來。

這時候，兀沙爾軍隊已經達到六萬餘人，心想只要到達嶺西城，一切即可放心。雖然這次進軍無功而返，還損失二十萬軍隊。以後有的是時間，聖拉瑪大平原是他馳騁的戰場，他一定會再來。

安營在玄城的天雷，得到了中央主力騎兵軍團，在文謹將軍的率領下到達的消息。心中也是一塊大石落了地，再無後顧之憂，只一心追趕兀沙爾，只要拖住東月軍團的大軍，就一定可以消滅他。可是他知道兀沙爾實在不是等閒之輩，如今東月軍團還有十五萬軍隊，以他手中區區三萬多騎兵，也實在不能夠對兀沙爾造成什麼決定性的影響。只要敵人全力後撤，天雷實在是無可奈何，現在只能看文謹將軍的動作是否快速及兀沙爾後撤的決心。

經過一夜的休息及思考後，天雷初步決定了今後的行動方針。不用急於追趕兀沙爾，既然再也無法給予東月軍團造成什麼實質上打擊，就不如讓兀沙爾安全的後撤，只要作出追擊的姿態，同時收復沿途各城即可。相信兀沙爾也不敢在這個時候再進行什麼危害各城民眾的事情。

天亮後，天雷再次催馬時，無論是速度還是戰鬥的欲望都大不如前。只是在經過各城時下馬進城看一看，鼓勵一下各城的民眾。對各城都留下近百人的兄弟協調城防，維護秩序，安撫百姓，命令到各城外的鄉村宣傳已經打退敵軍安撫百姓回城。繼續收集各地散落的城防軍及第一兵團的散軍，但他的行軍速度並不是很慢，聲勢卻漸漸地比以前大了許多。

這一小小決定，對天雷的影響是巨大的，他既讓百姓知道已經收復了家園，又讓他們知道了是帝國近衛青年軍團打退了侵略者，並在繼續追擊著東月的敗軍，「雪無痕」的大名一時間成爲百姓心中的神話。

一路西行，雪無痕以帝國近衛青年軍團的名義連續收復十一城，行程八百里，於六月二日到達嶺西城外。這時兀沙爾帶領東月軍團，於凌晨時分安全地撤出嶺西關，所部剩餘十五萬六千餘人。騎兵軍團幾乎損失殆盡，他望著巍巍聳立的關牆，感慨萬千，熱淚流了下來，功虧一簣，他不甘心。

出關的時候，手下將領要求兀沙爾燒毀嶺西關，破壞城牆，但是被他阻止了下來。他說，與其讓雪無痕從新建設一座映月不瞭解的嶺西關，還不如保留原來的樣子。雪無痕兵法韜略非同一般，如要讓他重新建設，那將是更加牢固，牢不可破，所以，嶺西關還是保留了下來。

雪無痕率領三萬騎兵到達嶺西城外，百姓已經歡呼著從城內衝了出來，叫喊聲響成一片。百姓熱淚盈眶，互相擁抱，那種動人的場面實在是讓天雷感動。他命令藍翎、藍羽立即接收關防，檢查瞭解一切情況，加強防範，等候大軍的到來，其餘人馬全部駐守在關旁，並派出人協助安撫百姓，整頓秩序。

六月三日，聖日帝國軍情値班督衛像旋風一般衝進宮廷內，嘴裏不斷地大聲喊著：「勝利了，映月軍隊被打出關了，聖日帝國萬歲，帝君陛下萬歲！」

這時候，軍情値班督衛已經來到近前，後面跟隨著一群宮內的人。

値班督衛看見帝君跪倒在地，高興地說道：「稟告帝君，剛剛得到消息，雪無痕督統領於昨日中午時分收復嶺西關，映月軍隊全部被擊潰出關外，帝國勝利了！」

「實在是好消息，你起來吧！」倫格大帝萬分高興。

「是，帝君！」

「來人，傳告各郡這一特大喜訊，同時爲雪將軍慶賀，馬上讓禮部在宮外廣場舉行慶賀儀式，爲雪將軍鳴禮炮二十四響，舉國同慶！」

「是！」

倫格大帝看著宮內歡樂的人們，感到從沒有的暢快。在這深宮之內何曾有過這般人性的流露，這般自由的、發自於內心的輕鬆和歡樂。

「傳令全宮上下同樂同慶，三天之內樂者無罪！」

「啊！」宮庭內爆發出震天的歡呼聲。

帝君看著歡呼的人們，分享著快樂和幸福。

自從雪無痕率領帝國近衛青年軍團出發後，整個帝國時刻關注著他們的一舉一動。因爲他牽動著帝國整個西方的安定，關係著幾百萬人的安危，關係著帝國對這次映月入侵反擊的成敗。

凌原城整軍、安陽城外援救二王子殿下、路定城外截殺東月月魂軍團、火焚燒路定城，每一個戰事都驚心動魄，精彩絕倫，成爲帝國京城內外人們談論的話題。

雪無痕的名字現在是無人不知，無人不曉。他率領帝國五千學生兵，率先增援凌原城，從強大的敵人手中救出二王子殿下。穩定帝國凌原城一帶防線，又巧用精兵，火焚路定城，擊潰映月大軍，收復國土，一時間成爲帝國的神話，種種傳說一時間紛紛傳揚。但不論是那一種傳說，他都是帝國軍神的化身，帝國的中流砥柱，帝國最年輕的聖騎士、將軍。

第十七章　初掌權柄

從帝王宮內爆發出第一聲歡呼聲後，整個京城不落城的人們彷彿一下子就知道發生了什麼事情一樣。百姓們紛紛走上街頭，歡呼雀躍，人們越聚越多，不久就波動整個京城，歡呼聲一浪高過一浪。

太子宮離帝王宮不遠，從帝宮內傳出歡呼聲時起，盛美公主就衝出寢宮，她知道能讓帝國爆發出如此歡呼，只有嶺西傳來的喜訊，只有雪無痕創造的奇蹟才能如此。她衝進帝王宮時，遠遠地看見帝君倫格和帝后站在帝王殿外，看著宮內歡樂的人群，神情是如此的振奮自然，流露出少有的微笑。

「帝君爺爺！」盛美笑呵呵地對倫格大帝說。

「呵呵……，盛美啊，妳來了，呵呵……」倫格大帝也笑看著她。

「這是……」

「這是什麼，妳想知道？」帝君看著盛美公主一副小女兒姿態，故意逗著她開心。

盛美公主可不怕帝君，也許在整個帝王家的小輩中，只有她才是倫格大帝的開心果，帝王心頭上的寶貝。

「不說拉倒，爺爺以爲我不知道，只有嶺西的好消息才能讓帝王宮發出如此的歡呼，看也看得出來！」

倫格帝君停下了笑聲，疼愛地看著自己心愛的孫女。同時心中感慨萬千，帝國的小女兒也知道關心國家大事，懂得帝國的歡樂來自何處，看來帝國真的需要換一批新的血液，多多依靠一些年輕人。

「去吧，雪無痕昨日收復嶺西郡，搶佔了嶺西關，人安全得很。」他懂得女兒家的心事，知道她來的意圖。

「啊！」

盛美公主發出一聲歡呼，轉身跑了出去。倫格大帝看著她遠遠離去的身影，彷彿感到她一下子長大了許多，不再是自己所愛護的小姑娘了。

「看來這孩子長大了，有心事了，她有了自己喜歡的人，只要我活著，就成全她，帝國沒有約束她的法律。」

倫格大帝感慨地對身旁的帝后說道。

「是的，帝君！臣妾感到雪無痕真的很配盛美這孩子，只要她喜歡，你就應該成全她！」

帝后看倫格大帝幾十年來從沒有像今天這般的快樂和仁慈，心有所感。也趁機爲盛美說好話，她知道無論是倫格還是虹日，沒有人能管得了盛美，只因爲大家喜歡這孩子。

「有許多事你還不懂，這個雪無痕可不是我能約束得了的人，與盛美的情況一樣，他不喜歡的事，沒有人能管得了他。」

「這麼厲害？誰有這麼大的勢力，能凌駕於帝君之上？」帝后吃驚地問。

「聖雪山！」

「聖雪山？」

「對，是聖雪山，有許多事情你還不懂，知道了就可以了。」

「是，臣妾知道。」帝后心中暗暗吃驚，但聖雪山的名字卻彷彿在那裏聽說過。

盛美公主走出帝王宮，快速地向帝國軍事學院跑去，進入西部院就看見雅靈和雅藍、雅雪及雪藍等人站在院內，滿滿一院子人雖神情激動，但沒有人發出聲響，靜靜地在等待著她。自從天雷和維戈雷格等人離開帝京城後，盛美公主就是她們傳訊消息的人，因爲只有她，才能通過帝國的軍訊處知道嶺西的確切消息，瞭解天雷等人的具體情況。

「雅靈，雪大哥真厲害，昨天他佔領嶺西關了，映月人被他打出關了，他很好！」

「啊……，雪大哥勝利了，帝國近衛青年軍團勝利了！」一聲震天的歡呼聲從院內發出，傳遍整個帝國軍事學院，剎時整個學院爲之沸騰。

「盛美……」雅靈緊緊地抓住盛美公主的手，喜悅的淚水流了下來。這時，雪藍和雅雪姐妹也上前抓住她，一起流下淚來。

轟隆的禮炮聲震天響起，二十四響的禮炮聲代表著帝國最高的禮儀，它只爲那些帝國勇敢的將士們所有，爲帝國做出突出貢獻的將士們所有。

「快去看看，在廣場上帝國向雪大哥致謝呢！」盛美公主知道近二十年來還從沒有響過二十四響禮炮，只有這一次，雪無痕爲帝國爭得了如此的榮耀，才得到帝國如此的尊敬。幾個人快速向外跑去，雅靈更爲激動，因爲在這隆隆的禮炮聲裏，也有自己的哥哥雅星的功績。

帝京不落城沉浸在如海的歡樂中。

在帝京不落城歡慶的同時，遠在三千里之外的天雷，正恭敬地等候在嶺關城外的大道旁。一會兒，帝國中央主力兵團在文謹將軍的率領下，將到達嶺關城。兩軍雖然只差一天多的路程，但大軍始終沒有趕上天雷的部隊，所以，今天他只好在城外恭迎大軍的到來。

遠處的天空中飄揚起股股的塵灰，整齊的馬蹄聲有節律地敲響大地，飛揚的旗幟在天空中慢慢地展現。遠在千米之外，文謹將軍就看見恭候在城前的人們，他揮手停下前進的部隊，翻身下馬，搶步向前走去，心中充滿著敬意。

天雷看見停下的部隊中，一位老將軍遠遠地越隊而出，知道是文謹老將軍，他不敢怠慢，緊步向前走去，四道閃亮的目光緊緊地交會在一起，兩人快步迎上，離有十米處，天雷已經拜倒在地。

「近衛青年軍團督統領雪無痕拜見文謹將軍。」

文謹老將軍快步上前，緊緊地抓住天雷的雙肩，拉起天雷，口裏樂呵呵地喊著：「雪將軍快快請起，你這帝國的英雄可是要折殺老夫了！」

「老將軍太誇獎無痕了，無痕只是盡一名軍人的本份而已，如沒有大人爲後盾，無痕如何能收復失地。」

「好，好，好啊，不愧爲帝國年輕的聖騎士，勝而不驕，溫文爾雅，恃才而不傲物，帝國將是你們年輕人的天下了！」

「謝謝老大人誇獎，無痕實在是不敢當啊！」

文謹抱著天雷的雙肩不放，嘴裏樂呵呵地喊著：「來，來來，見見赤霞、紅日的兩位軍團長！」

這時候，幾位督統領、督衛及雅星已經來到近前，文謹指著天雷，對著兩位四十多歲模樣的漢子說道：「這位就是帝國近衛青年軍團的軍團長雪無痕督統領，你們見見！」

兩人連忙躬身施禮，天雷忙回禮。

赤霞軍團長威尼斯，紅日軍團長法華爾，兩個人出身名門，多才多藝，在軍隊中基礎深厚，領導帝國兩大騎兵精銳部隊，是凱旋一輩的人物佼佼者。

兩人是帝國正規軍團的將領，十幾年的軍旅實力不是天雷所能夠比擬的，但是，天雷現今是帝國近衛軍團的將領，職位上要比兩人高半級，加上他現在兼任凌原防線的臨時指揮，收復整個嶺西郡，手下統領近二十萬大軍，幾乎與一個兵團長無異，所以兩個人也是尊敬天雷的。這時，雷格、維戈等人過來與文謹將軍見禮，文謹看見溫嘉、裔秀、雷格等年輕的將領，個個朝氣蓬勃，滿身的豪氣與力量，知道每一個人都是人才，未來帝國軍中中堅力量。

當下文謹下命令，部隊就地安營紮寨。

嶺關城是一個中等的城市，人口有近三十萬人，嶺西關將領的一些家眷屬都在這裏，同時也是第一兵團的帥府所在地。里雷特老將軍雖然戰死殉國，但亢沙爾對他也是相當的尊敬，所以對城市及他的家人沒有作過什麼過大的傷害。天雷等人對老將軍更是尊敬，所以雖到達城內，也沒有佔據原帥府用，驚雲雖然再三相讓，但天雷還是在相鄰的一個副將府住下，而整頓城市、收攏殘兵等事情就全部交與驚雲等人辦理，他自己到非常的清閒。

午間剛過，天雷與文謹兩人一起升帳，召集眾將領開會，統領以上的人員全部參加，兩人入座後，天雷首先把如今的情況及兵力、物資，及其各個方面的情況向在座的人員作彙報，主要的是要向文謹將軍交接指揮權，最後他說：

「各位大人，無痕年幼，實不敢再擔此重任，現就將嶺西關的防務轉交與文謹老將軍！」

眾人一起鼓起掌來，天雷再次表示感謝。

「眾位大人！」文謹接過話來說：「雪督統臨危受命，率領區區五千之眾緊急增援凌原城一線，兼任臨時指揮，他智勇兼備，帶領各地的城防軍，以弱旅打敗東月的強大軍團，收復嶺西全郡，奪回嶺西關，就這一功績如今就無人可比。文謹已老，再加上沒有收到帝君的旨意，不敢在此時此刻接過雪將軍手中的權力。所以雪將軍還要再加辛苦，帶領嶺西郡的全體民眾安定國本，整頓軍馬，繼續爲帝國盡忠盡力，雪將軍，還是你來吧！」

文謹說完，微笑著向天雷抬了抬手，眾人再一次的鼓起掌來。

天雷站起身來，向著文謹說道：「將軍，我……」

「雪將軍不用再說，文謹是萬萬不能擔此重任的，還是你請吧！」

「既然如此，無痕就勉爲其難，靜候帝君的旨意。來人，向帝君請旨，派人接管嶺西防務！」

「是！」有人下去。

當下眾人一起商討當前的問題，解決的辦法，主要是安民設防，目前嶺西郡最缺乏的就是糧食。兀沙爾把一切能吃的東西全部都運回映月，在大災之年，尤其缺糧。

文謹將軍出帝京城的時候，已經受命全面掌管嶺西郡的一切軍政，負責全面指揮聖日軍隊，全力擊潰兀沙爾的東月軍團。他到達凌原城時，雪無痕的臨時指揮權就全面結束，只是誰也沒有想到，雪無痕以非正規的城防軍就已經擊潰了兀沙爾，以至於收復嶺西關。以目前的形勢，文謹是無論如何也不能夠接管天雷手中的權力，以讓人恥笑。再加上帝君在現的大好形勢下，也確實沒有進一步的旨意，就更加不能夠這麼做了，雖然接管了天雷的權力也無人認爲不對，但文謹也是要避免一些閒話。

天雷那裏知道這麼多內幕，只道是文謹將軍沒有接到帝君的旨意，不能接管，自己只好再辛苦一些，堅持幾天，所以也沒有多說什麼。雅星雖知道事情的真相，但以現如今的情況叫文謹將軍接管天雷的權力也是不適合的，所以也沒有說話，天雷就這樣做了下去。

兩天後，督衛秦泰率領六萬步兵到達嶺關城，天雷、文謹將軍親自出城迎接，秦泰老遠就跪倒在地，感動得淚水都流了下來。

天雷、文謹無論是那一個，都是現今帝國響噹噹的人物，秦泰無論如何也不能比，更不用說出城迎接了，但天雷知道在嶺西最困難的時期，是他支撐了防務大局，天雷自己只是帶人在前方作戰，後方的安危實在是秦泰的功勞，也是自己並肩作戰的戰友，所以一聽說秦泰率兵到達，親自出城迎接。文謹老將軍也是人老成精之人，看天雷對秦泰如此的重視，明白也是個英雄人物，況且現在大戰勝利，必有晉升，一聽天雷出城，也跟了出來。

文謹拉著秦泰的手，熱情地說：「秦督衛辛苦了，嶺西大戰，你也是日夜操勞，勞苦功高，快快入城吧！」

「請！」天雷笑呵呵地相讓。

「謝謝兩位大人，大人請！」秦泰不敢越禮，躬身相讓。文謹也知道秦泰是不會先行的，只好帶頭向城內走去，天雷二人相隨。

秦泰帶領十萬步兵出凌原城，一路上主要是接管各個城鎮，安撫百姓，加強城防，每一個城留下三千五千士兵不等，到達嶺西關時只餘下六萬步兵，主要任務是加強嶺西關的防務，雖然城防軍不比正規軍團，但是現今也沒有其他軍隊，所以只好暫時充當主力。眾人進城後休息、開會、商議防務等事宜。

從六月五日倫格大帝接到嶺西部隊臨時指揮雪無痕要求，選派一將軍接收嶺西兵團指揮一職起，朝野內外對嶺西關第一兵團長的人選問題，就展開了激烈的爭論和競爭。各大家族都想爭得這一具有實際權力的兵團長位置。朝中雖然分爲太子和二王子兩派，但如今二王子在嶺西關犯下了大罪，已成帝國的千古罪人，所以二王子派的態度十分的低調，其心裏卻也不希望太子派人接掌嶺西軍政大權。

兩天來，倫格大帝三緘其口，只聆聽著眾位大臣們的爭吵、活動，召見要求進見的重臣，但對此事上從沒有一點的暗示，大臣們心中無底。重臣們明白一點，現在倫格帝君是有絕對的權力，外臣絕對不會左右帝君決定，所以也就靜觀其事。但二王子派的重臣開始考慮，最好讓一個第三人出任這一職務，對兩派都無傷害，這樣也是目前最好的選擇。

現在，整個帝國人氣最旺的莫過於雪無痕了，前途無量，盛美公主與西南郡人來往甚密已經不是什麼秘密，雪無痕極有可能成爲帝王家的女婿，將來出掌實權必將是一路順風，所以漸漸帝京城開始有雪無痕將出任嶺西第一兵團長的傳說，百姓們更加的開始公開的支持，聲浪不斷高漲。

倫格大帝對目前事態相當的滿意，他從內心上就要求造成這樣的一種聲勢，帝君早就有讓雪無痕出任之心，只是有三個問題要解決：一是雪無痕沒有什麼根基，人氣不旺，必須爲其造成一定的聲勢，讓太子及二王子的兩派無話可說，能夠接受。二是雪無痕本身也未必會接任這一職務，那麼就必須採取一定的措施，杜絕其開口推託。三是嶺西戰後必須重建，金錢，帝國有的是，但糧食卻是個大問題，風月大陸旱災已經進入第二年，各地存糧已經不多，無法調配，國庫存糧也不多，還必須保證軍隊在開戰時用。

所以，嶺西幾百萬人口吃飯就無人能夠解決，但是西南郡卻是不同，經過帝君暗探對南方的調查，西南郡在前年的秋後購進大量糧食，至少能解燃眉之急，如雪無痕同意，就能把西南郡拖入嶺西。

軍機院對嶺西第一兵團的損失已經估算了出來，加上各城的重建費用，三千萬金幣帝國付得起，但如何用好這龐大的費用，也恐怕只有雪無痕沒有一點的私心，真正地用在百姓身上。

倫格大帝看時機已經差不多了，嶺西郡的問題也必須儘快地給予解決。所以秘密召見了平安王與列科。他看著兩人，以少有的無奈表情說道：「兩位也已經知道我的意思，讓雪無痕出掌嶺西一事，你們看這事怎麼辦才好？」他以特殊嘲諷的表情看著兩人。

平安王啞然失笑，自嘲般地說道：「千百年來，可從沒有聽說過帝君與兩個大臣一起計算著怎樣讓一個臣民去當重臣、當大官，真是可笑！」

列科可不敢像二人一般地開玩笑，他略帶嚴肅的表情和語氣說道：「這是帝君的仁慈，用人惟才，為國用賢，無論是什麼人，這要看他值不值帝君如此的看重。無痕雖為列科的師弟，但他的所學，臣是不能比，從兩次大事中，就可以看出他的才學，但無論如何，列科還是要謝謝帝君與王爺對他如此的看重。」說罷，他忙站起施禮。

倫格帝君擺了擺手，讓列科坐下，他對著平安王說道：「二弟，你看怎麼辦好？」

平安王沉思片刻說道：「列科，以你的名義先發一封密件給雪無痕，探探他的口氣，但語氣要嚴重一些，如有可能，問他有什麼條件。」

「他能有什麼條件，無非就是要糧要錢，告訴他：要糧食沒有，讓他自己想辦法，錢有的是！」倫格帝君說道。

「是！」

「列科，也許我有私心，但如不是雪無痕這次出兵嶺西，以極短的時間結束戰事，虹傲就沒命了。這麼多年，我一直看重虹傲，大家都說我偏心，可是我真的很喜歡他，這次他實在是令我失望，看來我要為虹日做一些打算，你告訴無痕，好好地扶助太子，帝國決不會虧待他，盛美看來很喜歡他，他如同意，我就成全他們！」倫格大帝有些激動。

列科翻身跪倒在地，磕頭說道：「列科代無痕叩謝帝君厚恩，帝君放心，我一定辦妥此事，只要無痕這次接下此任，以他的性情一定會扶助太子，以他的所學，帝國必將安如磐石！」

「好吧，你下去吧，抓緊時間。」

看著列科快步而去，倫格大帝和平安王一陣的沉默。

列科出帝王宮，直接來到西南商盟騰輝的住處，騰輝看見叔叔列科親自而來，知道有事情，直接領著列科來到密室，列科也不廢話，直接對騰輝說：

「我剛從帝王宮出來，帝君和平安王希望天雷接掌嶺西軍政，以天雷的心性怕不會同意，所以直接找你商量，這事是好事，西南終於有出頭之日了。另外，天雷可能要兼管西南郡事務，這事關係到西南兩家的利益，你看怎麼辦爲好？最好先與騰越和比奧通個信，但要快。」

「二叔，這確實是好事，但以如今嶺西的形勢，困難重重，天雷年紀較輕，恐怕難把事情辦得好，帝君可給予了什麼？」

「帝君說了，要糧食沒有，金幣隨天雷開口，另外，只要天雷同意，盛美公主可能會入主嶺西郡。」

騰輝這才大吃一驚道：「公主入主嶺西郡？天雷師叔有這麼大的魅力！」

「這事先放下，誰也作不了主，但只要天雷接掌嶺西郡，西南勢必聲威大振，西南郡與嶺西郡聯成一片，終究是件好事，通知藍鳥谷中的你父親與叔叔，看兩位哥哥有什麼意見。」

「二叔，你也知道父親與大叔是一定會全力支持這件事情，西南那邊絕對沒有什麼問題，一會兒我就發快訊。」

「好，事情初步就這麼定下來，你趕緊做好準備，嶺西郡實在是太困難了，金幣不是問題，你全力購買糧食物資，做好一切準備。」

「好，叔叔，西南郡終於有了出頭之日。」

兩人又商議了許多的細節，列科這才告辭。

兩天後，在嶺西嶺關城內的天雷，接到帝京城通過軍訊處轉來的一封信，信是列科寫的，內容就是帝君有意讓他接掌嶺西軍政。列科在信中詳細地分析了當前大陸、聖日帝國及嶺西郡的形勢，嶺西現如今面臨的困難，尤其是百姓的糧食問題，帝國實在是拿不出糧食給嶺西郡，嶺西將屍橫遍野，餓死人無數，望天雷憐憫嶺西人的生命，接掌嶺西郡，與西南郡共度難關。

天雷捧著信發楞了很久，心已經生亂。

一整天天雷都沒有走出室外，晚間的時候，天雷讓人通知雅星、驚雲、秦泰、維戈、雷格、溫嘉和商秀來到住處。幾人知道天雷有事情，因為一整天也沒有看見他，所以來到室內誰也沒有說話。

天雷在室內轉了幾圈，這才從沉思中醒了過來，看了看人都到齊了，才向大家點了點頭說道話：「幾位哥哥都不是外人，天雷從進入嶺西開始就與大家並肩作戰，可以說是生死之交，驚雲大哥和秦泰大哥與我認識不久，但肝膽相照，已成知己。」

看著驚雲和秦泰激動的神情，天雷擺了擺手，不讓二人說話，他接著說道：「今天無痕接到京城來的密訊，帝君有意讓無痕接掌嶺西軍政，轄管西南郡，無痕才疏學淺，心中惶恐，不知道如何是好，希望各位哥哥給無痕拿一些主意？」

眾人這才大吃一驚，尤其是驚雲與秦泰二人，天雷把這麼大的事情告訴與他們，實在是沒有把他們當成外人，天雷說把二人視爲知己，看來是一點也不假，秦泰激動地說道：「督統，秦泰是一個粗人，不知道什麼軍國大事，但以督統之才學，對嶺西之所作所爲，秦泰懇請督統能留在嶺西，爲百姓造福，秦泰願追隨大人，以盡薄力。」

「無痕，驚雲今天能與你結爲知己，是驚雲一生的榮幸。嶺西現如今要糧食沒糧食，要錢沒錢，要軍隊沒有軍隊，困難重重，百姓吃不飽，不久將會面臨餓死無數的慘狀，何況映月虎視眈眈，實在是慘上加慘，驚雲父子在嶺西多年，實不忍看百姓受苦，希望無痕憐嶺西數百萬生靈，留在嶺西，驚雲代百姓謝謝！」驚雲說罷跪倒在地，淚水已經流了下來。

驚雲對嶺西的深情當然不是別人可比擬的，他父子經營嶺西郡多年，當然感情深厚無比，同時他也知道，以如今聖日各個世家的品德，實在是比不上天雷，與其讓別人來嶺西，實在不如讓天雷留在嶺西郡爲好，同時以天雷的所學，實是嶺西之福。

天雷連忙扶起驚雲，他誠惶誠恐地說道：「驚雲大哥不必如此，無痕實在沒有承擔這麼大事情的準備，另外，無痕從沒有管理過城市的經驗，深恐成爲嶺西的罪人。」

對這麼大的事情，維戈和雷格、溫嘉、商秀實沒有什麼說話的權力，幾個人也知道天雷讓他們來，只是讓他們聽聽，所以一時不敢說話。

雅星可不是一般人可比，他初聽天雷所說也吃一驚，但隨後釋懷，看幾人這般惶恐，瞭解天雷心已生亂，這時候是決定一個人一生的關鍵時刻，天雷如真是自己家族所說的「宿主」，那麼如今就必須推天雷一把。他微微一笑向天雷說道：

「無痕，這是好事情，沒有什麼大不了的，大哥願留在嶺西，與無痕一起爲大陸人民造福，相信以大家的所能，嶺西一定會成爲帝國最好的一個郡。」

他看了眼眾人，接著說道：「嶺西現今是困難重重，但帝國並不是什麼也不給，最起碼金幣是不會少給的，有了錢，困難就算不了什麼，大家齊心協力，不久將會把所有的困難克服，你安心做統帥，大家幫你，不會有事情。」

「大哥，你也贊成我留在嶺西？」

「是的，大家都留下！」

「大哥！」維戈、雷格、溫嘉與商秀都是年輕人，有這麼好的機會，當然支持天雷留下統領嶺西了，雖然他們想法單純，但也是支持天雷，當下四人齊聲說道：「大哥，我們都留下幫你！」

「好吧，再讓我想想，給我點時間！」天雷無奈地說著，幾個人看天雷如此地說話，知道他心還在亂，起身向外走去。

來到了外邊，雅星向大家招了招手，眾人看見誰也沒有說話，與雅星一起，來到住處，眾人落座，雅星這才說道：「無痕既然把我們當成知己，這事就不許向外提起，以無痕的心性事有可爲，大家只要做一些準備即可，大家看可好？」

「一切聽從雅星你的安排，只要讓無痕留在嶺西，驚雲做什麼都可以！」

「是啊，雅星大哥，大家都聽你的！」維戈趕緊說道，雷格等人也點頭稱「是」。

「好吧，驚雲，你是本地人，和秦泰一起，找一些人向外散佈消息，讓百姓們知道無痕可能要留在嶺西，但又可能離開，最好能讓百姓們組織起來，要挾無痕留下，以無痕的心胸，只要百姓們動起來，加上大家用力，帝君之命，無痕必將會留在嶺西郡，以後大家一起齊心協力，共同經營嶺西。以無痕所學，嶺西、西南爲依託，豪溫、特男、西南商盟的實力，不久天下大亂，爭霸天下也有一立足之地！」

幾人吃驚地望著雅星，從沒有聽過這樣的話，什麼不久天下大亂，爭霸天下等，雅星也不以爲奇，他接著說道：「風月大陸經過二十年的休養生息，各國實力大增，軍力空前，爭霸天下是大形勢所趨。映月、西星、北蠻決不會就此甘休，去年三國軍事學院比武是大戰的序幕，一方面觀察聖日的實力，一方面觀察各地的地形，進軍的路線，這次映月東月軍團進軍就將拉開大戰的序幕，時間絕對不會很久了，我們的時間有限，必須找一立足之地，全力整備軍隊，爭取時間積累實力，否則到時候將無藏身之處。」

雅星臉轉嚴肅，語氣沉重地說道：「如今大陸旱災已有一年，中原雖苦，但仍可支援些時日，但映月、西星、北蠻地理荒涼，糧食已將盡，爲求生存，最好的解決辦法就是圖霸中原，你們以爲我們還有多少時間？」

請續看《風月帝國 2》

龍人，以一部《亂世獵人》奠定其奇幻小說宗師的地位，其作品深受全球華人眾所矚目。

其新著《滅秦》、《軒轅・絕》在美、日、韓、港上市後，興起了一股全球東方奇幻小說的風暴，引發網路爭先連載，網路由此而刮起一股爭先閱讀奇幻小說的熱潮。新浪讀書頻道、搜狐讀書頻道、騰訊讀書頻道、網易文化頻道、黃金書屋、起點中文網、龍的天堂等幾大門戶網站和「天下書盟」等原創奇幻文學網站瀏覽人數的總點閱率達到億兆。

龍人曠世巨作《霸・漢》
比他馳譽全球華人社會的《滅秦》更精采

無賴？英雄？梟雄？霸王？

無恥與高尚只在成功與否的結局

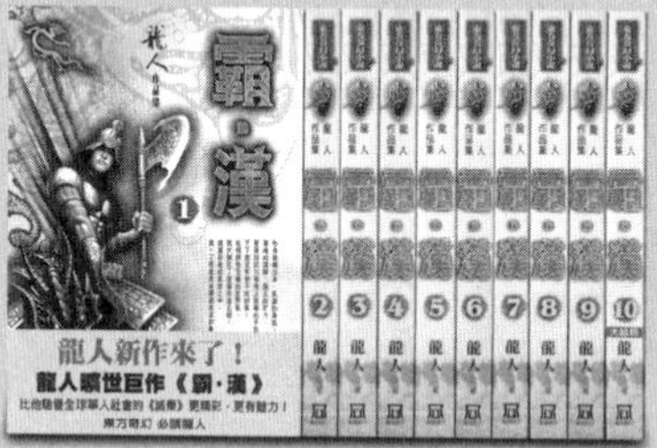

戰火燎燃，民不聊生，逆賊王莽篡漢。奸佞當道，民不堪疾苦，卒不堪其役，聚山澤草莽釀就亂世。

無賴少年林渺出身神秘，紅塵的污穢之氣，蓋不住他體內龍脈的滋長。憑就超凡的智慧和膽識自亂世之中脫穎而出。在萬般劫難之後，以奇蹟的速度崛起北方，從而對抗天下。

古典與奇幻的極致結合
古典與奇幻的結合
全球華人眾所矚目的奇幻作家

—— 揉合東方古典文學名著　盡顯中華文化的無窮魅力 ——

商紂末年，妖魔亂政，

兩名身分卑賤的少年奴隸，

於一次偶然的機會被捲進神魔爭霸的洪流中……

輕鬆詼諧的主角人物，玄秘莫測的神魔仙道，磅礡大氣、天馬行空的情節架構；層出不窮、光怪陸離的魔寶異獸，共同造就了這一部曲折生動、恢宏壯闊的巨幅奇幻卷冊！

風月傳說 卷1 雄風初展（原名:風月帝國）

作者：無極
出版者：風雲時代出版股份有限公司
出版所：風雲時代出版股份有限公司
地址：105台北市民生東路五段178號7樓之3
風雲書網：http://www.eastbooks.com.tw
官方部落格：http://eastbooks.pixnet.net/blog
Facebook：http://www.facebook.com/h7560949
信箱：h7560949@ms15.hinet.net
郵撥帳號：12043291
服務專線：(02)27560949
傳真專線：(02)27653799
執行主編：朱墨菲
美術編輯：許惠芳

法律顧問：永然法律事務所 李永然律師
北辰著作權事務所 蕭雄淋律師

版權授權：蔡雷平
初版日期：2014年1月
初版二刷：2014年1月20日
ISBN：978-986-5803-50-6

總 經 銷：成信文化事業股份有限公司
地　　址：新北市新店區中正路四維巷二弄2號4樓
電　　話：(02)2219-2080

行政院新聞局局版台業字第3595號 營利事業統一編號22759935

國家圖書館出版品預行編目資料

風月傳說／無極著. -- 初版-- 臺北市：風雲時代，
2013.07 -- 冊；公分

ISBN 978-986-5803-50-6（第1冊；平裝）

857.7　　102020708